MÔR A MYNYDD

Môr a Mynydd

Rhian Cadwaladr

Argraffiad cyntaf: 2018

Rhif Llyfr Safonol Rhyngwladol:
978-1-84527-660-7

Cyhoeddwyd gyda chymorth Cyngor Llyfrau Cymru

Cynllun y clawr: Tanwen Haf

Cyhoeddwyd gan Wasg Carreg Gwalch,
12 Iard yr Orsaf, Llanrwst, Dyffryn Conwy, Cymru LL26 0EH.
Ffôn: 01492 642031
e-bost: llyfrau@carreg-gwalch.cymru
lle ar y we: www.carreg-gwalch.cymru

Argraffwyd a chyhoeddwyd yng Nghymru

Cyflwynedig i Andrew
gyda diolch am ei barodrwydd
i wrando bob amser

Diolch o galon hefyd i Nia Roberts
a phawb yng Ngwasg Carreg Gwalch

Pennod 1

Knockfree, Wicklow
Dydd Sadwrn, 22 Gorffennaf 2017

'Dad, will you come, quick! There's a car outside ...'

Cododd Rhys ei ben o'i bowlen frecwast i edrych ar ei fab, oedd newydd redeg i mewn i'r gegin a'i wynt yn ei ddwrn. Llyncodd ei gegaid o gorn fflêcs cyn ei ateb yn bwyllog.

'Cymraeg plis, Pádraig. Ti'n gwybod ...' Gadawodd ei frawddeg ar ei hanner pan sylwodd fod y bachgen deuddeg oed wedi cynhyrfu go iawn. 'Be sy?' gofynnodd, gan geisio dyfalu pa dric roedd Dewi, ei efaill drygionus, wedi ei chwarae arno.

'Mae 'na gar ... tu allan ... ac mae 'na ...' byrlymodd Pádraig.

'Arafa wir – a cym'ra dy wynt!'

Cymerodd Pádraig anadl ddofn i sadio'i hun. 'Mae 'na gar diarth tu allan, ac mae 'na dri o bobol ynddo fo ...' meddai'n gynhyrfus, ei wyneb yn llawn braw.

'Rargian, pwy ddiawch sy 'ma'r adeg yma o'r bore? gofynnodd Rhys. ''Dan ni'm yn agor am ddwyawr arall ...'

'Dad!' gwaeddodd Pádraig ar ei draws. 'Un ai maen nhw'n cysgu, neu maen nhw wedi marw!'

Rhosyreithin, Gwynedd
Pymtheg awr ynghynt

Gwthiodd Elin Pierce ddrws ei char ynghau â'i phen-ôl a sibrwd 'hwrê' gorfoleddus o dan ei gwynt. Roedd hi adra o'r diwedd, ar ddiwrnod olaf tymor yr haf. Bu'n dymor hir ac roedd ei chorff a'i meddwl wedi ymlâdd. Ysai am gael anghofio am yr holl gybôl o fod yn uwch gymhorthydd dosbarth yn ysgol gynradd y pentref, yn cario baich athrawes ddiog am hanner y cyflog – ac, yn wahanol i'r staff dysgu, yn derbyn dim tâl dros y gwyliau. Ond tâl neu beidio, dim ond rhyddhad roedd hi'n ei deimlo wrth feddwl am y chwe wythnos o wyliau oedd o'i blaen. Lledodd ei gwên a llonnodd ei chalon – petai'r tywydd cystal â heddiw bob dydd mi fyddai'n haf bendigedig. Am unwaith, wnaeth hi ddim ceryddu ei merched am redeg yn syth am y tŷ gan adael iddi hi gario'r bagiau trwm llawn geriach ysgol heb help. Gobeithio fod Elfed wedi dod â digon o sosejys at y barbeciw yn nes ymlaen, meddyliodd wrth ddilyn y genod i'r tŷ, gollwng ei gwaith ysgol yn y twll dan grisiau a chau'r drws arno'n falch.

''Dan ni adra!' gwaeddodd yn ôl ei harfer. Roedd yn disgwyl gweld Elfed yn dod i'w chyfarfod, ond doedd dim sôn ohono.

'Elfed?' galwodd. Dim ateb.

'Elfed?'

Agorodd ddrws yr ystafell fyw a stopio'n stond wrth weld ei gŵr yn lled-orwedd ar y soffa, ei geg yn llac a sŵn chwyrnu swnllyd yn dirgrynu ohono. Yn ei law roedd gwydr gwin wedi ei droi ar ei ochr, a gweddillion ei gynnwys wedi gwaedu'n goch dros y glustog feddal. Treiglai glafoeriad o boer, a hwnnw wedi ei staenio'n las gan y gwin, i lawr yr ên nad oedd wedi gweld rasal ers dyddiau. Teimlodd Elin ei thu mewn yn dechrau crynu a diflannodd yr hwyliau da oedd wedi bod yn ei chynnal drwy brysurdeb y dydd. Cafodd ysfa i ysgwyd ei gŵr yn iawn nes y byddai'n deffro o'i drwmgwsg meddw. Y basdad, meddyliodd. Roedd o'n gwybod ei bod hi wedi edrych ymlaen at ddiwedd y tymor ers wythnosau. Roedd ei gwyliau'n gysegredig iddi, ac roedd Elfed wedi addo y byddai'n paratoi barbeciw ar eu cyfer heno, a hithau'n ddiwrnod prin o heulwen boeth. Gwyddai wrth edrych arno nad oedd hi'n debygol bod y barbeciw wedi ei gario o'r garej na'r golosg wedi ei osod ynddo, ac na fyddai 'run sosej yn y ffrij. Diolchodd Elin nad oedd wedi sôn yr un gair am farbeciw wrth y genod – o leia roeddan nhw wedi osgoi'r siom. Doedd ganddi mo'r egni, na'r awydd erbyn hyn, i lusgo'r barbeciw o'r garej ei hun – unwaith eto.

Fu Elfed erioed yn ddyn deinamig iawn. Roedd hi wastad wedi gorfod swnian arno i wneud unrhyw beth o amgylch y tŷ, ond yn ddiweddar prin iawn oedd ei gyfraniad i rediad esmwyth y cartref.

'Ma'r ysgol wedi cau! Hip, hip, hwrê! Mae'r ysgol wedi cau! Hip, hip, hwrê!'

Treiddiodd llais Moli, ei merch ieuengaf, drwy ei meddyliau wrth iddi sgipio drwy'r tŷ yn llafarganu'n llon. Camodd Elin allan o'r ystafell fyw i'w chyfarfod, gan gau'r drws yn dynn ar ei hôl.

'Sshh ... Ma' Dad yn cael napan.'

'Ooo! Ro'n i isio deud wrtho fo 'mod i 'di cael pres gin yr ysgol i ddeud ta-ta, am 'mod i'n gadal ac yn mynd i'r ysgol uwchradd – a bod Mrs Roberts wedi crio!'

'Gei di ddeud 'tho fo yn y munud.'

'Ar ôl iddo fo sobri!' cyfarthodd Beca, ei merch hynaf, o gyfeiriad y gegin lle roedd hi wrthi'n estyn bag o greision o'r cwpwrdd. Ymunodd ei mam a'i chwaer â hi.

'Tydi dy dad ddim yn teimlo'n rhy sbesial heddiw,' meddai Elin â llai o'r arddeliad a fyddai yn ei llais fel arfer pan fyddai'n palu celwydd ar ei ran.

'Gawn ni de yn 'rar?' gofynnodd Moli. 'Sbïwch braf ydi hi.' Gafaelodd yn nwylo ei mam a'i chwaer a'u llusgo drwy'r drws cefn i'r ardd cyn lluchio'i breichiau ar led a dal ei phen tua'r haul tanbaid. Roedd ei gwallt hir, tonnog yn rhaeadr euraid i lawr ei chefn – yr un lliw yn union â gwallt ei mam, ond bod gwallt Elin wedi'i dorri'n fyrrach i fframio'i hwyneb – yn gyferbyniad llwyr i wallt tywyll, trwchus ei chwaer.

'*Sbïwch* braf 'di!' mynnodd Moli eto. 'Fel hyn fydd hi rŵan – drwy'r haf!'

'*As if*!' ebychodd Beca. 'Fydd hi'n piso bwrw fory, a gawn ni wylia ha' shit eto.'

'Beca!' dwrdiodd Elin.

Anwybyddodd Beca ei mam a gollwng ei hun i eistedd ar y fainc o flaen y tŷ. Roedd siâp y chwiorydd, yn ogystal â'u gwalltiau, yr un mor annhebyg i'w gilydd – Moli yn dal am ei hoed, yn llawn afiaith naturiol merch sy'n caru bod allan yn yr awyr agored a Beca yn debycach i'w thad, yn dywyllach ei chroen â chorff solet.

'Dos i nôl pacad arall o grisps i fi,' gorchmynnodd Beca i'w chwaer fach gan blygu'r pecyn creision gwag oedd yn ei llaw yn stribed hir a'i lapio rownd ei bys. Eisteddodd Elin wrth ei hochr.

'Wnei di'm bwyta dy de os cei di un arall.'

'Tisio bet?'

Ochneidiodd Elin. Roedd agwedd ei merch bymtheg oed yn gwaethygu, a doedd ymddygiad ei thad yn sicr ddim yn helpu'r sefyllfa. Fel arfer, byddai wedi ei cheryddu am fod yn haerllug ond heddiw doedd ganddi mo'r amynedd na'r egni i ddechrau ffrae, felly gafaelodd yn llaw ei merch hynaf yn dyner.

'Ty'd rŵan, Beca bach, coda dy galon. Meddylia am y gwylia hir sgin ti o dy flaen.'

'Hy! Styc yn fama – hanner ffordd i fyny mynydd yng nghanol nunlla,' mwmialodd Beca gan gipio'i llaw o afael ei mam.

Edmygodd Elin yr olygfa o'u blaenau. Tref hynafol Caernarfon a'i chastell trawiadol islaw, afon Menai yn rhuban arian rhwng tiroedd Arfon a Môn, ynys Llanddwyn a'i stribed aur o draeth yn cofleidio'r tir. Gallai weld ar draws Ynys Môn, cyn belled â harbwr Caergybi ar yr ochr arall lle roedd fferi wen enfawr i'w gweld yn hwylio'n urddasol i gyfeiriad Iwerddon. Ond yn fwyaf arbennig gallai weld yr awyr ddiddiwedd yn meddiannu'r olygfa a'r cymylau'n creu caleidosgop o batrymau wrth iddynt hwylio, yn araf ac yn wyn a gwlanog heddiw, ar ei thraws. Un o'i hoff bethau yn y byd oedd eistedd ar y fainc hon gyda'r nosau yn gwylio sioe'r machlud – doedd o byth yr un fath er mor aml roedd hi wedi'i edmygu, ond roedd wastad yn ei syfrdanu. Biti na fedrai ei merch hynaf werthfawrogi'r olygfa y byddai rhai yn talu'n ddrud amdani. Ond heddiw, ni allai Elin ymgolli yn y panorama o'i blaen, nac ysgwyd y teimlad o anobaith oedd wedi lapio'n glogyn o'i hamgylch ers iddi gyrraedd y tŷ. Yn sydyn, clywodd glec yn dod o gyfeiriad yr ystafell fyw.

'Be oedd hwnna, deudwch?' gofynnodd, gan geisio swnio'n ddi-hid. Cododd a mynd i'r tŷ, gan ofyn i'r genod feddwl pa fath o dêc-awê y bysan nhw'n ei hoffi'r noson honno fel trît i ddathlu dechrau'r gwyliau.

Roedd Elfed yn gorwedd ar lawr yr ystafell fyw ar ôl rholio oddi ar y soffa, ei ben fodfeddi yn unig oddi wrth garreg yr aelwyd. Er ei fod wedi taro'r bwrdd coffi ar ei ochr wrth syrthio roedd o'n dal i gysgu, ac yn dal i chwyrnu. Syllodd Elin arno gan deimlo dagrau poeth yn pigo cefn ei llygaid. Faint oedd o wedi'i yfed i gyrraedd y fath stad? Gallai fod wedi taro'i ben yn erbyn y grât a lladd ei hun. Bechod na fysa fo, meddyliodd, ond dychrynodd cyn gynted ag y daeth y syniad i'w phen, gan ffieiddio ati ei hun. Sut y gallai hi feddwl y ffasiwn beth? Hwn oedd ei gŵr, yr un y bu'n briod ag o ers ugain mlynedd, tad ei phlant, y dyn a garai ... neu'r dyn yr oedd yn arfer ei garu, beth bynnag. Rhoddodd hwyth i'w goes efo'i throed ond ni symudodd. Ciciodd yn galetach ond cario mlaen i chwyrnu wnaeth Elfed. Syllodd Elin arno, ar ei wallt cyrliog, tywyll yn dechrau gwynnu ar ei arlais, ar y rhychau ar ei dalcen ac ar liw salw ei groen. Beth oedd hi'n mynd i'w wneud? Allai hi ddim ei symud o ar ei phen ei hun, ond allai hi mo'i adael o'n cysgu yng nghanol yr ystafell fyw chwaith. Rholiodd y dagrau i lawr ei boch a rhoddodd ebychiad isel o rwystredigaeth. Sut cyrhaeddodd hi'r sefyllfa hon? Roedd Elfed wedi bod yn hoff o'i beint erioed, ar benwythnosau gan amlaf, ond ers i'w ffrind gorau ladd ei hun yn ddisymwth ddwy flynedd yn ôl newidiodd ei batrwm yfed, a gwyddai Elin ei fod yn beio'i hun am beidio sylwi ar gyflwr meddyliol ei ffrind. Yn ogystal â chaniau o gwrw ar benwythnosau, dechreuodd agor potel o win ambell noson yn ystod yr wythnos, a phan fethodd gael dyrchafiad yn ei waith yn Adran Gynllunio'r Cyngor Sir flwyddyn yn ôl – a'r swydd yn cael ei rhoi i ddyn iau oedd, yn nhyb Elfed, yn llai galluog na fo –

aeth yr ambell noson yn bob nos, ac un botel yn ddwy, ac ambell waith yn dair. Erbyn hyn doedd hi prin yn adnabod y dyn a orweddai o'i blaen. Roedd hi wedi colli ei ffrind gorau, a diflannodd y gwmnïaeth braf fu rhyngddynt wrth iddi gilio i'w gwely yn gynt ac yn gynt yn lle gorfod eistedd yn ei wylio'n araf yfed ei hun i ebargofiant. Ceisiodd ei gorau i ddeall ac i gefnogi ac annog, ond trodd hynny yn erfyn a swnian arno i yfed llai, ac ar ôl iddi sylweddoli na fedrai o wneud hynny, i fynd at y doctor i ofyn am help i ryddhau gafael alcohol arno. Roedd hi mor falch pan aeth o at y doctor o'r diwedd, ond chwalwyd ei gobeithion yn yfflon pan ddeallodd fod y doctor wedi rhoi papur iddo aros adra o'i waith am ei fod o'n dioddef o straen – a bod Elfed wedi dweud celwydd wrtho am faint roedd o'n ei yfed.

Mygodd yr awydd i sgrechian a rhoddodd gic arall i'w goes, ond yn ofer. Plygodd i lawr ato.

'Elfed! Elfed!' sibrydodd yn ei glust, 'deffra!' Rhoddodd ei gŵr rochiad swnllyd cyn troi drosodd yn ei gwsg.

Cododd Elin ar ei thraed, sychu ei llygaid a dychwelyd i'r ardd, ac er nad oedd ganddi syniad beth roedd hi am ei wneud nesa, gwyddai fod yr amser wedi dod iddi wneud rhywbeth. Allen nhw ddim dal i fyw fel hyn, er lles y genod. Doedd hi ddim isio byw fel hyn.

'Be oedd y sŵn 'na?' gofynnodd Moli.

'Ffenest yn 'gorad a'r gwynt wedi'i chwythu'n glep,' atebodd Elin gan osgoi llygaid Beca, oedd bellach yn gallu adnabod ei chelwydd.

'A nath Dad ddim deffro?' gofynnodd Beca'n goeglyd. Anwybyddodd Elin ei chwestiwn.

'Dach chi wedi meddwl be fysach chi'n lecio i de?' Triodd ei gorau i swnio'n ysgafn.

'Hei, sbïwch!' meddai Moli gan bwyntio i gyfeiriad y gorllewin. Dilynodd Elin ei bys. 'Werddon!'

Gwelodd Elin fynyddoedd Wicklow yn gadwyn hir ar y gorwel. 'Tydan ni'm 'di gweld mynyddoedd Wicklow ers misoedd,' meddai'n dawel.

‘Pam ’dan ni ’mond yn ’u gweld nhw weithia?’ gofynnodd Moli.

‘Sgin i’m clem.’

‘’Dan ni’n ’u gweld nhw am ’i bod hi’n ddiwrnod braf, siŵr! Dyh!’ atebodd Beca’n ddilornus.

‘Ddim dyna ydi’r ateb,’ cywirodd Elin hi. ‘Dwi wedi’u gweld nhw yn y gaea, a hithau’n gymylog.’

‘Maen nhw’n edrach ’fatha Bendigeidfran a’i fyddin yn dod o Iwerddon i achub ei chwaer, Branwen,’ meddai Moli.

‘O Gymru i Iwerddon a’th Bendigeidfran!’ meddai Beca, yn flin o gael ei chywiro gan ei mam.

‘Sut le sy ’na yn Werddon?’ gofynnodd Moli.

Syllodd Elin ar y mynyddoedd am ennyd cyn ateb.

‘Braf. Gwyrdd. Ddim yn annhebyg i ffor’ma o ran tirwedd.’ Dechreuodd syniad ffurfio yn ei phen, a chyn iddi fedru atal ei hun, clywodd ei hun yn dweud, ‘Genod – ma’ gin i syrpréis i chi! Ewch i’r llofft a phaciwch ges bob un. ’Dan ni’n mynd ar ein gwyliau!’

Pennod 2

Knockfree, Wicklow
22 Gorffennaf 2017

Deffrodd Elin a gweld dau wyneb yn edrych arni drwy ffenest y car. Yn y blaen, yn llenwi'r ffrâm, roedd wyneb Rhys, ei ffrind bore oes, yr hogyn drws nesa a'r peth agosa at frawd mawr iddi ei gael ac yntau bedair blynedd yn hŷn na hi. Ato fo yr oedd hi'n arfer troi pan oedd arni angen cael ei hachub o drybini pan oedden nhw yn yr ysgol. Y tu ôl iddo roedd ei fab, Pádraig, ei wyneb yn llawn pryder.

'Are they dead?' sibrydodd y bachgen.

Roedd gwallt cyrliog brown golau Rhys yn drwm ar draws ei dalcen, yn cuddio'r llygaid glas treiddgar yr oedd yn eu hadnabod mor dda, ond gallai Elin weld y syndod ar ei wyneb. Gwenodd arno gan geisio ysgwyd cwsg ymaith. Agorodd Rhys ddrws y Berlingo.

'Elin?' Roedd yr un syndod yn ei lais, a suddodd calon Elin.

Chest ti mo 'nhecst i?'

'Pa decst? Mi wyddost ti mor wael ydi'r signal yn y lle 'ma. Dwi 'mond yn medru derbyn tecsts os dwi'n sefyll ar un goes yn y llofft gefn efo fy llaw drwy'r ffenest!'

''Nes i ffonio ffôn y tŷ hefyd, ond doedd 'na ddim ateb, felly mi adawis i negas.'

Erbyn hyn roedd Beca a Moli wedi deffro ac yn ceisio ymestyn eu cyrff, oedd yn stiff ar ôl gorfod cysgu yn eu cwman yn y car.

'Beca! Moli! Dach chi wedi altro gymaint!' ebychodd Rhys. 'Pádraig, sbia pwy sy 'ma!'

Syllodd Pádraig ar y genod a hwythau arno yntau. Er bod Elin a Rhys yn gweld ei gilydd o leiaf ddwywaith y flwyddyn roedd hi'n dair blynedd ers i'r plant weld ei gilydd, ac yn eu hoed nhw roedd tair blynedd wedi newid cryn dipyn ar eu hymddangosiad. Prin yr oeddan nhw'n medru adnabod ei gilydd. 'Wel, dowch o'r car, wir! Dach chi'n edrych fel tasach chi 'di bod ynddo fo ers oria!'

'Mi ydan ni,' mwmialodd Beca, heb drio cuddio'i hwyliau drwg. Peth prin oedd gweld Beca mewn hwyliau da yn y bore ar y gorau. ''Dan ni yn fama ers hanner awr wedi dau!'

'Pam na wnest ti gnocio?' Trodd Rhys ei sylw at Elin, wrth i'r tair ddod allan o'r car.

'Do'n i'm isio dy ddychryn di drwy gnocio ganol nos ... a beth bynnag, roeddan ni'n iawn yn y car.'

Edrychodd Rhys arni'n amheus cyn rhoi gorchymyn i'w fab.

'Dos â'r genod i'r tŷ a gwna frecwast iddyn nhw ... a dos i godi dy frodyr i dy helpu di.'

'Ewch, genod, ddo' i ar eich holau chi rŵan,' anogodd Elin wrth weld y ddwy yn oedi.

'Peidiwch â bod yn swil! Mae 'na groeso mawr i chi yn An Teach Ban bob amser,' ategodd Rhys.

Wedi i'r plant fynd yn ddistaw a swil tuag at yr hen dŷ fferm mawr sgwâr, safodd Rhys ac Elin, yn edrych ar ei gilydd, am ennyd cyn i Rhys rhoi ei freichiau o'i hamgylch a'i gwasgu'n dynn. Gollyngodd Elin ei hun i'w goflaid gan gymryd cysur o'r nerth a deimlai yn ei freichiau.

'Be sy, Elin bach?' gofynnodd Rhys yn dawel, yn adnabod ei hen ffrind yn ddigon da i wybod fod cwmwl uwch ei phen er gwaetha'i gwên lydan. Anadlodd Elin yn ddwfn gan guddio'i hwyneb yn ysgwydd Rhys. Teimlodd lwmp yn codi yn ei gwddw a gwnaeth ei gorau i gwffio'r dagrau.

'Be sy? Be sy 'di digwydd?' gofynnodd Rhys eto, yn fwy pendant y tro hwn, wrth deimlo'i chorff yn dechrau crynu.

'Dim byd mawr,' atebodd Elin gan ryddhau ei hun o'i goflaid. 'Sori. Dwi'n iawn, 'sti. Hei, dwi'n lecio'r locsyn!' Mwythodd ei farf ffasiynol â'i llaw i geisio ysgafnhau dipyn ar yr awyrgylch. 'Sori am landio arnat ti fel hyn ...'

'Elsi?' Torrodd Rhys ar ei thraws, yn llawn consýrn, gan

ddefnyddio'r llysenw roedd o wedi'i roi arni yn eu plentyndod.

'... ond mi wyt ti wedi deud droeon bod croeso i ni ddod draw i aros.' Aeth Elin yn ei blaen i barablu'n nerfus. 'Ac, wel, mae hi'n wyliau, a ... a ...'

'A dwi'n falch iawn dy fod ti wedi dod draw o'r diwedd!' Gorffennodd Rhys ei brawddeg iddi rhag iddi orfod ymhelaethu ymhellach.

'Ddyliwn i fod wedi siarad efo chdi gynta. Dwn i'm be ddo'th drosta i. 'Nes i jest ... 'nes i jest ...'

'Yli, mae'n iawn. Ro'n i'n golygu be ddeudis i wrth y genod gynna – mae 'na groeso i chi yn An Teach Ban bob amser. Mae'r lle 'ma'n ddigon mawr, a gei di ddeud wrtha i be sy'n bod yn dy amser dy hun ... ond dwi'n dyfalu, gan nad ydi o yma efo chdi, ei fod o rwbath i'w wneud efo Elfed?'

Nodiodd Elin. Roedd hi isio deud, isio bwrw'i bol, isio rhannu'r ofn a'r cywilydd efo rhywun am y tro cynta, ond ddôi'r geiriau ddim ac roedd hi'n ddiolchgar am ddealltwriaeth ei ffrind.

'Ty'd. Brecwast. Fydd hi'n ddifyr gweld be fydd yr hogia wedi'i baratoi!'

Cerddodd Elin ar ei ôl rownd i ochr y tŷ gwyn ac i mewn drwy'r drws cefn i'r gegin fawr, olau. Ond cyn iddi lwyddo i groesi'r trothwy gwthiwyd hi yn ôl allan gan gi mawr coch oedd yn neidio arni.

'Flynn! Lawr!' gwaeddodd Rhys ac ufuddhaodd y ci yn syth. 'Sori! Tydi'r ci 'ma ddim yn gall ... ro'n i'n meddwl tasan ni'n cael Irish Setter wedi'i groesi efo Labrador y bysa fo'n dangos chydig o synnwyr y Lab, ond mae arna i ofn mai tynnu ar ôl ei dad, y Setter, ma' hwn.'

Eisteddodd y ci o flaen ei feistr gan ddal ei ben i un ochr fel petai'n cwestiynu'r hyn oedd yn cael ei ddweud. 'Dos i dy gwt!' gorchmynnodd Rhys, ac i ffwrdd â Flynn i'w fasged yng nghornel y gegin, gan symud yn araf i ddangos ei fod yn ufuddhau'n anfoddog. Gwyliodd Elin o'n mynd, gan synnu gweld basged ci mewn cegin.

Eisteddai Beca a Moli wrth y bwrdd mawr pren yng nghanol yr ystafell, y ddwy yn edrych yn hynod anghyfforddus. Roedd paced mawr o gorn fflêcs a charton o lefrith o'u blaenau. Safai Pádraig, yn edrych yr un mor anghyfforddus, ger y tegell ar yr Aga, y drws nesa i fasged y ci.

'Dyma be ti'n alw'n *full Irish breakfast*, ia?' gofynnodd Rhys iddo efo gwên.

'Dwi'n gneud panad,' atebodd Pádraig yn amddiffynnol.

'Wel, mi fysa powlenni yn help!' cynigiodd Rhys gan fynd i'r cwpwrdd ac estyn powlenni, platiau a mygiau a'u gosod ar y bwrdd. 'Pádraig – cliria'r llanast 'ma, wnei di?' gofynnodd, gan roi pentwr o blatiau budron ym mreichiau ei fab. 'Elin, stedda.' Cliriodd bentwr o bapurau oddi ar gadair ym mhen y bwrdd ac amneidio arni i eistedd, cyn cychwyn i gyfeiriad yr oergell.

'Reit. Be gymrwch chi? Ma' gin i fêcyn, sosej, wyau ... wel, ma' gin i ddau wy, felly gewch chi gwffio dros y rheini.'

'Mi fyddwn ni'n iawn efo'r corn fflêcs, diolch,' eglurodd Elin.

'Brechdan sosej, plis,' meddai Beca ar ei thraws, 'efo bêcyn.' Gwnaeth ei mam stumiau arni. 'Be?' gofynnodd Beca yn herfeiddiol. 'Dwi'n llwgu!'

Edrychodd Elin o'i chwmpas ar y blerwch yn y gegin: y llawr heb ei sgubo, y llestri budron yn y sinc a'r mân betheuach teuluol ar hyd y lle – poteli diod, amlenni brown heb eu hagor, het haul, goriadau – a theimlodd gywilydd ei bod wedi cyrraedd cartref Rhys druan yn ddirybudd. Mi fyddai'n gas ganddi petai rhywun yn dod i'w thŷ hi a hithau heb gael cyfle i wneud yn siŵr fod popeth fel pin mewn papur. Mae'n rhaid bod Rhys wedi darllen ei meddwl.

'Sori am y llanast. Mae'r gwyliau 'ma wedi bod yn stiwpid o brysur.'

'A ninna'n landio arnat ti fel hyn ...'

'Hei, 'dan ni'n falch o'ch gweld chi – yn tydan, Pádraig?'

'Yndan? Yndan!' mwmialodd y llanc. Ar hynny, agorodd y drws ym mhen draw'r ystafell a daeth dau lanc arall drwyddo.

Dewi, efaill Pádraig, oedd y cyntaf – yr un ffunud â'i frawd, yn denau fel rasal efo'r un gwallt coch trwchus. Gallai Elin daeru bod hyd yn oed y brychni haul ar ei groen golau yn union yr un lle â brychni ei frawd. Yr unig wahaniaeth a welai oedd fod rhesen wen Dewi ar ochr dde ei ben ac un Pádraig ar yr ochr chwith. Pan welodd y brawd hynaf yn sefyll y tu ôl iddo cafodd sioc.

'Liam! Mi wyt ti cyn debycad i dy dad ag ydi Dewi i Pádraig! Wel, heblaw ei fod o dipyn hŷn na chdi, wrth gwrs!' Fedrai hi ddim tynnu ei llygaid oddi arno – edrychai fwy neu lai yn union fel y cofiai hi Rhys pan oedd yntau'n ddeunaw oed, ac eithrio bod Liam ryw dair modfedd yn dalach na'i dad a'r blew meddal ar ei wyneb yn dangos na fedrai dyfu locsyn eto, ond roedd llygaid glas treiddgar ei dad ganddo a'r un gwefusau llawn, a oedd erbyn hyn yn gwenu'n swil.

'Helô, Anti Elin,' meddai, 'Dach chi'n iawn?' Syllodd Dewi arni â mwy o wg na gwên.

'Dewi, deud helô,' meddai ei dad yn gadarn.

'That's Mammy's chair!' poerodd Dewi, gan droi ar ei sawdl a gadael yr ystafell. Cododd Flynn o'i fasged a sgrialu ar ei ôl.

'Dewi! Ty'd yn ôl,' gwaeddodd Rhys.

Cododd Elin o'i chadair. 'Sori , do'n i'm yn dallt ...'

Rhoddodd Rhys ei fraich ar ei hysgwydd a'i gwthio'n dyner yn ôl i'r gadair.

'Mae'n OK. A' i ar ei ôl o rŵan. Fydd o'n iawn. Neith Liam sortio brecwast i chi ... fo 'di *chef* y tŷ 'ma. Mae o'n lot gwell na fi.'

'Ay, wel, 'di hynna ddim yn anodd!' meddai Liam, ei dras Gwyddelig yn rhoi acen felodaidd hyfryd i'w Gymraeg.

Hanner awr yn ddiweddarach roedd Rhys a Dewi yn ôl yn yr ystafell a phawb yn eistedd o amgylch y bwrdd, y merched yn sglaffio brechdanau bêcyn a sosej yn ddiolchgar a'r lleill yn eu gwylio dros eu mygiau te. Roedd Elin wedi symud i gadair arall ac eisteddai Dewi yng nghadair ei fam.

‘Sa’n well i mi fynd i’r siop, ma’ siŵr,’ meddai Liam ymhen sbel, gan wthio’i fŷg oddi wrtho ond heb godi ar ei draed.

‘Bysa – ac mi fydd yn rhaid i chi faddau i minna hefyd am eich gadael chi,’ eglurodd Rhys, ‘achos mae ganddon ni un criw o wyth a chriw arall o ddeuddeg yn cyrraedd erbyn deg.’

Ar ôl blynyddoedd yn gweithio i gwmni cyfrifiaduron yn Nulyn roedd Rhys a’i wraig Wyddelig, Róisín, yn sgil marwolaeth ei thad, wedi codi eu pac bedair mlynedd ynghynt a symud gyda’u teulu ifanc i gartref Róisín – ffermdy An Teach Ban, neu’r ‘Tŷ Gwyn’ – ar lethrau bryn uwchben pentref Knockfree yng nghanol Swydd Wicklow. Roedd Betty a Kevin, mam a brawd Róisín, wedi symud i fyngalo newydd ar dir y fferm, i wneud lle i Róisín a’i theulu. Ar ôl blwyddyn o weithio o’i gartref fel rhaglennydd cyfrifiaduron cawsai Rhys lond bol ar fod ynghlwm wrth ddesg bob dydd. Roedd yr awyr iach a’r wlad o’i amgylch yn crefu am ei sylw, a gyda cefnogaeth ei wraig a’i theulu llwyddodd i droi un o’i bleserau mwyaf yn fusnes, ac agor canolfan feicio mynydd ar y fferm i gymryd mantais o’i lleoliad gwefreiddiol.

‘Sut mae’r busnes yn mynd?’ gofynnodd Elin.

‘Nyts!’ atebodd Rhys. ‘Rydan ni newydd agor trac newydd i’r beicwyr mwya mentrus ac mae’n teithiau dechreuwyr a’r rhai *intermediate* yn llawn am yr haf, fwy neu lai.’

‘A be am y *bunkhouse*?’ gofynnodd Elin, gan wybod bod troi rhai o hen adeiladau’r fferm yn fyncws gwyliau yn rhan fawr o ddatblygu An Teach Ban. Edrychai Rhys yn llai brwdfrydig erbyn hyn.

‘Byth wedi’i orffen. ’Dan ni ddim wedi gwneud dim iddo fo ers ... wel, ers dwy flynedd.’

‘O? Mi ddeudist ti yn rhyw e-bost eich bod chi bron iawn â’i orffen o.’

‘Mi oeddan ni. Mi ydan ni ... wel, does dim digon o oriau mewn diwrnod i wneud pob dim.’

‘’Dan ni’n helpu, tydan Dad?’ meddai Dewi.

‘O, yndach wir! Dwn i’m be ’swn i’n ’i wneud hebddach chi.’

‘Fi sy’n gwneud y wefan,’ ychwanegodd Dewi yn falch.

‘Dwi wedi’i gweld hi – un dda ydi hi,’ canmolodd Elin.

‘A dwi’n helpu i llnau a trwsio’r beics,’ meddai Pádraig.

‘A fi sydd yn y siop yn bwcio pobol i mewn, a chant a mil o betha eraill,’ ychwanegodd Liam.

‘Rargian! Mae’ch tad yn lwcus iawn ohonach chi – dach chi’n codi cwilydd ar y genod ’ma!’ Gwgodd Beca arni.

‘Dwi’n hwfro i chdi!’ mynnodd Moli.

‘Wyt, os dwi’n gofyn.’

‘Ma’ gin i offis,’ meddai Dewi, ‘yng nghefn y siop – dach chi isio’i gweld hi?’

‘Syniad da,’ meddai Rhys, ‘ac ar ôl hynny mi gewch chi fynd â nhw am dro i lawr i’r pentre, gan nad ydi’r genod erioed wedi bod, a gwneud chydig o siopa tra dach chi yno.’ Gwenodd yr efeilliaid. Roedd mynd am dro i lawr i Knockfree yn swnio’n dipyn mwy o hwyl nag aros yn An Teach Ban i weithio. ‘Ond ewch i ddangos y siop a’r offis i Moli a Beca gynta,’ ychwanegodd Rhys. ‘Ddo’ i ac Elin ar eich holau chi mewn munud.’

Wedi iddyn nhw gael y gegin iddyn nhw eu hunain, bachodd Elin ar y cyfle i ymddiheuro eto.

‘Rhys, gwranda, dwi mor sori am droi i fyny fel hyn. Wnawn ni ddim amharu arnoch chi – os gawn ni aros yma heno, mi fedran ni fynd yn ein blaenau fory – mi a’ i â’r genod i Ddulyn am noson ...’

Estynnodd Rhys ar draws y bwrdd a gafael yn ei llaw.

‘Shyshh! Dach chi’m yn mynd i nunlla. Beth bynnag ydi dy reswm di am ddŵad yma, fedra i’m deud wrthat ti pa mor falch ydw i o dy weld di.’ Gwasgodd ei llaw yn dynn. ‘Gei di aros yma faint fynni di.’

Gwasgodd Elin ei law yn ôl. ‘Gawn ni aros chydig ddyddia? Jest i mi gael ... i mi gael sortio ’mhen.’

‘Fel deudis i, gei di aros faint fynni di – gei di aros drwy’r haf os leci di! Mi fysan ni’n medru ffeindio digon i chdi ’i wneud.’

'Mi wna i rwbath fedra i i helpu, ac mi wneith les i'r genod gael rwbath gwerth chweil i'w wneud.'

Syllodd Elin ar wyneb Rhys a sylwi ar y bagiau duon dan ei lygaid a'r pantiau yn ei fochau. Roedd o wedi colli pwysau ers iddi ei weld o ddiwetha, saith mis yn ôl pan ddaeth drosodd i Gymru i dreulio'r Nadolig efo'i fam. Roedd hi'n draddodiad ers blynyddoedd i Elin ac Elfed fynd allan am bryd o fwyd efo Rhys a Róisín bob tro y bydden nhw'n dod i Gymru, ond roedd y ddau Ddolig diwetha wedi bod yn anodd.

'Sut wyt *ti*, Rhys?' gofynnodd, gan edrych yn syth i'w lygaid.

'Dwi'n iawn, 'sti. Cadw'n brysur,' atebodd Rhys gan osgoi ei llygaid.

'Ma' dy fam yn poeni amdanat ti.'

'Ydi, ma' siŵr.'

'Ac am yr hogia, wrth gwrs. Sut maen nhw?'

'Iawn. Ymdopi. Cario 'mlaen efo'u bywydau, 'run fath â finna. Be nei di, 'de? Maen nhw'n hogia da, 'sti, yn y bôn.' Gwenodd Rhys yn wan, ei wyneb yn llawn balchder. 'Mae Liam yn graig. Mae o 'di tyfu i fyny'n sydyn. 'Di *gorfod* tyfu i fyny yn sydyn, y creadur.' Oedodd Rhys, yn amlwg dan deimlad. Closiodd Elin ato a rhoi ei llaw rhydd ar ei fraich. 'Mae'r efeilliaid yn gallu bod yn llond llaw,' ychwanegodd. 'Maen nhw'n bell o fod fel y seintiau y cawson nhw eu enwi ar eu holau!'

Agorodd drws y tŷ a camodd dyn yn ei dridegau hwyr i mewn. Am ei gorff byr, main, ond rhyfeddol o gyhyrog, roedd dillad leicra tyn, pwrpasol i reidio beic. Cariai helmed beic yn ei law. Roedd ei wallt cyrliog, du wedi crwydro i gefn ei ben gan adael y blaen yn foel a sgleiniog, ac roedd direidi'n disgleirio yn ei lygaid tywyll. Wrth edrych ar liw ei groen roedd yn hawdd dweud ei fod yn ddyn a dreuliai'r rhan fwyaf o'i amser yn yr awyr agored.

Gollyngodd Rhys law Elin a chodi ar ei draed.

'A dyma i ti un arall sy ddim yn haeddu ei enw sant! Morning, Kevin,' cyfarchodd Rhys ei frawd yng nghyfraith.

'Why, will you look who we have here! If it isn't the lovely

Elin!' Daeth Kevin yn nes at Elin a gafael yn ei llaw i'w chusanu. 'Why didn't you tell us you're havin' visitors, Rhys?'

'I forgot!'

'Are you here alone? Where's that lucky fella o' yours?'

'Elfed couldn't come. It's just me and the girls,' atebodd Elin.

'And where is it you're stayin'?'

'Well ... here.'

'Here? Have you finally moved all the bike stuff from the spare bedroom, Rhys?'

Cymylodd wyneb Rhys. 'Not quite, but it won't take me long.'

Edrychodd Kevin arno'n amheus. 'If you haven't even started, it's goin' to take you at least a day! Have you only just arrived, Elin?' Nodiodd Elin.

'Yes, we came on the overnight ferry.'

'Well, you're all welcome to stay with us tonight if you like. We have plenty of room in the bungalow.'

'We're fine, thank you, Kevin,' meddai Rhys yn syth. 'Can you just go and check that Liam's OK? The groups will be arriving any minute. I'll just get my gear on and I'll be straight out after you.'

'Yes, boss!'

Cusanodd Kevin law Elin unwaith eto cyn diflannu drwy'r drws, a wincio arni wrth wneud ystum o salíwt tu ôl i gefn Rhys. Rhoddodd Elin chwerthiniad bach.

'Tydi Kevin yn newid dim!'

'Nac'di, yn anffodus! Ond fedra i'm cwyno. 'Swn i byth 'di medru cael y lle 'ma ar ei draed hebddo fo. Ac wrth gwrs, y fo sy'n cario'r baich o edrych ar ôl Betty.'

'A sut mae Betty?'

Caledodd wyneb Rhys ac ochneidiodd cyn ateb.

'Fel mae hi, 'de. Ei galar hi yn fwy na galar neb arall. Tydi hi ddim yn dod yma'n rhy aml, diolch byth, ond mi ddaw i fusnesu cyn gynted ag y clywith hi eich bod chi yma, gei di weld!'

Doedd perthynas Rhys a'i fam yng nghyfraith erioed wedi bod yn un glòs, gyda Betty yn gwarafun bod Róisín wedi priodi Cymro oedd nid yn unig ddim yn Gatholig, ond yn ddi-grefydd. Ac yn hytrach na thynnu'r ddau yn nes at ei gilydd, roedd digwyddiad erchyll ddwy flynedd yn ôl wedi gwaethygu'r berthynas. Wnâi Elin fyth anghofio'r alwad ffôn a gafodd gan fam Rhys, a honno'n crio cymaint fel na fedrai Elin ddeall gair a ddywedai, ac am sawl munud hunllefus roedd hi'n credu fod Rhys wedi ei ladd mewn damwain. Rhyddhad oedd y teimlad cyntaf a'i trawodd pan ddeallodd mai Róisín oedd yr un a laddwyd: rhyddhad bod Rhys yn dal yn fyw ac yn iach, a hynny'n cael ei ddilyn yn syth gan y tristwch mawr o feddwl am golled y teulu bach.

'Gwranda,' meddai Rhys. 'Wedi meddwl, mae Kevin yn iawn. Mae 'na gryn waith clirio ar y stafelloedd gwely – 'dan ni wedi bod yn defnyddio un fel storfa ar gyfer y busnes. Peth gwirion i'w wneud, gan fod 'na ddigon o le yn y byncws! Dwi am ffonio Sinéad i weld oes 'na le i chi yn Fairyhill B&B – dim ond am heno. Mi fysa hynny'n well i chi na gorfod aros efo Betty.'

'Sori eto ...' Teimlai Elin yn annifyr ei bod wedi creu'r fath drafferth.

'Dim o gwbwl. Mi oedd yn hen bryd i chi ddod draw, ac mi fydd Betty wrth ei bodd – ma' hi wedi bod yn swnian arna i i glirio'r llofft ers misoedd, sy'n rhan o'r rheswm pam nad ydw i wedi gwneud, ma' siŵr – jest rhag ofn iddi benderfynu dod yn ei hôl i aros yma!'

Rhan fawr o'r drwgdeimlad diweddaraf rhwng y ddau oedd i Betty gymryd arni ei hun i symud yn ôl i An Teach Ban i edrych ar ôl y bechgyn yn sgil marwolaeth Róisín, a phrofi yn fwy o hindrans nag o help. Yn y diwedd, roedd Rhys wedi gofyn iddi symud yn ôl i'r byngalo – cais fu'n amhoblogaidd gyda Kevin, oedd wedi dechrau mwynhau byw ei hun, ond roedd yn rhyddhad i'r bechgyn.

'Ga' i ofyn un ffafr i ti?' gofynnodd Rhys, gan godi ar ei

draed. 'Róisín ... ti'n meindio peidio ... hynny ydi, 'dan ni ddim yn sôn amdani, rhag ypsetio'r hogia.'

'Iawn. Wrth gwrs. Dallt yn iawn,' atebodd Elin, yn barod i barchu ei ddymuniad ond ddim cweit *yn* dallt yn iawn, chwaith.

'Diolch. Rŵan, ty'd i mi gael dangos calon y busnes i ti.'

'Rho ddau funud i mi, ac mi ddo' i ar dy ôl di.' Cododd Elin a dechrau clirio'r llestri a thwtio'r gegin, yn falch o deimlo'i bod hi'n gwneud rhywbeth i helpu. Gwenodd Rhys yn ddiolchgar arni cyn cerdded tuag at y drws.

Pennod 3

Llanwodd Elin ei hysgyfaint â'r awyr iach a'i llygaid â'r olygfa odidog o'i blaen. Dim rhyfedd bod Wicklow yn cael ei galw'n Ardd Iwerddon, meddyliodd, wrth edrych ar y myrdd haenau o wyrdd o'i blaen – o'r clytwaith caeau gwyrddlas, ir i'r coedwigoedd tywyll, hynafol. Yn gymysg â'r gwyrddni, ar lethrau'r mynyddoedd o'u hamgylch, roedd porffor llachar y grug a'i fflamau o eithin yn wrthgyferbyniad prydferth. Islaw, tu hwnt i goedwig fechan, gallai weld toeau pentref Knockfree, neu Cnoic Fraoich, a rhoi ei enw Gwyddeleg arno – Bryniau Grug yn Gymraeg – a rhuban o lôn lwyd yn nadreddu heibio'r coed ac i fyny at y tŷ.

Yn dringo'r lôn tuag ati roedd tri char, un ohonynt â dau feic wedi'u rhwymo ar ei do. Cwsmeriaid y Teach Ban Biking Centre yn cyrraedd, mae'n debyg, yn barod am eu hantur. Roedd y beicwyr mwyaf mentrus yn mynd ar eu liwt eu hunain drwy'r llwybrau oedd wedi eu creu'n bwrpasol dros y tir na chawsai ei ffermio ers marw tad yng nghyfraith Rhys: drwy goedwigoedd, drwy nentydd ac i fyny llethrau'r bryniau. Roedd Elin wedi cael blas o'r llwybrau wrth wylio'r ffilmiau ar y wefan, ac fel un oedd prin yn medru reidio beic roedden nhw'n ddychryn llwyr iddi – ond roedd y beicwyr yn sicr wedi dewis diwrnod braf i ddod, gan fod yr awyr yn las mor bell ag y gallai weld. Gwrandawodd Elin ar sgwrs Moli a'r efeilliaid y tu ôl iddi.

'Ydi'r tywydd mor braf â hyn drwy'r adeg?'

'Yndi. Brafiach, hyd yn oed,' atebodd un efaill.

''Di hi byth yn bwrw yn yr haf,' ategodd y llall.

'O, waw!'

Gwenodd Elin. Gallai gredu Rhys, a ddywedai fod yr efeilliaid yn llond llaw. Trodd tuag atynt.

'Lle mae Beca?' gofynnodd.

'Efo Liam, yn cael cod y *wi-fi* ar gyfer ei ffôn.'

'Yn lle?' gofynnodd Elin yn frysiog.

'Fanna.' Pwyntiodd Pádraig at y cwt pren oedd yn gweithredu fel siop, yn ogystal â bod yn dderbynfa ac yn swyddfa i'r busnes.

Rhuthrodd Elin at y cwt, gan alw ar ei merch.

'Beca? Ti'n barod? 'Dan ni am fynd am dro i'r pentre.'

Roedd Beca yn sefyll tu allan i'r siop yn disgwyl i Liam orffen delio efo'r cwsmeriaid oedd eisoes wedi cyrraedd ar gyfer y reid ddeg o'r gloch. Byddai'r dibrofiad yn cael eu harwain gan Kevin a'r rhai mwy profiadol yn dilyn Rhys, oedd wedi newid i'w ddillad beicio. Roedd yntau 'run mor gyhyrog â Kevin, meddyliodd Elin, heb owns o fraster arno, a'i groen yn frown euraid o ganlyniad i'r oriau a dreuliai yn yr awyr agored.

'Gwitsia i mi gael cod y *wi-fi* gin Liam,' meddai Beca, wrth weld ei mam yn agosáu.

'Twt! Be 'di'r brys? Rho'r ffôn 'na yn dy boced am unwaith! Mi fydd gin ti fodiau fel dwy sosej os na wnei di stopio ffidlan efo fo!'

Roedd yr amser a dreuliai Beca ar ei ffôn yn destun ffrae rhwng y fam a'r ferch yn aml, er bod raid i Elin gyfaddef i dwtsh o genfigen wrth weld pa mor gyflym roedd Beca'n medru tecstio. Un bys ddefnyddiai Elin i decstio, a byddai'n cael trafferth hyd yn oed wedyn.

Daeth Rhys draw atynt.

'Taith deirawr ydi hon, felly mi fydda i'n ôl tua'r un 'ma. Dwi 'di rhoi pres i'r efeilliaid i ga'l rwbath o'r siop i ginio, ac mae Sinéad wedi cadarnhau bod 'na *triple room* i chi yn y B&B, ond fydd hi ddim yn barod tan pnawn 'ma. A' i â chi draw yno ddiwedd y pnawn.'

'Diolch, Rhys – a 'sdim isio i ti boeni am ginio. Be dach chi'n 'i gael fel arfer?'

'Rhyw frechdan sydyn. Dim ond awr fydd gin i cyn taith y pnawn.'

'Mi wna i rwbath i chi.'

'Mam, Beca – dowch!' erfyniodd Moli cyn i Rhys druan fedru ateb, yn ysu am gael mynd ar ei hantur hithau.

Doedd Knockfree ddim ar y llwybr twristaidd poblogaidd, ac o'r herwydd roedd dipyn yn ddistawach na'r pentrefi cyfagos, oedd yn berwi o bobol yr adeg hon o'r flwyddyn. Heb lyn, plasty, gerddi crand nac eglwys hynafol oedd yn gyn-gartref i ryw sant enwog – a heb erioed gael ei ddefnyddio yn gefndir ar gyfer ffilm Hollywood na chyfres deledu boblogaidd – doedd dim i ddenu'r bysiau llawn ymwelwyr ar hyd ei strydoedd tawel. Er y cwyno cyhoeddus eu bod yn colli allan ar yr arian oedd yn llifo i'r pentrefi cyfagos ac er gwaetha pob ymdrech i gadw Knockfree yn daclus a deniadol â basgedi crog blodeuog yn hongian o flaen bob yn ail adeilad (ond heb erioed ennill cystadleuaeth y 'Tidiest Village in Ireland'), diolchai mwyafrif ei drigolion am y llonyddwch.

Wrth iddyn nhw gyrraedd cyrion y pentref, rhyw filltir a hanner o An Teach Ban, dechreuodd ffôn Elin ganu, ac un Beca yn syth ar ei ôl o. Roedden nhw wedi cyrraedd parth y signal ffôn, mae'n rhaid, meddyliodd Elin wrth estyn am ei ffôn a gweld ei bod wedi colli saith galwad gan Elfed, a phedair neges destun. Gwthiodd ei ffôn yn ôl i'w bag a chiledrych ar Beca, oedd wedi cythru am ei ffôn ei hun fel ysmygwr am smôc gynta'r dydd.

'Cymra wylia oddi wrth dy ffôn am chydig, wir Dduw,' erfyniodd Elin arni, yn gwybod ei bod yn swnio fel tôn gron. 'Ti'n treulio lot gormod o amser arno fo.' Ceisiodd estyn amdano o law ei merch, oedd yn edrych arni'n gyhuddgar, ond yn ofer.

'Mae 'na decst gin Dad. Ti ddim 'di deud wrtho fo lle ydan ni!' datganodd.

Amneidiodd Elin tuag at Moli, oedd yn cerdded ychydig o'u blaenau yn sgwrsio'n braf efo'r efeilliaid.

'Cadw dy lais i lawr, plis Beca ... dwi'm isio i Moli boeni.'

'Pam?' gofynnodd Beca'n herfeiddiol. 'Pam 'di o'm yn

gwbod? Ddudist ti mai methu dod efo ni oedd o, 'i fod o'm yn teimlo'n dda.'

Gafaelodd Elin yn ei braich i'w hatal rhag cerdded ymlaen. 'Plis, cadw dy lais i lawr. Mi wna i esbonio.'

'Ti 'di 'i adael o? Dyma be 'di hyn?' Gwelodd Elin fod dagrau'n dechrau cronni yn llygaid Beca.

'Nac'dw siŵr! Penderfyniad munud ola oedd dod draw yma, a ches i'm cyfle i ddeud wrtho fo. Beca ... dwi'n gwbod dy fod ti wedi gweld y stad oedd arno fo pnawn ddoe.'

'Do, ond mi est ti heb ddeud dim wrtho fo! Sut stad ti'n meddwl fydd arno fo *rŵan*?'

''Nes i adael llythyr iddo fo. Ddim jest mynd ...'

'Hei! Dowch, *slowcoaches*,' gwaeddodd Moli arnyn nhw. ''Dan ni bron iawn yna!'

'Gad o am rŵan, plis Beca. Gawn ni siarad am y peth wedyn.'

'Wyt ti'n mynd i ffonio Dad?' Plygodd Elin ei phen. Aeth Beca yn ei blaen. 'Wel, os nad wyt ti'n mynd i neud, mi wna i!'

'Iawn, mi siarada i efo fo wedyn, dwi'n addo, ond plis, paid â deud dim wrth dy chwaer.' Tybed pa mor ddoeth oedd ei phenderfyniad i godi pac, meddyliodd Elin.

Gan nad oedd dieithriaid yn troedio strydoedd y pentre'n aml, roedd presenoldeb tair merch ddieithr yng nghwmni efeilliaid An Teach Ban yn denu sylw. Daeth llawer o'r sylw hwnnw gan y ddynes fechan oedd yn tendio blodau lliwgar oedd mewn cafn o flaen ei bwthyn isel. Cododd honno ei phen llawn cyrlers i edrych arnyn nhw, gan dynnu ei chardigan fawr wlân yn dynnach amdani er gwaetha'r gwres.

'Good morning,' cyfarchodd nhw, gan wenu a dangos llond ceg o ddannedd gosod. 'Is it you, the twins?' Craffai er mwyn gweld pwy oedd o'i blaen.

'Yes it is, Mrs O'Toole, good morning,' atebodd yr efeilliaid gyda'i gilydd gan gerdded yn eu blaenau heibio iddi.

'And here's me thinking you were holidaymakers.'

'*We*'re the holidaymakers,' meddai Moli wrthi.

'Ah! From Wales, is it?' gofynnodd yr hen wreigan.

'Yes.'

' I thought so. Well, *céad mile fáilte* to you all!'

'Thank you,' meddai Moli, heb ddeall am be roedd hi'n diolch, cyn rhedeg i ddal i fyny efo'r bechgyn. Gwenodd Elin ar yr hen wraig a nodio'i phen mewn cyfarchiad. Wnaeth Beca ddim codi'i phen.

'Be ddeudodd hi?' gofynnodd Moli i'r hogia.

'*Céad mile fáilte*,' ailadroddodd Pádraig.

'Be ma' hynna'n feddwl?'

'Can mil croeso,' meddai'r efeilliaid fel un.

'Dach chi'n siarad siarad Irish?' gofynnodd Moli mewn syndod.

'Dim Irish ydi o – *Gaeilge* ... a sgynnon ni'm dewis. 'Dan ni'n gorfod 'i ddysgu fo yn 'rysgol,' atebodd Pádraig.

'Naci tad. Dim *Gaeilge* ti'n galw'r iaith, ond Irish. Gwersi Irish 'dan ni'n gael yn 'rysgol!' taerodd Dewi.

'Irish *ydan* ni! *Gaeilge* ti'n galw'r iaith.'

'Dim Irish dwi! Dwi'n Gymraeg hefyd.'

'Wel, os felly, ti *yn* Irish, yn dwyt!'

'Ydi pawb yn fama yn siarad Geila... Irish?' gofynnodd Moli ar eu traws, gan synhwyro y gallai'r ddadl droi'n ffrae.

'Nac'dyn. Wnân nhw'm deud llawer mwy na be glywist ti rŵan,' atebodd Pádraig.

'Ond maen nhw wedi'i dysgu hi yn 'rysgol?'

'Do. Ond fedran nhw ddim 'i siarad hi.'

Edrychodd Moli yn ddiddeall arno cyn troi at ei mam am esboniad.

'Wel ... w'sti Emma dros ffordd?' meddai Elin, ar ôl meddwl am eiliad.

'Fedar *hi* siarad Irish?'

'Na fedar, siŵr ... wel, am wn i.'

'Fedar hi ddim siarad Cymraeg!'

'A dyna fy mhwynt i, os wnei di adael i mi 'i gyrraedd o! Er 'i bod hi wedi'i geni a'i magu yn Wrecsam ac wedi dysgu Cymraeg yn yr ysgol, i fod, tydi hi ddim yn siarad yr iaith, nac'di.'

'O,' meddai Moli, gan ysgwyd ei phen mewn ystum a ddynodai ei bod wedi derbyn y ffaith fel un o'r pethau hynny na allai eu hegluro – fel y ffaith fod y geiriau 'nicyrs' a 'bra' yn wrywaidd.

Er nad oedd Knockfree fawr mwy na Rhosyreithin, synnodd y merched o weld bod yno – yn ogystal â'r brif siop oedd hefyd yn swyddfa'r post ac yn ganolfan hel clecs – siop cigydd, dau dŷ tafarn, siop trin gwallt, canolfan gymunedol fechan, ac yn fyw cyffrous na dim i'r genod, têc-awê.

'Sbia, Mam! Mae 'na *Chinese Takeaway* yma!' rhyfeddodd Moli wrth basio siop fach oedd yn gwerthu bwyd Tsieineaidd a sgod a sglods.

'Sgynnon ni ddim byd yn ein pentre ni,' cwynodd Moli wrth yr hogia.

'Roedd 'na siop pan o'n *i*'n fach,' mynnodd Beca.

'A siop tships hefyd, a swyddfa bost,' ychwanegodd Elin. 'Ond ma' Moli'n iawn – does 'na ddim byd rŵan, dim ond fan bost sy'n dod i'r pentre bob pnawn Gwener.'

Edrychodd Dewi a Pádraig arni yn anghrediniol.

'Ond ma' gynnon ni signal ffôn 4G,' broliodd Beca, 'a *broadband fibre optic*.'

O edrych ar yr eiddigedd ar wynebau'r bechgyn, gwyddai mai hi gawsai'r gair olaf.

Tu mewn i Kavanagh's Village Store and Post Office roedd Mrs Breda Kavanagh yn ei chwman yn gosod pacedi o fisgedi yn rhesi taclus. Sylwodd Elin ar enwau dieithr y cynnyrch, Kimberly a Mikado, oedd yn ei hatgoffa ei bod hi mewn gwlad arall. Er mai dynes fechan o ran taldra oedd Breda, doedd hi'n sicr ddim yn fach o ran lled, a chawsai gryn drafferth i godi ar ei thraed mewn ymateb i dincian y gloch fach uwchben drws y siop. Pan gododd ar ei sefyll, gwenodd Elin pan sylweddolodd fod y siopwraig yn ei hatgoffa o'r peli mawr crynion hynny a welsai yn y *gym*.

'Give us a hand there will you, Pádraig?' Estynnodd ei llaw i gyfeiriad un o'r efeilliaid.

'I'm Dewi,' atebodd hwnnw, gan ddal ei fraich iddi.

'Sorry, Deewie! I'll be getting it right one day!' meddai Breda, gan fustachu mynd tu ôl i'r cownter lle roedd stepen i'w chodi fel y gallai weld dros y til.

'And who are the fine things you have with you today, boys?' gofynnodd ar ôl iddi gyrraedd ei phriod le, gan fethu cuddio'i chwilfrydedd.

'It's Daddy's friend Elin and her daughters, Moli and Beca,' datganodd Pádraig.

'Hello!' meddai Elin, ychydig yn chwithig, wrth weld Breda yn syllu'n fanwl arni.

'Ooooh, that's nice. I'm glad that Rees has found himself a nice friend,' meddai. 'Róisín was such a lovely girl and it was indeed a great tragedy that happened, but the fella needs a woman.'

'Oh, no! No, it's nothing like that ...' mynnodd Elin, gan geisio cywiro camsyniad y siopwraig.

'She's just a friend. And she has a husband!' ychwanegodd Dewi'n flin.

'Oh, I'm sorry! There's me jumping to conclusions again,' meddai Breda â chwerthiniad ysgafn, heb sylwi ar yr embaras roedd hi newydd ei greu. 'And what can I be getting you this morning?'

'We'll just have a look around ... if that's OK,' atebodd Elin.

'Of course. You go on ahead.'

Edrychodd Elin ar letusen drist yr olwg yn gorwedd mewn basged wiail wrth ymyl bwnsiaid o foron oedd wedi dechrau crebachu, a sylweddoli nad oedd hi'n mynd i fedru darparu'r wledd o ginio yr oedd wedi'i chynllunio. Sylwodd hefyd ar y prisiau, ac ar ôl gwneud y syms yn ei phen i ddarganfod gwerth yr ewros mewn punnoedd, damniodd Brexit a chwymp y bunt, ac nid am y tro cyntaf.

'A sut oedd Breda Kavanagh bore 'ma?' gofynnodd Rhys wrth estyn am frechdan gaws a thomato.

'Busneslyd, fel arfer,' atebodd Dewi.

Chwarddodd Rhys. 'Alla i ddychmygu! Nid y We sydd wedi lladd y papur newydd lleol yn fama ond Breda – does 'na'm pwynt ei ddarllen o achos mi fyddwch chi wedi cael pob hanes gwerth ei glywed cyn i chi adael y siop. Mae pawb yn y pentre'n gwybod bod 'na fisitors yn An Teach Ban bellach!'

'Ma' hi'n sicr yn dipyn o gymeriad!' cytunodd Elin, gan droi at Beca i'w hannog i gymryd brechdan.

'Dwi'n iawn, diolch,' atebodd Beca, ei llais yn awgrymu nad oedd hi'n iawn o gwbwl. Ochneidiodd Elin.

'Rhys ... tybed ga' i ddefnyddio ffôn y tŷ ar ôl cinio? Angen rhoi galwad sydyn i Elfed.'

'Cei, siŵr – does dim isio i ti ofyn! Mae 'na ddau ffôn *cordless* yn y tŷ 'ma yn rwla.'

Gwthiodd Elin y plât brechdanau at Beca â gwên wan. Doedd hi ddim yn edrych ymlaen ar wneud yr alwad ond roedd gan Beca bwynt – allai hi ddim peidio siarad efo'i gŵr.

Atebodd Elfed y ffôn yn syth.

'Ffor ffycs sêcs, Elin! Lle ddiawl wyt ti?'

Doedd Elfed ddim yn ddyn oedd yn rhegi'n aml ... ddim pan oedd o'n sobor, beth bynnag, felly gwyddai Elin yn syth ei fod wedi bod yn yfed, a hithau'n ddim ond hanner awr wedi un y pnawn. Diffoddodd y fflam o euogrwydd oedd wedi bod yn cronni y tu mewn iddi.

'Dim ots lle ydw i.'

'Be oedd ar dy ben di, yn jest mynd fel'na?'

'Gest ti fy llythyr i?'

'Wel do, siŵr Dduw, neu mi fysa 'na heddlu'n chwilio amdanoch chi. 'Di'r genod yn iawn?'

'Yndyn.'

'Lle ydach chi, Elin?' erfyniodd Elfed, gan newid ei dôn. 'Ddo' i atoch chi, gawn ni wylia bach. 'Dan ni'n haeddu gwylia bach.'

'Na, Elfed. Fel y gwnes i esbonio yn y llythyr, dwi angen amser i mi fy hun, a *ti* angen amser ...'

'Lle ddiawl gest ti bres, eniwê?' torrodd ar ei thraws yn ymosodol. 'Ti'n gwbod 'i bod hi'n dynn arnon ni, yn enwedig a chditha ddim yn cael tâl dros y gwyliau.'

'Ma' hi'n dynn arnon ni achos bod poteli gwin yn ddrud,' brathodd Elin, gan drio'i gorau i beidio cynhyrfu. 'Dwi 'di trio 'ngora efo chdi ond fedra i ddim cario 'mlaen fel hyn. Ma' raid i betha newid, Elfed. Ma' raid i *chdi* newid petha.'

'Plis ty'd adra, Els, plis ... dwi'n caru chdi.'

'Fedra i ddim byw efo chdi fel ag yr wyt ti, Elfed. Dwi'n sori, ond ma' raid i *chdi* wneud y dewis rŵan. Meddwl o ddifri am betha.' Roedd hi'n crynu drwyddi erbyn hyn ac yn cael trafferth i reoli ei llais.

'Paid â gwneud môr a mynydd o betha, ddynas, jest am bod dyn yn gwerthfawrogi ambell lasiad o win!'

'Reit – os nad oes gin ti broblem, fedri di esbonio i mi pam fod 'na botal o wisgi yn y ces o dan y gwely?'

'Presant Dolig ydi honna ... i dy dad.'

'Presant Dolig? Ti'n disgwl i mi goelio hynna? Bydd yn onest efo fi, ac efo chdi dy hun, a derbyn y peth. Ma' gin ti broblem yfed. Duw a ŵyr sut wyt ti 'di llwyddo i beidio cael y sac. Dwi ddim yn dod yn ôl nes bod rwbath wedi newid, a paid â thrio dod ar ein holau ni neu mi wnei di betha'n waeth.'

'Ffwcio chdi 'ta, y gont!'

Diffoddodd Elin y ffôn mewn dychryn, a syllu arno am eiliad cyn dechrau beichio crio. Roedd hi'n teimlo fel chwydu. Doedd Elfed erioed wedi siarad fel'na efo hi o'r blaen. Roedd fel petai rhywun arall yn siarad drwyddo fo, rhyw ddieithryn, rhywun nad oedd hi isio'i nabod. Teimlodd bâr o freichiau cryfion yn cau amdani a suddodd yn ddiolchgar iddyn nhw.

'Mae'n OK, Elsi, ti'n OK. Dwi yma i chdi.'

'Ma' petha'n ddrwg, Rhys. Dwi 'di trio 'ngora ond fedra i'm cymryd mwy o hyn.'

'Oes ganddo fo ddynas arall?'

'Nag oes, nag oes, dim byd fel'na. Pwy arall fysa'n ddigon gwirion i'w gymryd o fel mae o?'

'Wel ia, tydi o mo'r dyn mwya ecseiting, nac'di.' Llithrodd y geiriau o enau Rhys cyn iddo gael cyfle i'w hatal, a gwyddai Elin o'i osgo ei fod yn eu difaru. 'Sori. Ddaeth hynna allan yn rong.'

'Ddim dyna o'n i'n feddwl, Rhys,' meddai Elin, ac o gysur ei freichiau bwriodd ei bol wrtho: y rhwystredigaeth, y celwydd, y cuddio a'r cywilydd oedd wedi'i gyrru i ben ei thennyn a'i harwain i redeg i ffwrdd, i achub ei phwyll ei hun ac i arbed ei phlant. Wedi iddi orffen siarad, rhyddhaodd ei hun o freichiau Rhys ac edrych arno i chwilio am ymateb. Oedd o'n meddwl ei bod hi wedi gwneud peth gwirion, wedi gwneud peth creulon yn gadael Elfed yn ei stad druenus? Roedd ei wyneb yn galed a'i lygaid yn oer. 'Rhys?' meddai mewn llais bach.

'Dwi'm yn lecio meddwl amdano fo'n dy frifo di fel hyn. Taswn i'n gwbod ... Mi wnest ti'r peth iawn yn dod yma.' Edrychodd ar ei watsh. 'Damia! Ma' raid i mi fynd ... y grŵp beicio pnawn. Gwna dy hun yn gartrefol. Mi fydd yr hogia ar hyd y lle i ddiddanu'r genod. Mi wna i rwbath neis i ni i swper heno, a gawn ni sgwrs iawn ... OK?'

'Diolch i ti, Rhys, ond fysat ti'n meindio tasan ni'n mynd i'r B&B? Dwi 'di blino'n lân a dwi'n siŵr bod y genod hefyd. Ddaru 'run ohonon ni lwyddo i gysgu ar y fferi neithiwr. Gawn ni têc-awê o'r Chinese yn y pentre i swper, ac i'r gwely ar ein pennau wedyn.'

'Iawn, os mai dyna wyt ti isio,' cytunodd Rhys gan fethu cuddio ei siom am ennyd. 'Dallt yn iawn. Ond anghofia am y têc-awê – mi ffonia i Sinéad rŵan i ddeud y byddwch chi angen pryd nos. Maen nhw'n cynnig pryd traddodiadol Gwyddelig a chei di neb gwell na mam Sinéad am neud bara soda. Gawn ni gyfle i glirio'r stafelloedd i wneud lle i chi erbyn fory, a gan y bydd hi'n ddydd Sul mi fydda i'n rhydd drwy'r dydd, i gael dal i fyny'n iawn.'

Roedd Sinéad yn sefyll yn nrws Fairyhill B&B wrth i gar Elin grensian y graean ar y ffordd i fyny at y byngalo anferth. Gwelsai Elin amryw o fyngalos tebyg ar ei thaith o'r porthladd, i gyd wedi eu hadeiladu ar ddiwedd y nawdegau pan oedd economi Iwerddon yn ffynnu a'r Celtic Tiger ar ei anterth, gan ei hatgoffa o ransh Southfork ar y rhaglen deledu *Dallas* ers talwm. Roedd rhes o botiau llawn blodau amryliw o flaen y tŷ, yn arwydd o ofal y perchnogion. Sinéad oedd un o ffrindiau gorau Róisín ac roedd Elin wedi ei chyfarfod yn ei hangladd, ond edrychai'n dra gwahanol heddiw mewn ffrog fer binc llachar oedd yn dangos ei chorff siapus i'r eithaf. Roedd ei gwallt wedi'i dorri'n fyr a'i liwio'n biws a'i hwyneb yn drwch o golur. Gwisgai gylchau mawr aur yn ei chlustiau, oedd yn tynnu ar y llabedi. Wrth iddyn nhw nesu tuag ati, sylwodd Elin ar y rhychau oedd yn cuddio o dan y colur a'r pantiau islaw ei llygaid.

'Eileen! *Céad mile fáilte* to you,' meddai Sinéad yn ei llais melodaidd wrth iddi eu helpu allan o'r car. 'It's grand to see you again – and these are your girls ... Molly and Becky is it?'

'Beca,' cywirodd Beca hi gan edrych ar ei mam yn disgwyl am ei chywiriad hithau.

'Lovely to see you again too, and in happier circumstances,' meddai Elin, gan ddewis anwybyddu'r camgymeriad. 'Thank you so much for putting us up tonight.'

'Sure, it's no trouble at all. We had a cancellation for the triple room yesterday, so it was meant to be. There was a misunderstanding regarding the day you were arriving, Rhys was saying?'

'Yes, that's it,' atebodd Elin, heb fod yn siŵr iawn be i'w ddeud. Doedd hi'n sicr ddim am gyfaddef ei bod wedi neidio i'r car a dod draw i Iwerddon heb hyd yn oed siarad efo Rhys.

'And how long will you be staying over?'

'Well, we're not sure yet,' dechreuodd Elin.

'Wsnos ddeudist ti!' sgyrnygodd Beca. Anwybyddodd Elin hi a mynd rownd i agor bŵt y car. Daeth dynes denau, sarrug yr olwg, yn gwisgo oferôl las oedd yn hongian am ei chorff esgyrnog fel ffrog ar hangyr, allan o'r tŷ.

'Sinéad!' gwaeddodd. 'Will you hurry up and come and finish these spuds for me? They won't peel themselves!'

'Coming, Mammy!' gwaeddodd Sinéad arni, ei gwên gyfeillgar wedi diflannu. 'I'll just check in Rhys's friends.'

'Friends or no, make sure you charge them the full whack.'

Edrychodd Sinéad ar y merched. 'Agh! Don't take any notice of that aul bitch!'

Syllodd Moli a Beca arni'n gegrwth. Winciodd Sinéad arnynt, a dechreuodd Beca chwerthin am y tro cyntaf y diwrnod hwnnw.

Ar ôl llond bol o Colcannon, ham wedi'i ferwi a bara soda yn syth o'r popty, ac wedi boliaid annisgwyl o chwerthin yng nghwmni cawr o Americanwr ffraeth oedd yn rhannu eu bwrdd bwyd, roedd Elin, Beca a Moli yn barod am eu gwlâu. Erbyn wyth o'r gloch roedd y tair yn cysgu'n sownd.

Pennod 4

Deffrodd Elin ar ôl y noson orau o gwsg a gafodd ers tro, ac ar ôl llond plât o frecwast Gwyddelig a mwy o chwerthin wrth wrando ar yr Americanwr mawr yn mynd drwy ei bethau dechreuodd deimlo'r tensiwn yn ei hysgwyddau yn dechrau llacio. Roedd y ffaith fod Sinéad wedi gwrthod derbyn yr un geiniog o dâl am eu llety hefyd yn help. Erbyn iddyn nhw gyrraedd An Teach Ban roedd hi a'i merched mewn hwyliau arbennig ac yn edrych ymlaen i weld be oedd gan y diwrnod – a'r gwyliau – i'w gynnig.

Flynn oedd y cyntaf i'w croesawu, gan redeg tuag atynt i'w cyfarch fel petaen nhw'n hen ffrindiau. Cuddiodd Beca y tu ôl i'w mam – doedd hi ddim yn rhy hoff o gŵn ac roedd afiaith Flynn yn ei dychryn. Fel petai wedi deall fod Beca angen ei swyno, anelodd yn syth ati gan neidio i fyny arni. Sgrechiodd honno mewn dychryn.

'Lawr, Flynn!' Daeth llais Liam o ddrws y tŷ ond ni chymerodd y ci owns o sylw. Roedd o wrthi'n llyfu'r holl golur roedd Beca newydd ei beintio'n ofalus oddi ar ei hwyneb, ei bawennau mawr ar ei hysgwyddau. Pan redodd Liam tuag ato a'i dynnu ymaith, gan ymddiheuro a cheryddu am yn ail, ceisiodd Beca ymddangos yn ddi-hid, ond gallai Elin weld o'r gwrid oedd yn lledu o'i bochau i lawr ei gwddw fod ei merch yn gwaredu iddi wneud y fath ffys o flaen y bachgen ifanc golygus.

'Mae'n iawn. Dim ots, siŵr,' meddai Beca gan estyn llaw betrus i fwytho pen y ci.

'Ti'n edrych yn well heb yr hen *foundation* 'na beth bynnag ... yn tydi, Liam?' meddai Elin, gan sylweddoli'n syth ei bod wedi dweud y peth anghywir wrth weld llygaid Beca yn fflachio.

'Bore da! Gawsoch chi noson iawn?' gofynnodd Rhys wrth gerdded allan o'r tŷ tuag atynt. Edrychai dipyn yn smartiach heddiw, sylwodd Elin – roedd ei jîns a'i grys *check* yn edrych fel petaen nhw newydd gael eu smwddio, ac roedd o, yn amlwg, wedi gwneud rhyw fath o ymdrech i reoli ei wallt cyrliog.

'Bendigedig, diolch,' atebodd Elin. 'Mi gysgon ni fel moch bach.'

'Wel, mi oeddat ti'n *swnio* 'fatha mochyn, beth bynnag,' meddai Beca, yn gweld ei chyfle i dalu'r pwyth yn ôl. 'Roeddat ti'n chwyrnu dros bob man ... dim rhyfadd bod Dad yn gwisgo *earplugs* yn y gwely.' Tro Elin oedd hi i gochi. Roedd ganddi gywilydd o'r ffaith ei bod yn chwyrnu, ac na allai wneud dim ynghylch y peth.

''Dan ni'n 'i chlywad hi drwy'r walia adra!' ychwanegodd Moli.

'Diolch am hynna, genod,' meddai Elin â gwên wan. Chwerthin ddaru Rhys, cyn newid y pwnc.

'Reit. Be fysach chi'n lecio'i wneud heddiw, genod? Oedd ganddoch chi rwbath mewn golwg?'

Cododd y genod eu hysgwyddau gan adael i Elin ateb drostynt.

'Tydan ni ddim wedi cael cyfle i feddwl, a deud y gwir – 'dan ni'n agored i unrhyw awgrymiadau.'

'Iawn, 'ta. Be am fynd am dro i Glendalough? A gawn ni ginio dydd Sul yn Lynhams of Laragh.'

'Swnio'n lyfli,' atebodd Elin, er nad oedd yr un o'r ddau enw'n golygu dim iddi.

'Lle 'di Glendalough?' gofynnodd Moli.

'Lle hanesyddol pwysig lle adeiladodd Sant Kevin fynachdy yn ôl yn y chweched ganrif,' eglurodd Pádraig, oedd newydd ymuno â nhw. Roedd yntau hefyd yn edrych fel petai wedi cael ei sgrwbio'n lân, ei wyneb yn goch a'i wallt yn wlyb fel petai newydd ddod o'r gawod.

'Da iawn, Pádraig!' meddai Rhys, yn cyfeirio mwy at y ffaith fod ei fab wedi cael cawod yn fwy na'i wybodaeth o hanes lleol. Roedd cael yr efeilliaid i ymolchi yn mynd yn fwy a mwy trafferthus, yn wahanol i'w brawd mawr – ei gael *o* allan o'r gawod oedd yr her.

'Maen nhw'n deud bod Glendalough yn lle i lonyddu'r meddwl, ysbrydoli'r galon a llenwi'r enaid ... yn ôl y *flyers* sydd ganddon ni yn y siop, beth bynnag,' meddai Rhys.

'Swnio jest y peth, felly,' gwenodd Elin.

Daeth Dewi allan o'r tŷ a sefyll wrth ymyl ei frawd. Roedd y ddau yn edrych fel lluniau 'cynt' ac 'wedyn'– doedd Dewi yn amlwg ddim wedi bod ar gyfyl dŵr na sebon gan fod ei wallt yn flêr ac ôl ei frecwast i lawr ei grys T. Ochneidiodd Rhys.

'Dewi. Cawod. Rŵan! A rho ddillad glân amdanat!'

'Ond ...'

'Dim "ond" amdani – dwyt ti ddim yn dod efo ni yn edrych fel'na.'

'Ac mae o'n drewi!' ychwanegodd Pádraig heb arlliw o deyrngarwch tuag at ei efaill.

'Iawn, 'ta. Ddo' i ddim efo chi.' Sgwariodd Dewi at ei dad ac ochneidiodd hwnnw drachefn.

'Dewi ...' Roedd goslef llais Rhys yn isel, ond cyn iddo gael cyfle i orffen ei fygythiad gafaelodd Liam yn ei frawd bach a'i godi oddi ar y llawr.

'C'mon, you *eejit*!' meddai. 'Pádraig – ty'd efo fi i helpu i dynnu amdano fo!' Ac i ffwrdd â'r tri i'r tŷ, gyda Dewi yn sgrechian a strancio a Pádraig yn chwerthin.

Safodd y merched mewn syndod, heb arfer gweld y fath ymateb corfforol.

'Wel, dyna un ffordd o setlo petha!' chwarddodd Elin o'r diwedd.

'Dowch,' meddai Rhys, 'awn ni â'ch petha chi i'r tŷ. Tra 'dan ni'n disgwyl, mi a' i â chi i weld lle dach chi'n cysgu.'

Arweiniodd Rhys y merched i fyny grisiau culion, i lawr coridor bychan ac i fyny grisiau culach fyth i'r llofft yn yr atig. Wrth i Elin wylio Beca yn dringo'r grisiau o'i blaen allai hi ddim peidio â sylwi pa mor dindrwm yr oedd ei merch. Poenai ei bod yn gorfwyta, ond doedd fiw iddi ddweud dim wrthi. Roedd Beca wedi setlo i gylch dieflig o fwyta i leddfu ei phryderon, er gwaetha'r ffaith mai un o'i phrif bryderon oedd ei bod dros ei phwysau. Gwaith ysgol oedd y pryder mawr arall – y profion diddiwedd a'r awydd i wneud cystal â'i ffrindiau – ac yn sicr doedd yr awyrgylch gartref ddim yn help. Nid am y tro cyntaf, meddyliodd Elin pa mor debyg oedd ei dibyniaeth ar fwyd i ddibyniaeth ei thad ar alcohol, a penderfynodd wneud y mwyaf o'r gwyliau i drio cael Beca i fwyta'n iach a gwneud ymarfer corff.

'O waw, sbia llofft cŵl!' ebychodd Moli wrth edrych ar yr ystafell fawr a fu, ar ddechrau'r ganrif ddiwethaf pan adeiladwyd y tŷ, yn ystafell wely i forynion y fferm. 'Mae o 'fatha rwbath o'r oes o'r blaen!' Gollyngodd ei hun ar un o'r ddau wely ffrâm efydd oedd wedi'u gorchuddio â chwrlid o glytwaith lliwgar. Roedd wardrob anferth yn llenwi un wal, a bwrdd gwisgo, ac arno jwg a basn, gyferbyn ag o.

'Paid â bownsio ar y gwely!' gorchmynnodd Elin wrth glywed sŵn sbrings yn gwichian eu cwyn.

'Duw, gad iddi,' chwarddodd Rhys, gan wneud lle i Beca ddod i mewn i'r ystafell cyn camu allan ohoni ei hun a chychwyn yn ôl i lawr y grisiau cul. 'Lawr yn fama mae dy stafell di,' meddai, gan amneidio ar Elin i'w ddilyn. Agorodd ddrws i ystafell fechan gysurus a gwely dwbwl ynddi, ei ffenest yn ffrâm i olygfa odidog o'r mynyddoedd grug.

'Fama fydd Mam yn aros pan fydd hi'n dod draw, ac mae'r gwely wedi'i eirio achos does 'na 'mond wsnos ers iddi fod draw ddwytha.'

'Hyfryd,' meddai Elin. 'Diolch i chdi eto, Rhys.'

Ymhen chwarter awr roedd y brodyr yn barod a Dewi yn sgleinio cymaint â'i frawd, ond bod ei wyneb fel taran.

'O'r diwedd,' meddai Rhys. 'Ffwrdd â ni 'ta!' Dechreuodd Elin gerdded tuag at y Berlingo ond gwaeddodd Rhys ar ei hôl.

''Sdim isio i chdi fynd â dy gar, Elin – mi ffitiwn ni i gyd yn y pic-yp.' Edrychodd Elin yn amheus arno. 'Dwi 'di llnau'r cefn yn sbesial,' eglurodd. 'Mae 'na le i chdi wrth fy ochr i, Elin; mi geith y genod ac un o'r hogia fynd i'r seddi cefn, a'r lleill yn y trwmbal.'

'Dwi'n mynd i'r sêt gefn!' gwaeddodd Dewi, a neidio i mewn i'r cerbyd. Penderfynodd Pádraig a Liam beidio â dadlau, a gosod eu hunain ar y garthen roedd Rhys wedi ei rhoi ar waelod y trwmbal i gadw eu dillad yn lân.

'Ydyn nhw'n saff yn fanna?' gofynnodd Elin yn amheus.

'Ydyn siŵr,' cadarnhaodd Rhys gan agor drws y car iddi. Taflodd Elin gipolwg i'r sêt gefn lle roedd Dewi yn edrych yn anghyfforddus iawn, wedi ei wasgu rhwng ei dwy ferch.

Doedd Rhys ddim wedi bod yn Glendalough ers pan oedd y plant yn fach, ac roedd hynny ar bnawn Sadwrn ym mis Chwefror pan oedd y llwybrau heibio adfeilion y mynachdy a thrwy'r goedwig at y ddau lyn yn dawel a heddychlon. Roedd ymweld ar ddydd Sul ym mis Gorffennaf, fodd bynnag, yn brofiad tra gwahanol.

Ffeindio lle i barcio oedd yr her gyntaf. Roedd y maes parcio cyntaf yr aethant iddo yn llawn bysiau o bob lliw a llun, yn dyst bod tripiau o Iwerddon, Prydain a thu hwnt wedi dod i fwynhau'r golygfeydd godidog, felly roedd yn rhaid troi i'r maes parcio arall, lle cawsant le yn y pen pellaf un.

'Rargian! Do'n i'm yn disgwyl hyn,' rhyfeddodd Rhys wrth gamu allan o'r pic-yp. 'Ddim yn y bore, beth bynnag. Dwi'm yn meddwl y cawn ni lawer o heddwch i lonyddu'r meddwl heddiw!'

Wrth ymlwybro tuag at y bwa cerrig oedd yn dynodi mynediad i safle'r adeiladau hynafol a'r tŵr uchel crwn, oedd fel bwled enfawr yn edrych dros y dyffryn, clywsant sŵn cerddoriaeth swynol.

'Be 'di'r miwsig 'na?' gofynnodd Moli. 'Mae'n swnio'n debyg i bagpeips.' Ymunodd llais clir, hudolus â'r gerddoriaeth: llais merch, ac er na allai Elin ddeall gair yr oedd hi'n ei ganu roedd angerdd dwys, galarus ei chân yn codi croen gŵydd ar ei breichiau. Wrth iddynt gerdded yn eu blaenau, daeth ffynhonell y sŵn i'r golwg. Eisteddai dynes fechan mewn ffrog hir, werdd ar stôl bren ger y stepiau oedd yn arwain i fyny at y bwa caregog.

Llifai ei gwallt gwyn i lawr ei hysgwyddau main, â'r haul yn goleuo'r stribedi arian oedd yn rhedeg drwyddo. Eglurodd Rhys mai'r *uilleann pipes* oedd yr offeryn rhyfedd o dan ei chesail, a dotiodd Elin at y ffordd yr oedd y ddynes yn codi ei braich yn rhythmig i bwmpio aer iddo a byseddu'r pibau hir i greu'r synau cyfoethog. Roedd hi wedi cau ei llygaid i fwrlwm y bobol a gerddai heibio iddi, a chodai nodau clir ei llais uwchben eu dwndwr. Safodd Elin yn stond i wrando arni, gan deimlo rhyw gysylltiad emosiynol rhyfedd â'r wraig eiddil yr olwg oedd ar goll yn ei chân.

'Mae hi'n edrych fel un o'r tylwyth teg,' rhyfeddodd Beca. Fedrai Elin ddim ateb, gan iddi deimlo lwmp yn codi yn ei gwddw. Caeodd ei llygaid i osgoi'r dagrau oedd yn cronni tu ôl iddynt.

'Mam? Dach chi'n iawn?' gofynnodd Moli.

'Mae'r Gwyddelod wedi cynllunio'r pibau fel eu bod nhw'n medru eu chwarae nhw heb chwythu, 'sti, Moli, yn wahanol i'r bagpeips Albanaidd – sy'n gadael eu ceg yn rhydd i yfed eu Guinness drwy welltyn!' meddai Rhys yn gellweirus, fel petai'n synhwyro na fedrai Elin ateb.

'Go iawn?' gofynnodd Moli, gan droi ei holl sylw ato.

Chwarddodd y bechgyn ac agorodd Elin ei llygaid. Roedd yr hud bregus wedi ei chwalu. Aeth i'w phwrs ac estyn hynny o ddarnau ewro oedd ganddi ynddo, a'u taflu i'r cap bach melfed oedd wrth draed y wraig. Agorodd hithau ei llygaid mewn ymateb i sŵn tincial y pres, a gwenu ei diolch. Wrth droi i ffwrdd cymerodd Elin anadl ddofn i gau'r drws ar y teimladau prudd yr oedd y gerddoriaeth wedi eu deffro ynddi. Cerddodd i fyny'r grisiau carreg, drwy'r bwa ac yn ei blaen ar hyd y llwybr.

Roedd hi'n anodd iddi ddirnad fod pobol wedi bod yn pererindota ar hyd y llwybrau o dan ei thraed ers pymtheg canrif, ers pan ddaeth Sant Kevin â chriw bach o fynaich i sefydlu mynachdy yn y glyn. Be fysa Kevin yn ei wneud o'r rhengoedd oedd fel morgrug ar hyd y lle heddiw, tybed, meddyliodd. Roedd yn sicr yn dorf amrywiol – Americanwyr boldew yn gwisgo'u camerâu drudfawr fel mwclis, Siapaneaid yn tynnu hunluniau diddiwedd efo'u iPhones diweddaraf, a theuluoedd Mwslemaidd, â'r merched yn eu gwisgoedd llaes, yn troedio'n ofalus ar hyd y llwybr ansad.

'Mam! Ty'd!' Clywodd lais Beca yn galw arni a sylwi bod y gweddill wedi cerdded cryn bellter o'i blaen drwy'r coed tuag at y llyn. Brysiodd atyn nhw. Cerddai'r efeilliaid yn agos at ei gilydd a Moli hyd braich oddi wrthynt, a Liam a Beca ychydig y tu ôl i'r tri, ochr yn ochr ond yn rhy chwithig a swil i sgwrsio. Ymhen dim roedd Rhys ac Elin yn siarad fel pwll y môr, y ddau wedi llithro'n ôl i'w hen berthynas gyfforddus ac yn mwynhau'r cyfle amheuthun i roi'r byd yn ei le. Ymhen fawr o dro roedd pwnc llosg Brexit wedi codi'i ben.

'Be ti'n feddwl ddigwyddith?' gofynnodd Elin. 'Roedd Sinéad yn deud bod 'na amryw ffor'ma yn poeni be ddaw.'

'Wel ydi, mae o'n boen,' atebodd Rhys. 'Y peth dwytha 'dan ni isio'i weld ydi ffin galed rhyngddan ni a chitha. Mae 'na amryw ohonan ni yn lleol yn dibynnu ar dwristiaid o Brydain – a hynny yn cynnwys Gogledd Iwerddon – a'r rheini'n medru mynd a dŵad mor hawdd ar y funud. Wn i ddim be wnawn ni tasa hyd yn oed cyfran ohonyn nhw'n penderfynu peidio dod acw gan fod teithio'n ormod o strach.'

'Ni a chitha?' ailadroddodd Elin mewn syndod. 'Ti'n cyfri dy hun yn Wyddel rŵan, felly?'

'Rargian, nac'dw! Cymru ydi adra o hyd ... ond fama dwi'n byw, 'de!'

'Pa liw crys fyddi di'n wisgo i wylio'r rygbi?' pryfociodd Elin.

'Coch, siŵr iawn!'

'A'r hogia?'

'Dibynnu gan pwy mae'r tîm cryfa ar y pryd!' gwenodd Rhys.

Erbyn i'r criw ddechrau ar y daith yn ôl o'r llyn roedd Moli yn y canol rhwng yr efeilliaid, yn bregliach bymtheg y dwsin, ac er bod Beca a Liam yn dal i fod yn dawedog, roedden nhw'n edrych yn fwy cyfforddus yng nghwmni ei gilydd.

'Dad! I need the jacks!' gwaeddodd Dewi gan dorri ar draws sgwrs Elin a Rhys am iechyd ei fam o a'i thad hithau.

'Dos tu ôl i'r goeden, 'ta,' meddai Rhys, ac i ffwrdd â Dewi yn ddi-lol i wneud ei fusnes.

''Dw inna isio pi-pi hefyd,' mynnodd Moli cyn gynted ag y deallodd beth oedd ystyr 'the jacks'.

'Dos ditha tu ôl i goeden. Wnawn ni ddim sbio,' meddai Rhys. Edrychodd y tair merch arno mewn dychryn.

'No wê!' meddai Moli.

'Tydi hi ddim cweit mor hawdd i ferched,' eglurodd Elin.

'Well i ni 'i siapio hi at y toiledau yn y maes parcio felly,' cynghorodd Rhys. 'Mi fysa'n syniad i ni frysio beth bynnag – dwi 'di bwcio bwrdd i ni yn Lynhams am hanner awr wedi un.'

Dechreuodd yr efeilliaid redeg gan weiddi 'Ras!', a cheisiodd Moli eu dilyn cyn stopio'n stond a croesi'i choesau.

'Fedra i'm rhedag, Mam – dwi jest â byrstio!'

'Wel, dos tu ôl i goeden 'ta!'

'Na wnaf! Be tasa 'na rywun yn 'y ngweld i?' Roedd golwg fel petai bron â chrio ar Moli erbyn hyn.

'Ty'd! Tydi'r maes parcio ddim yn bell,' anogodd Rhys.

'Dwi'm yn meddwl fedra i gerddad chwaith,' cyfaddefodd Moli, ei hwyneb bach yn fflamgoch.

'Reit. Does 'na 'mond un peth amdani, felly,' datganodd Rhys, 'pàs ar gefn!'

A dyna sut y bu i Rhys redeg drwy'r goedwig gyda Moli ar ei gefn ac Elin yn eu dilyn, yn swp sâl rhag ofn i Moli fethu dal!

'Lwcus bo' chdi wedi bwcio bwrdd, Dad!' meddai Liam wrth gerdded o'r haul i dywyllwch cymharol y dafarn draddodiadol oedd wedi bod yn gwasanaethu pererinion, brodorion ac ymwelwyr fel ei gilydd ers 1776. Roedd y lle'n orlawn a sŵn chwerthin a sgwrsio, tincial gwydrau a ffyrc ar blatiau yn llenwi'r lle.

'Fues i'n lwcus i gael un ar fyr rybudd,' cyfaddefodd Rhys, gan eu harwain at fwrdd ger y ffenest. Treiddiai arogl bwyd hyfryd i bob cornel o'r ystafell a sylweddolodd Elin ei bod ar lwgu ar ôl yr holl gerdded. Ym mhen pella'r ystafell roedd cownter hir, derw a rhes o gogyddion y tu ôl iddo, yn codi bwyd bendigedig yr olwg ar blatiau i giw o gwsmeriaid awchus.

'Reit – be mae pawb am ei gael?' gofynnodd Rhys. 'Cinio dydd Sul o'r carferi? Neu mi alla i argymell y stiw bîff mewn Guinness. Mae pobol yn dod yma o bell ac agos oherwydd hwnnw.'

Craffodd Elin ar y bwrdd du uwchben y cownter i geisio gweld y prisiau, gan gofio nad oedd ei phwrs yn un diwaelod. Roedd y tocyn fferi a brynodd i ddod dros Fôr Iwerddon wedi costio cant wyth deg o bunnoedd iddi, ac fe fyddai angen yr un faint eto i fynd adref. Fel petai'n medru darllen ei meddwl, meddai Rhys, 'Fy nhrît i ydi hwn, gyda llaw.'

'Rargian, na!' protestiodd Elin. 'Wna *i* dalu am hwn, siŵr ... y peth lleia fedra i wneud.'

'Elin. Gad i mi dalu. Dwi ddim 'di cael cyfle i ddangos fy niolch i ti am be wnest ti.' Rhoddodd Rhys ei law ar ei braich.

Edrychodd Elin yn ddryslyd arno.

'Be wnes i?' gofynnodd, heb syniad at be roedd ei ffrind yn cyfeirio.

'Y ffordd wnest ti ollwng pob dim a dod â Mam drosodd pan ... plis.'

Nodiodd Elin gan weld fod sôn am y cyfnod anodd hwnnw yn dilyn marwolaeth Róisín yn ei dagu. Rhoddodd ei llaw ar ei law yntau a'i gwasgu.

'Ydi plant yn cael y stiw Guinness?' gofynnodd Moli'n ddiniwed.

'Ydyn,' meddai Elin, gan dynnu ei llaw yn ôl wrth weld Beca'n syllu arni.

'Neith o ddim fy meddwi i, na wneith?' gofynnodd eto.

'Na wneith! Mae'r alcohol i gyd yn anweddu wrth iddo fo gael ei goginio.'

'Gymra i hwnna, 'ta!' meddai Moli.

‘’Di plant yn cael yfad y Guinness hefyd?’ gofynnodd Beca.

‘Nac’dyn!’ brathodd Elin, gan ddifaru tôn ei llais yn syth. ‘Fysat ti ddim yn ’i lecio fo beth bynnag – mae o’n chwerw iawn – ond mae o’n neis mewn stiw,’ ychwanegodd â gwên.

Roedd Rhys hefyd yn ceisio cael yr hogiau i ddewis eu bwyd. Wrth i Elin ei wylio, roedd yn amlwg iddi ei fod o’n meddwl y byd o’i feibion. Allai eu magu ar ei ben ei hun ddim bod yn hawdd, meddyliodd yn llawn edmygedd.

Ar ôl cryn bendroni a newid meddwl, cytunodd pawb i archebu’r stiw. Pan gyrhaeddodd y bwyd, edrychodd Moli mewn syndod ar y bowlen fawr wen o’i blaen, yn llawn stiw brown tywyll â dwy daten yn nofio fel ynysoedd yn ei ganol. Roedd y bechgyn wedi bwrw iddi’n syth ac wrthi’n sglaffio’r bwyd.

‘’Di o’m yn edrach yn neis iawn, nac’di?’ meddai. ‘Efo fforc ’ta efo llwy dwi i fod i’w fyta fo?’ Cywilyddiodd Elin o gofio mai Rhys oedd yn talu am y bwyd, a thynnodd wyneb blin ar ei merch ieuengaf gan geisio cuddio’r ffaith ei bod yn cytuno â’i barn.

Ddeng munud yn ddiweddarach crafodd Elin y mymryn olaf o grefi o waelod ei phowlen. Nid wrth ei big mae prynu cyffylog, meddyliodd.

‘Mam bach, roedd hwnna’n dda!’ meddai, gan bwyso’n ôl yn ei chadair.

‘Tatws Werddon, yli – y tatws gora!’ meddai Rhys.

Cytunodd pawb i gael powlennaid o dreiffl bob un yn bwdin, ac ymhen dim roedd saith powlen lân o’u blaenau.

‘Ro’dd hwnna’n lyfli, diolch!’ meddai Beca.

‘I Rhys mae isio i ti ddiolch,’ mynnodd Elin.

‘Diolch, Yncl Rhys,’ meddai Beca’n ufudd.

‘Ia, diolch, Dad!’ cytunodd Liam.

‘*Go raibh maith agat*!’ llafarganodd yr efeilliaid, gan godi eu gwydrau lemonêd.

‘Diolch yn fawr ydi hynny,’ cyfieithodd Liam er budd Beca, oedd yn edrych yn ddiddeall ar y bechgyn.

'*Go raibh maith agat*!' ymdrechodd Beca, gan wenu'n swil ar Liam.

Mynnodd yr efeilliaid a Moli deithio yn nhrwmbal y pic-yp ar y ffordd adref. Gallai Elin glywed sŵn eu chwerthin uchel uwchben sŵn yr injan, a gallai glywed hefyd fod Liam yn esbonio i Beca pam fod raid i arwyddion ffyrdd Iwerddon i gyd fod yn ddwyieithog oherwydd rheolau'r Undeb Ewropeaidd, a bod hynny'n amhoblogaidd gydag amryw o'r brodorion. Chwarddai'r ddau wrth i Liam geisio dysgu Beca sut i ynganu'r enwau Gwyddelig. Suddodd Elin yn is i'w sedd a gwenu'n fodlon, cyn neidio wrth i'w ffôn ddirgrynu ar ei glin. Cymerodd gip sydyn arno a gweld enw Elfed yn fflachio ar y sgrin. Diffoddodd y teclyn a'i wthio i waelod ei bag.

Pennod 5

Llusgwyd Elin o drwmgwsg gan sŵn sgrechian. Am eiliad, allai hi ddim yn ei byw â chofio lle roedd hi, ond gwyddai mai sgrech Beca oedd yn atseinio drwy'r tŷ. Neidiodd allan o'r gwely a baglu o'i llofft i gyfeiriad y sŵn, a chanfod Beca yn eistedd yn ei gwely, yn ceisio cuddio dan y cwilt i osgoi tafod gwlyb, garw Flynn, oedd wedi penderfynu ei bod hi'n hen bryd i'w ffrind newydd godi.

'Dos â'r ci gwirion 'na o'ma!' sgrechiodd Beca o'i chuddfan tra neidiai Moli ar y gwely, yn glanau chwerthin ar yr olygfa.

'Ty'd, Flynn, ty'd, Flynn. Lawr, boi!' anogodd Elin, gan geisio swnio'n awdurdodol.

Anwybyddodd y ci hi gan geisio palu ei ffordd dan y dillad, a bu'n rhaid i Elin afael yn ei goler a dechrau ei lusgo oddi ar y gwely.

'Flynn!' Rhewodd y ci pan glywodd lais ei feistr. Neidiodd oddi ar y gwely, a rhedeg o amgylch yr ystafell, gwthio heibio i Rhys, oedd erbyn hyn yn sefyll yn nrws yr ystafell, a'i dyrnu hi i lawr y grisiau. Allai Rhys ddim peidio â gwenu wrth ymddiheuro drosto.

'Blydi ci! Dwi mor sori! Madda iddo fo, Beca. Ci ifanc ydi o, ac mae o braidd yn wyllt o hyd – ond does 'na ddim malais ynddo fo o gwbwl.'

Sylweddolodd Elin ei bod yn sefyll o'i flaen mewn coban flêr oedd rhy fyr iddi (y gyntaf wrth law yn ei brys i bacio), ei gwallt yn dwmpath blêr ac ôl Huwcyn Cwsg dros ei hwyneb. Roedd Rhys, fodd bynnag, yn gwisgo'i ddillad beicio ac yn edrych fel petai wedi codi ers oriau. Tynnodd Elin ei choban dros ei phengliniau ag un llaw a gwthio'i gwallt o'i llygaid gyda'r llall.

'Sori am sgrechian,' ymddiheurodd Beca'n dawel. 'Ro'n i'n cysgu'n sownd a nath o 'nychryn i.'

'Dwi'm yn gweld bai arnat ti,' meddai Rhys. 'Sgrechian faswn inna hefyd tasa 'na labwst blewog wedi 'neffro i fel'na!'

'Faint o'r gloch ydi hi?' gofynnodd Elin.

'Hanner awr wedi naw.'

'Hanner awr wedi naw?' Dychrynodd o ddeall ei bod hi mor hwyr.

'Do'n i ddim yn lecio'ch deffro chi ... ro'n i'n clywed eich bod chi'n cysgu'n sownd,' meddai, gan wenu ar Elin. Teimlodd ei hun yn cochi o ddeall ei fod wedi'i chlywed yn chwyrnu. 'Dach chi ar eich gwylia wedi'r cwbwl,' aeth yn ei flaen. 'Codwch chi pan leciwch chi, a helpu'ch hunain i unrhyw beth ffeindiwch chi i frecwast. Oes ganddoch chi'ch tair gynlluniau am heddiw?'

'Na, dim rîli,' atebodd Elin.

'Pam nad ewch chi am dro bore 'ma 'ta? Ma' hi'n gaddo tywydd braf tan ganol y pnawn, o leia, ac mae 'na ddigon o lwybrau cerdded gwerth chweil yn yr ardal. Os ewch chi i fyny Cnoic Cocra mi fedrwch chi weld am filltiroedd – ac mae'r grug ar ei orau yr adeg yma o'r flwyddyn.'

'Lle fydd Pádraig a Dewi tra byddi di o'ma?' gofynnodd Elin.

'O, mi fyddan nhw ar hyd y lle ma, 'sti.'

'Tydyn nhw ddim yn mynd at Betty?'

'O na, dim ers talwm. Mi wyddost ti sut un ydi hi – mi fydda'r hogia'n tynnu arni ac yn cambyhafio cymaint, a doedd o ddim werth y bregath o'n i'n 'i chael pan fyddwn i'n dod adra. Tydyn nhw ddim ar ben eu hunain beth bynnag – mae Liam o gwmpas drwy'r adeg.'

Am gyfrifoldeb i Liam druan, meddyliodd Elin.

'Ti'n meddwl y bysan nhw'n lecio dod efo ni?' gofynnodd.

'Bysan, dwi'n siŵr,' atebodd Rhys yn ddiolchgar, yn llwyr ymwybodol o'r cyfrifoldeb roedd o'n ei roi ar ysgwyddau ei fab hynaf.

'Gawn ni fynd â picnic efo ni, Mam?' gofynnodd Moli. 'Ddeudist ti y bysan ni'n cael mynd am bicnic rywbryd, yn do?'

'Syniad da,' ategodd Rhys. 'Mae 'na ddigon o betha yn y ffrij i wneud brechdanau, ac mae 'na baced o borc peis yno hefyd, os dwi'n cofio'n iawn.'

'Oes 'na jeli a thomatos i ni gael te yn y grug?' gofynnodd Moli gan wenu. Edrychodd Rhys yn ddiddeall arni, y cyfeiriad llenyddol wedi mynd yn syth dros ei ben.

'Grêt – geith y genod helpu. 'Sa'n well i ni siapio hi, felly, yn bysa?' Trodd Elin ar ei sawdl, yn falch o gael mynd i wisgo amdani.

Roedd Elin hanner ffordd i lawr y grisiau ar ôl newid a phincio pan ddaeth Moli i'w chyfarfod.

'Mam! Mae 'na ddynas yn sefyll yng nghanol y gegin!' sibrydodd.

Roedd Rhys yn llygad ei le, meddyliodd, gan ddyfalu'n syth pwy oedd hi.

'Dos di i roi brwsh trwy'r gwallt 'na, ac mi a' i i lawr ati.'

Un ystum oedd i wyneb Betty Dolan, ac un yn mynegi siom oedd hwnnw. Yn ugain oed, a'i chariad cyntaf newydd ei gadael wrth yr allor ar ôl cael traed oer, penderfynodd fod ei bywyd am fod yn fwy o drasiedi na chomedi, a dyna fel y bu.

Cawsai ei siomi'n aml dros y blynyddoedd canlynol: pan briododd Róisín â Rhys; gan ddiffyg ei mab, Kevin, i ffeindio gwraig; pan gafodd ei gŵr ei ddal yn cael affêr efo'r ddynes oedd yn trin ei gyrn (a'i siomi ei fod o wedi marw o drawiad ar y galon cyn iddi gael cyfle i wneud ei fywyd yn uffern er mwyn talu'r pwyth yn ôl). Ond yn sicr y drasiedi fwyaf yn ei bywyd oedd colli ei merch yn ddisymwth a hithau'n ddim ond tri deg wyth oed. Os rhoddodd y digwyddiad erchyll hwnnw unrhyw gysur iddi, y cysur hwnnw oedd fod ganddi nawr gyfiawnhad dilys i fod yn ddiflas weddill ei hoes. Safai yng nghanol cegin ei mab yng nghyfraith yn syllu ar Beca, oedd yn bwyta darn trwchus o dost wedi ei blastro â menyn a jam.

Yn wrthwyneb llwyr i Betty, anaml y gwelai neb Elin heb wên ar ei hwyneb, er nad oedd y wên wastad yn cyrraedd ei llygaid.

'Good morning, Mrs Dolan. How are you?' gofynnodd yn sionc wrth gerdded i mewn i'r gegin.

'Is this your eldest, then?' gofynnodd Betty, gan anwybyddu cwestiwn Elin.

'Yes, this is Beca.'

'Likes her food, does she?'

Rhewodd y ŵen ar wyneb Elin. Edrychodd ar Beca ond roedd honno'n dal i fwyta'n ddi-hid, drwy ryw drugaredd.

'Rhys isn't here, I'm afraid. He and Kevin have taken the morning riders out,' eglurodd.

'I've come to see the boys. I have a cake for them.' Estynnodd Betty dun cacen o'i bag a'i osod ar ben pellaf y bwrdd, mor bell ag y gallai oddi wrth Beca. Fel petaen nhw wedi clywed y gair 'cake', sgrialodd yr efeilliaid a Flynn i'r gegin a glanio ar y tun. Efallai nad oedden nhw'n or-hoff o'u Granny, ond roedden nhw'n ffond iawn o'i chacennau.

'Is it chocolate, Granny?' gofynnodd Dewi, gan dynnu'r caead.

'That it is.'

'My favourite,' meddai Pádraig, gan gipio'r tun oddi ar ei frawd.

'Ty'd â hwnna'n ôl!' gorchmynnodd Dewi, gan hyrddio'i hun tuag ato'n wyllt. Daliodd Pádraig y tun cacen uwch ei ben a dechrau rhedeg oddi wrtho, heb sylwi ar Flynn oedd wedi gosod ei hun wrth ei draed. Baglodd dros y ci a hedfanodd y tun o'i ddwylo a glanio'n glep ym mhen pella'r gegin, ei gynnwys yn llanast hyd y llawr. Rhewodd pawb yn eu hunfan, gan gynnwys Moli, oedd newydd ddod i lawr i weld be oedd y twrw. Y cyntaf i symud oedd Flynn – rhoddodd un llam i gyfeiriad y gacen a chladdu ei wyneb yn ei chanol. Dechreuodd Moli biffian chwerthin, a fesul un ymunodd yr efeilliaid a Beca. Doedd Betty ddim yn chwerthin. Edrychodd arnynt hyd yn oed yn fwy siomedig nag arfer, cyn ochneidio.

'The feller is bringing up heathens!'

Wedi iddi gyrraedd pen Cnoic Cocra, eisteddodd Elin ar graig i gael ei gwynt ati. Roedd angen iddi weithio ar ei ffitrwydd, meddyliodd, wrth edrych i lawr y llwybr defaid yr oedden nhw wedi ei ddringo i'r copa, a sylweddoli nad oedd y bryn yn un uchel iawn. Roedd Beca hitha hefyd yn chwythu, ond roedd Moli a'r efeilliaid yn rhedeg ar hyd y llethrau bron mor sionc â Flynn, oedd yn sboncio rhwng y grug a'r eithin fel petai'n ganddo sbrings dan ei draed. Doedd addewid Rhys y gallen nhw weld am filltiroedd ddim wedi ei wireddu, gan fod cymylau llwydion wedi eu dilyn ac wedi taflu gorchudd dros yr olygfa. Gollyngodd Beca ei hun yn dwmpath wrth ei hochr.

''Dan ni'n gweld dim ar ôl trafferthu dod yma!' ebychodd.

'Dim ots,' cysurodd Elin hi, 'mae'r daith wedi gwneud lles i ni.'

'Dwi'n siŵr nad ydi gormod o awyr iach yn dda i chdi,' ochneidiodd Beca, gan orwedd ar ei hyd ar wely o fwsog. Edrychodd Elin arni am ennyd.

'Ti'n mwynhau'r gwyliau?' gofynnodd, ychydig yn betrus. Roedd hi wir am i'r merched fwynhau eu cyfnod yn Iwerddon, petai dim ond i leddfu ei chydwybod am eu cipio mor ddisymwth o'u cartref, ac oddi wrth eu tad. Roedd hi'n amlwg fod Moli wrth ei bodd, ond roedd hi'n anoddach darllen Beca.

'Distaw 'di yma, 'de.'

Clustfeiniodd Elin. Gallai glywed bref ambell ddafad, cân swynol ehedydd yn uchel uwch eu pennau a thincial y nant fechan yn rhuthro dros y creigiau gerllaw, y dŵr yn frown gan fawn a'r ewyn gwyn yn cofleidio'r cerrig. Roedd y seiniau'n debyg iawn i'r hyn a glywsai yn y bryniau tu ôl i'w chartref yng Nghymru, a'r unig sŵn nad oedd yn tarddu o fyd natur oedd chwerthin a sgwrsio Moli a'r hogia oedd yn chwarae yn y nant.

'Mae'n heddychlon yma.'

'Mam – 'dan ni'n aros mewn tŷ hanner ffordd i fyny mynydd yng nghanol nunlla. Mae o jest fel bod adra, tydi!'

'Ti'n meddwl?' gofynnodd Elin, yn anghytuno ond ddim am dynnu dadl i'w phen.

'Jest bod 'na'm signal ffôn ... a 'di Dad ddim yma.' Roedd Elin wedi ofni y byddai'n sôn am ei thad. 'Ti byth wedi deud wrtho fo lle ydan ni, nagwyt?'

'Dwi wedi siarad efo fo ...'

'Ond ti ddim 'di deud 'tho fo lle ydan ni.'

'Naddo,' atebodd Elin yn ddistaw, gan edrych yn syth yn ei blaen.

'Pam ti'm isio iddo fo wybod?'

'Nid 'mod i ddim isio iddo fo wybod ... dwi jest isio ... o, dwn i'm.' Allai hi ddim dod o hyd i'r geiriau i ddisgrifio'i theimladau mewn ffordd y byddai ei merch bymtheg oed yn ei ddeall.

'Ddim isio iddo fo ddod yma ar ein holau ni wyt ti?' gofynnodd Beca, gan daro'r hoelen ar ei phen. Allai Elin ddim gwadu.

'Ia. Dwi angen llonydd i feddwl ... ac isio iddo *fo* gael llonydd i feddwl hefyd.'

Disgynnodd distawrwydd rhwng y ddwy i fygu'r synau tlws o'u hamgylch. Beca a'i torrodd.

'Ydi Dad yn alcoholic?' gofynnodd yn dawel.

Daliodd Elin ei gwynt. Er ei bod yn gwybod bod gan Elfed broblem efo'r ddiod, a'i bod wedi dweud hynny wrtho droeon, roedd clywed y gair 'alcoholic' wedi ei thrywanu fel cyllell. Wyddai hi ddim be i'w ddweud. Doedd dim pwynt dweud celwydd, ond roedd hi'n ffaith mor anodd iddi *hi* ei derbyn, heb sôn am ei merch.

'Wel, mae o'n yfad gormod, ydi, ond ...' dechreuodd.

'Ond mae o'n cau deud wrth y doctor,' torrodd Beca ar ei thraws.

'Dyna chdi.'

'A tydi o ddim yn derbyn bod ganddo fo broblem.'

'Na, dwi'm yn meddwl ei fod o.'

'A neith o'm dechra mendio tan fydd o'n cyfaddef bod 'na broblem.'

'Na wneith, 'swn i'm yn meddwl,' meddai Elin, gan sylweddoli bod plant yn deall yn iawn be sy'n digwydd o'u cwmpas, waeth faint mae rhywun yn trio celu pethau rhagddyn nhw. Teimlodd y lwmp cyfarwydd yn dychwelyd i'w gwddw a'r pwysau'n disgyn yn drwm ar ei hysgwyddau.

Cododd Beca ar ei heistedd a thynnu ei phengliniau at ei brest, gan afael amdanynt i wneud ei hun yn belen dynn.

'Dwi isio'r hen Dad yn ôl,' meddai, ei llais yn torri a dagrau'n gwasgu drwy ei llygaid caeedig. 'Dwi isio medru dod â ffrindia adra heb boeni y bydd o'n eu mwydro nhw ac yn dangos ei hun. Dwi isio medru mynd i gysgu'r nos heb eich clywad chi'n ffraeo i lawr grisia. Dwi isio iddo fo fynd â ni am dro ar fora Sadwrn 'fatha bydda fo, yn lle 'i fod o'n flin ar hyd y tŷ am fod ganddo fo hangofyr, a dwi ofn ...' Erbyn hyn roedd y dagrau'n llifo a'i geiriau'n dod allan rhwng ebychiadau, ' ... a dwi ofn iddo fo ddreifio ...'

Rhoddodd Elin ei breichiau am ei merch a'i gwasgu ati. Petai Elfed o fewn gafael mi fysa hi wedi ei ddyrnu'n iawn, ei ysgwyd a sgrechian yn ei wyneb am achosi'r fath boen i'w merch. Siglodd hi yn ei breichiau fel petai'n fabi unwaith eto, gan wneud ei gorau i reoli'r tymer oedd yn byrlymu'r tu mewn iddi.

'Ti'n meddwl fod Moli'n gwybod?' gofynnodd yn betrus.

'Dwi'm yn meddwl,' atebodd Beca. 'Ma' Moli yn byw mewn byd o iwnicorns pinc a cymylau o gandi fflos.' Diolchodd Elin am hynny.

'Mae'n ddrwg gen i, Beca, wir.'

Tynnodd Beca ei hun o freichiau ei mam a chodi ar ei thraed, gan chwalu'r tynerwch fu rhyngddynt.

'Wel, gwna rwbath am y peth, 'ta!'

Ochneidiodd Elin o'i henaid wrth gael ei hatgoffa mai plentyn oedd Beca o hyd, plentyn oedd yn disgwyl i'w mam ddatrys pob problem a gwella pob poen.

'Dwi'n trio 'ngora,' meddai'n floesg.

Torrwyd ar eu traws gan lais Moli, oedd yn rhedeg tuag atynt yn gyffrous gan gario potel ddŵr yn llawn hylif brown.

'Mam, sbia! Mae 'na afon yn fan'cw sy'n llifo o Guinness! Dwi 'di llenwi potel i ni gael gwneud stiw!' Daliodd y botel dŵr brown, oedd ag ewyn gwyn ar ei dop, i fyny'n falch, heb sylwi ar Pádraig a Dewi yn rhowlio chwerthin y tu ôl iddi. Edrychodd Elin a Beca mewn anghrediniaeth arni hyd nes y sylweddolodd Moli druan ei bod wedi cael ei thwyllo, a dechreuodd redeg ar ôl y bechgyn gan geisio lluchio'r dŵr budr drostynt.

Tawedog oedd Beca ac Elin wrth iddyn nhw fwyta'u picnic. Roedd Elin bellach wedi sylweddoli y byddai'n rhaid iddi siarad efo Elfed – doedd hi ddim yn deg i'r genod nad oedden nhw'n gallu cysylltu efo'u tad. Corddai ei stumog bob tro y meddyliai am y peth, ond penderfynodd y byddai'n ei ffonio'r noson honno.

'Cacan jocled fysa'n neis rŵan!' Torrodd Moli ar draws ei meddyliau, yn amlwg wedi bod yn meddwl sut i dalu'r pwyth yn ôl i'r bechgyn am chwarae eu tric arni. Gweithiodd ei chynllun, a gwgodd y ddau arni.

'Mi fysa'n well i ni ei chychwyn hi'n ôl, dwi'n meddwl,' meddai Elin, wrth sylwi bod y cymylau llwydion uwch eu pennau wedi duo. 'Ma'r glaw ar ei ffordd.'

Fel petai dweud y geiriau wedi rhoi caniatâd i'r cymylau ollwng eu llwyth, dechreuodd dafnau mawr ddisgyn ohonynt nes yr oedd hi'n dymchwel y glaw.

'Mi ddeudoch chi nad ydi hi byth yn bwrw yma yn yr haf,' meddai Moli wrth y bechgyn wrth frysio i stwffio'r pethau picnic i'r bag. Gwelodd eu gwên, a sylweddolodd eu bod wedi ei thwyllo eto. 'Mam! Deud wrthyn nhw!'

Safai Liam tu allan i'r cwt pren yn An Teach Ban yn gwenu ar y criw gwlyb yn ymlwybro tuag ato. Roedd y glaw trwm wedi cilio erbyn hyn a'r haul yn gwenu eto.

'Dach chi'n wlyb!' meddai, gan ddatgan yr hyn oedd yn amlwg.

'Dwi fwy gwlyb na ... na'r peth mwya gwlyb yn y byd!' cwynodd Moli.

'Ro'n i'n meddwl y bysach chi wedi arfer efo glaw, a chitha'n dod o Gymru!' chwarddodd Liam.

'Sbïwch – mae 'na stêm yn codi oddi ar Flynn!' meddai Dewi, gan bwyntio at y ci oedd wedi cyrraedd y buarth o'u blaenau ac yn gorwedd mewn llecyn heulog.

'Tynnwch eich sgidia cyn mynd i mewn!' gwaeddodd Elin ar Beca a Moli wrth iddyn nhw slwtsian at y tŷ, 'a thynnwch y dillad gwlypaf yn y gegin yn lle'u cario nhw i'r llofft.'

'Dwi'm yn 'u tynnu nhw o flaen yr hogia, siŵr!' meddai Beca yn biwis.

'Aeth dy dad a Kevin allan efo'r beics er gwaetha'r glaw?' gofynnodd Elin.

'Do, anaml mae'r tywydd yn stopio beicwyr. Cyn belled â bod ganddyn nhw'r gêr iawn, dydi hi ddim yn broblem. Mae 'na rai sy'n lecio'r her o reidio pan ma' hi'n wlyb.'

Ysgydwodd Elin ei phen mewn anghrediniaeth. 'Ti'n meddwl y bysa dy dad yn fodlon i mi ddefnyddio'r peiriant golchi?'

'Bysa, siŵr! Dach chi'n gwbod sut mae o'n gweithio?'

'Dwi'n siŵr y gwna i fanejo,' meddai â gwên. Cerddodd at y tŷ, gan orfod gafael yng ngwasg ei throwsus rhag i bwysau'r dŵr ynddo ei dynnu i lawr.

Ar ôl newid, a chan ystyried teimlad mor braf ydi newid i ddillad cynnes, sych ar ôl gwlychu, aeth Elin i'r gegin, lle roedd Moli a'r bechgyn yn ceisio dysgu Flynn i aros a dod atyn nhw ar orchymyn, heb fawr o lwyddiant.

'Reit 'ta!' meddai'n uchel. 'Pwy sydd am fy helpu fi i wneud cacan jocled?'

Am chwech o'r gloch cerddodd Rhys i'r gegin a golwg wedi ymlâdd arno. Goleuodd ei wyneb o weld yr olygfa o'i flaen. O gwmpas y bwrdd eisteddai ei feibion ac Elin a'i merched, ac o'u blaenau roedd dysgled fawr o *lasagne*, plataid o fara garlleg, powlennaid o salad – a chlamp o gacen siocled yn serennu yn y canol.

'Dy-dyy!' gwaeddodd Pádraig, gan ddal ei freichiau allan fel petai'n cyhoeddi rhyw syrpréis mawr.

'Ni nath hyn!' meddai Dewi, ei lais yn llawn balchder.

'Fi nath y *lasagne*,' cywirodd Pádraig.

'Naci, tad! Fi gratiodd y caws a throi'r sos!' gwylltiodd Dewi.

'Fi nath y rhan fwya ohono fo!' meddai Pádraig yn ôl.

'Fi nath y rhan fwya o'r gacen ...' dechreuodd Moli. Torrodd Elin ar ei thraws.

'*Ni* nath hyn,' mynnodd.

'Wel, mae'n edrych yn fendigedig, beth bynnag,' meddai Rhys. 'Mi a' i am gawod sydyn ac mi fydda i i lawr mewn chwinciad.'

'Gawn ni ddechra byta?' gofynnodd Dewi, a'i geg yn glafoeri.

'Dau funud fydda i,' atebodd Rhys wrth redeg i fyny'r grisiau ddau ris ar y tro.

Cyn gynted ag y gadawodd Rhys yr ystafell estynnodd Dewi am y *lasagne*.

'Aros,' gorchmynnodd Elin. Heb feddwl, roedd hi wedi defnyddio'r llais a ddefnyddiai pan fyddai'n disgyblu'r plant yn ei dosbarth yn yr ysgol. Edrychodd Dewi arni a gwelodd Elin fod ei wyneb yn goch a'i lygaid yn fflachio.

'Dwi'm yn gorfod gwrando arnoch chi,' mwmialodd dan ei wynt, jest yn ddigon uchel i Elin ei glywed, ond tynnodd ei law yn ôl o'r bowlen.

'Beth am dorri'r *lasagne* yn barod?' awgrymodd Liam.

Cytunodd Elin, yn cael y teimlad bod y brawd mawr wedi hen arfer bod yn reffarî.

'Dewi, gei di ei dorri o, os leci di,' ffalsiodd, gan ddifaru ei bod wedi defnyddio'r tôn anffodus i'w llais ynghynt.

'Na, dwi'm isio,' meddai hwnnw'n bwdlyd.

Agorodd y drws cefn a rhoddodd Kevin ei ben heibio'r drws.

'Just sayin' that I'm off now,' meddai, ond pan welodd y bwrdd camodd i mewn i'r gegin. 'Well, will you look what we have here! Never was such a feast seen in An Teach Ban! Was it the fairies that have been at it?' gofynnodd, gan helpu ei hun i ddarn o fara garlleg a'i stwffio i'w geg.

'*We* did it!' meddai'r efeilliaid efo'i gilydd. Roedd Dewi wedi anghofio'i dymer wrth gael cyfle arall i ymfalchïo yn ei gamp.

'You never!'

'There's plenty if you'd like to join us,' cynigiodd Elin.

'Oh, I wouldn't dare not go home for my tea! It's sausage on a Monday.' Doedd dim dwywaith pwy oedd y bòs yn y byngalo. 'But you can keep me a piece of that cake for tomorrow!' ychwanegodd.

'We'll try ... but we can't promise,' meddai Liam â gwên.

Gwthiodd Rhys ei blât oddi wrtho ac eistedd yn ôl yn ei gadair. Sychodd friwsion cacen oddi ar ei farf.

'Wel, mi fedra i ddeud efo fy llaw ar fy nghalon mai honna oedd y gacen jocled ora i mi ei bwyta ...'

Ymchwyddodd Moli â balchder nes i Rhys ychwanegu '... heddiw!' Agorodd Moli ei cheg a'i chau fel pysgodyn, ei swigen wedi byrstio. Dechreuodd pawb arall chwerthin.

'Jôc!' meddai Rhys. 'Honna oedd yr ora dwi erioed wedi'i chael. Mi fydd raid i ti fynd ar y rhaglen *Bake Off* 'na, Moli!' Ymchwyddodd swigen Moli drachefn.

Ar ôl clirio'r llestri, gan roi tasg yr un i'r plant, gwyddai Elin na allai osgoi'r gorchwyl o'i blaen ddim rhagor, a gofynnodd i Rhys am gael defnyddio'r ffôn.

'Fel deudis i, does dim rhaid i ti ofyn!' meddai Rhys â gwên o gefnogaeth, wedi iddo ddeall mai Elfed fyddai'r ochr arall i'r ffôn.

Roedd ei cheg yn sych wrth iddi ddisgwyl i Elfed ateb. Meddyliodd pa mor chwerthinllyd oedd bod yn nerfus wrth ffonio ei gŵr ei hun. Cymerodd anadl ddofn pan stopiodd y ffôn ganu y pen arall. Ni ddywedodd Elfed air, gan ei gorfodi hi i siarad gyntaf.

'Elfed?' gofynnodd yn betrus.

'Ia?'

'Ti'n ... ti'n iawn?' gofynnodd, gan wrando'n astud i geisio darganfod sut stad oedd arno.

'Dwi'n gwbod lle ydach chi,' meddai o'r diwedd, yn floesg.

'Ma' siŵr ei bod hi wedi bod yn ddigon hawdd i ti ddyfalu.'

'Welis i dy dad.'

'O.'

Gwyddai Elin fod Rhys un ai'n siarad ar y ffôn neu'n tecstio'i fam bron bob dydd. Mae'n siŵr mai hi oedd wedi dweud wrth ei thad fod Elin a'r genod yn Knockfree.

'Roedd o'n methu dallt pam na wnest ti ddeud wrtho fo.'

'Ro'n i'n bwriadu 'i ffonio fo ar ôl dy ffonio di rŵan.'

'Do'n i ddim isio iddo fo boeni, felly wnes i gymryd arnaf 'mod i'n gwbod.'

'Mi ffonia i o yn y munud,' addawodd, gan wybod na fyddai honno'n alwad hawdd chwaith.

'Dwi mor sori, Els.'

Gallai Elin glywed ei fod yn cwffio'r dagrau. Ddywedodd hi ddim byd am eiliad gan fod tosturi a phryder yn dechrau cerdded dros y drwgdeimlad a deimlai tuag ato.

'Dwi'm ... dwi'm 'di yfed tropyn ers i mi siarad efo chdi ddwytha.'

Distawrwydd.

'Dwi'm yn bwriadu cael dim chwaith. Dwi'n gaddo.'

'Wel, ti wedi gaddo o'r blaen, yn do.'

'Dwi'n ei feddwl o tro yma. Wir! Ma' petha'n wahanol y tro yma ...'

Roedd Elin yn ysu i'w gredu o, ond allai hi ddim.

'Tydi o ddim mor hawdd â hynna, nac'di? Dwi'm yn siŵr ydi stopio'n llwyr yn sydyn yn beth call i ti 'i wneud beth bynnag. A fedri di ddim 'i wneud o ar dy ben dy hun – mi fydd yn rhaid i ti gael help proffesiynol.'

'Wn i. Dwi wedi bod at y doctor. Ddeudis i bob dim wrthi ...

ma' hi 'di cymryd profion gwaed a ballu, ac ma' gin i apwyntiad efo cwnselydd wsnos nesa.'

Gwyddai Elin y dylai deimlo'n falch o glywed hyn, y dylai deimlo rhyddhad, o leia. Onid dyma pam yr oedd hi wedi gadael yn y lle cynta? Ond roedd hi'n teimlo'r rhyfeddol o ddideimlad.

'Ti isio siarad efo'r genod?' gofynnodd, gan dorri'r tawelwch.

'Oes, plis ... os ga' i.' Roedd tôn ei lais yn gwneud iddo swnio'n pathetig, a dechreuodd ei thosturi tuag ato gilio.

'Mi waedda i arnyn nhw i ti rŵan.' Tynnodd y ffôn oddi wrth ei chlust a cheisio sirioli ei llais. 'Beca? Moli? Dewch yma – mae'ch tad isio gair efo chi.' Rhoddodd y ffôn yn ôl wrth ei chlust. 'Maen nhw'n dŵad rŵan. Cymer ofal, Elfed.'

Gosododd y ffôn ar y bwrdd bach a cherdded i ffwrdd, gan gymryd arni na allai glywed ei lais yn gweiddi ei henw.

Pennod 6

Gwenodd Elin wrth edrych ar ei merched ar fore eu seithfed diwrnod yn Knockfree. Roedden nhw'n eistedd wrth y bwrdd brecwast efo Dewi a Pádraig, pawb yn edrych yn gartrefol yng nghwmni ei gilydd – mor wahanol i'r tro cyntaf iddyn nhw i gyd eistedd yn yr un lle, wythnos ynghynt. Roedd Moli a'r efeilliaid wrthi'n dadlau.

'Oes, mae 'na *leprechauns*, siŵr iawn!' mynnodd Pádraig.

'Nag oes tad!' taerodd Moli.

'Wel, oes! 'Dan ni 'di gweld un!' Trodd Pádraig at ei efaill. 'Yn do, Dewi?'

'Do,' meddai hwnnw, 'i fyny wrth yr ogof ger Liosanna.'

'Dwi'm yn eich coelio chi!'

'Wir yr!'

'Tydi *leprechauns* ddim yr un fath â thylwyth teg, 'sti. Maen nhw'n bobol go iawn,' meddai Pádraig yn ddifrifol.

'Jest eu bod nhw'n fach o ran maint,' ychwanegodd ei frawd.

'Pa mor fach?' gofynnodd Moli, yn dal yn amheus.

'Tua hynna oedd hwn, yntê Dewi?' meddai Pádraig, gan ddal ei law allan i ddynodi rhyw dair troedfedd o'r llawr.

'Ia, nath o'm ein gweld ni chwaith ... roedd o'n brysur.'

'Be oedd o'n neud?' gofynnodd Moli.

'Wel, doeddan ni ddim yn siŵr i ddechra, felly mi aethon ni yn nes ...' Roedd Pádraig yn mwynhau dweud ei stori, a'i frawd ac yntau'n cydweithio'n well nag yr oedd Elin wedi eu gweld nhw'n wneud o'r blaen.

'Heb wneud sŵn, 'cofn i ni ei ddychryn o,' ychwanegodd Dewi.

'Mi oedd ganddo fo esgid fawr yn ei law ...'

'... a morthwyl bach yn y llall, ac roedd o wrthi'n taro'r esgid efo'r morthwyl.'

Erbyn hyn roedd llygaid Moli wedi agor led y pen, ac roedd hyd yn oed Beca wedi stopio bwyta'i chorn fflêcs i wrando.

'Doedd ganddo fo ddim het 'fatha ti'n weld mewn llunia,' eglurodd Pádraig.

'Ond mi oedd ei wallt o'n goch.'

'Cochach na'n gwallt ni hyd yn oed ... ac mi oedd ganddo fo locsyn hir oedd yn cyrraedd at ei fol o jest iawn.'

'Mi gododd o ar ei draed yn sydyn,' meddai Pádraig.

'Ro'n i'n meddwl 'i fod o wedi'n gweld ni!'

'A finna 'fyd! Ond doedd o ddim.'

'Be nath o?' gofynnodd Moli, wedi llwyr lyncu'r stori erbyn hyn.

'Wel, mi gododd y bwnsiaid o foron oedd wrth ei draed o,' meddai Dewi, 'a mynd â fo rownd y gornel ...'

'A'u rhoi nhw i'w iwnicorn!' torrodd Pádraig ar ei draws.

'Y diawl!' Hyrddiodd Dewi ei hun at ei frawd yn flin. 'Pynshlein fi oedd honna!'

Dechreuodd y ddau gwffio, a gwylltiodd Moli wrth sylweddoli eu bod wedi ei thwyllo eto. Stompiodd ei throed ar y llawr.

'Wel y ...!' Methodd ddod o hyd i air addas i'w galw, felly cododd gadach sychu llestri oddi ar y bwrdd a'i luchio at y ddau. Anghofiodd yr efeilliaid am eu ffrae a dechrau rowlio chwerthin am ei phen eto. 'Mam, deud wrthyn nhw! Ma' nhw'n tynnu arna i drwy'r adeg!' meddai Moli'n flin, a martsio allan o'r gegin. Ochneidiodd Elin a chodi i'w dilyn, gan feddwl yn ddistaw bach mai'r efeilliaid oedd y nesaf peth i *leprechauns* yn Knockfree.

'Gad hi,' mynnodd Beca. 'Rhaid iddi ddysgu sefyll i fyny drosti'i hun yn lle pwdu bob tro.'

Gwenodd Elin wrth glywed yr arch-bwdwr ei hun yn siarad. Newidiodd y pwnc.

'Be dach chi am wneud bore 'ma 'ta, hogia?' gofynnodd i'r bechgyn.

'Mae Dad 'di gofyn i ni olchi'r beics,' atebodd Pádraig.

'A symud rhyw betha o'r byncws i'r siop,' ychwanegodd Dewi.

'Faint gymrith hynna i chi?'

'Dim llawer,' atebodd Pádraig yn obeithiol, yn synhwyro bod cyfle iddyn nhw gael mynd am dro efo'r merched eto.

'Fysach chi'n lecio dod i Wicklow efo ni? Mae'n rhaid i ni weld Wicklow cyn mynd adra, ac mi fysach chi'n medru dangos y *sights* i ni.'

'Ia, iawn, grêt,' meddai'r ddau, ac i ffwrdd â nhw i orffen eu tasgau. Roedd Elin yn dechrau dod i arfer clywed y ddau'n ateb efo'i gilydd erbyn hyn.

'Pryd 'dan ni'n mynd adra?' gofynnodd Beca. Dewisodd Elin beidio ateb.

'Wsnos ddeudist ti.'

'Wn i.'

'Ac mae 'na wsnos wedi mynd.'

'Wyt ti *isio* mynd adra?' gofynnodd Elin.

Daeth Moli yn ôl i mewn i'r stafell, wedi clywed y cwestiwn.

'Dwi ddim! 'Swn i'n lecio aros am wsnos arall.'

'Er bod yr hogia yn tynnu arnat ti?'

'Maen nhw'n iawn rhan fwya o'r amser.' Doedd Moli ddim yn un i ddal dig yn hir.

'Be amdanat ti, Beca?' gofynnodd Elin.

'Dwi'm yn meindio,' atebodd honno, 'ond be am Dad?'

'O, dwi'n siŵr na fysa Dad ddim yn meindio chwaith,' meddai Elin, yn gwybod yn iawn mai'r gwrthwyneb oedd yn wir. Teimlai'n falch fod Beca yn hapus i aros, oherwydd doedd hi ei hun ddim yn barod i fynd adref eto chwaith, ddim o bell ffordd. Roedd hi'n mwynhau awyrgylch gartrefol An Teach Ban ac yn falch o'r cyfle i dreulio amser gwerthfawr efo'i merched heb orfod poeni am ymddygiad Elfed. Synnodd sut yr oedd hi wedi medru ymlacio a gwthio Elfed o'i meddwl, fel petai hi wedi cael gwared o faich mawr oddi ar ei hysgwyddau. Gwerthfawrogai gwmni Rhys hefyd – roedd o mor hawdd cyd-dynnu efo fo, a gan eu bod yn rhannu synnwyr digrifwch tebyg, roedd digon o hwyl i gael yn ei gwmni ... yn wahanol i Elfed, oedd yn tueddu i gymryd popeth ormod o ddifrif.

'Siarada i efo Rhys yn y munud,' meddai. '... a dad,' ychwanegodd, er ei bod eisoes wedi penderfynu mai tecst fyddai hwnnw'n ei gael.

'Ti'n meindio os na ddo' i efo chi i Wicklow?' gofynnodd Beca yn betrus. Edrychodd Elin yn syn arni.

'Wel, nac'dw, am wn i. Be wnei di, felly?'

'Dwi 'di gaddo helpu Liam i gael trefn yn y siop,' atebodd, gan droi ei phen oddi wrth ei mam. Dyna sut oedd y gwynt yn chwythu felly! Fedrai Elin ddim gweld bai ar ei merch. Nid yn unig roedd Liam yn fachgen ifanc golygus ond roedd o hefyd yn hogyn addfwyn ac amyneddgar. Gobeithio'i fod o'n gall hefyd, meddyliodd – digon call i beidio dechrau perthynas efo merch bymtheg oed oedd yn byw mewn gwlad arall. Gwenodd wrth gofio sut y bu iddi hi wirioni ar ei dad pan oedd hithau yn ei harddegau, yn iau hyd yn oed na Beca ... hi a'r rhan fwyaf o'i ffrindiau. Ond gwyddai hi bryd hynny na fyddai Rhys yn edrych ddwywaith arni – yr hogan drws nesa, neu ei 'chwaer fach' fel y galwai o hi. A phan ddechreuodd Rhys fynd â merched amrywiol i'r disgo yn y dref – merched hŷn, delach a llawer mwy *glamorous* na hi – anghofiodd Elin y syniad o garwriaeth rhyngddynt ac ymfalchïo yn hytrach ei bod yn medru galw un o'r 'hogia mawr' yn ffrind iddi.

'Cewch, siŵr iawn!' oedd ateb parod Rhys pan ofynnodd Elin iddo a oedd modd iddyn nhw aros ychydig yn hirach. 'Gewch chi aros faint fynnwch chi!'

'Diolch,' atebodd Elin. 'Ond mae 'na amod.'

'O?'

'Dwi'm yn disgwyl i ti adael i ni aros yma am ddim ...'

'Rargian fawr, dwi'm isio pres gin ti, siŵr!' torrodd ar ei thraws.

'Wel, os felly, ma' raid i ti adael i ni weithio am ein lle.'

'Be? Mwy nag wyt ti'n wneud yn barod?' gofynnodd. 'Mi ydach chi'ch tair wedi diddanu'r hogia 'ma, ac mae'r prydau bwyd wedi bod yn fendigedig bob nos!'

'Meddwl o'n i,' ymhelaethodd Elin, 'am y byncws?'

Roedd yr efeilliaid wedi bod yn dangos y byncws iddyn nhw'r bore hwnnw. Doedd dim cymaint o waith i'w wneud arno ag yr oedd Elin wedi ei ddychmygu. Roedd yr adeilad ei hun yn barod – dwy ystafell wely fawr â lle i chwech o bobol ym mhob un, ac un ystafell lai â lle i bedwar; cegin ddigon mawr i gael soffas a chadeiriau esmwyth ynddi a dwy stafell molchi a thoiled ar wahân. Roedd hyd yn oed y dodrefn yno'n barod, mewn fflat-pacs neu o dan orchuddion plastig. Awgrymai'r haen hael o lwch oedd dros bopeth nad oedd neb wedi bod ar gyfyl y lle ers amser ... ers marwolaeth Róisín, tybiodd Elin, ac eithrio'r storfa lle cadwai Liam ei git drymiau. Cododd Rhys un ael.

'Be yn union sy gen ti ar ôl i'w wneud yna?' gofynnodd Elin.

Oedodd Rhys cyn ateb a daeth yn amlwg i Elin ei fod wedi cau'r lle allan o'i feddwl, gymaint ag y gallai.

'Dwn i'm yn iawn. Peintio, teilsio, rhoi'r dodrefn at ei gilydd ...'

'Petha fedra i eu gwneud, i gyd!' broliodd Elin. Edrychodd Rhys arni mewn anghrediniaeth. 'Paid â sbio fel'na arna i!' meddai. 'Dwi'n dipyn o foi ar y DIY. Wedi gorfod bod, a deud y gwir, achos tydi o ddim yn un o gryfderau Elfed. Fi sy wedi teilsio'r gegin a'r bathrwm acw, a dwi'n medru gosod fflat-pac achos 'mod i, yn wahanol i'r rhan fwya o ddynion, yn medru darllen yr instrycsions!'

'Dwi'm yn disgwyl i ti wneud dim ...'

'Mi wn i, ond 'swn i'n lecio. 'Swn i'n mwy na lecio – mi fyswn i'n mwynhau, ac mi fysa'n rwbath i'r genod wneud hefyd – a'r hogia, tasa hi'n dod i hynny.'

'Dwn i'm.' Edrychai Rhys arni'n amheus.

'Mae'r teils yno'n barod, felly fydd dim rhaid gwario,' meddai, gan feddwl hwyrach mai diffyg arian oedd wedi rhoi stop ar y gwaith.

'O, tydi pres ddim yn broblem. Mae hwnnw yno yn disgwyl cael ei wario,' meddai Rhys, yn dechrau cynhesu at y syniad.

'A cynta'n byd gei di'r lle yn barod, cynta'n byd y medar y lle ddechra gwneud pres i ti.'

'Wel ... mae hynny'n gwneud synnwyr.'

'Ydi, siŵr! Dîl, felly?' gofynnodd Elin gan ddal ei llaw iddo.

'Dio'm yn edrych yn debyg bod gin i lawer o ddewis!' chwarddodd Rhys, wrth afael yn ei llaw a'i gwasgu'n dynn.

Fel yr oedd Elin wedi amau, doedd ymateb Elfed i'r neges yn dweud eu bod am aros wythnos arall ddim yn un cadarnhaol. Erfyniodd arni i ddod adref er mwyn iddyn nhw fedru 'sortio petha yn iawn', ond ymateb Elin oedd dweud mai'r peth callaf iddo fo ei wneud oedd manteisio ar yr amser i feddwl sut roedd o am sortio ei hun allan.

Doedd ymateb y plant i'r newydd eu bod yn gorfod helpu i beintio'r byncws ddim wedi bod yn gadarnhaol i gyd chwaith. Beca wnaeth y ffys fwyaf. Doedd Liam yntau ddim yn rhy hapus ar y dechrau – i ble'r âi o i chwarae ei ddryms pan fyddai'r byncws yn agor? Daeth Elin i ddeall fod y drymiau yn bwysig iddo, nid yn unig fel hobi ond fel ffordd o ddelio â straen, o orfod delio efo'i frodyr bach drygionus i waith ysgol, ac yn bennaf, ei hiraeth am ei fam. Addawodd Rhys y byddai'n gwneud lle i'r drymiau yn un o'r ddwy garej oedd ar fuarth An Teach Ban.

Er gwaetha'r ymateb llugoer fe ymdaflodd pawb eu hunain i'w tasgau yn rhyfeddol, ac erbyn y dydd Iau roedd pethau'n dechrau siapio yn y byncws. Roedd y gegin wedi'i theilsio a dwy lofft a stafell molchi wedi eu peintio. Ar ôl gosod y deilsen olaf yn y gegin camodd Elin a Beca yn ôl i edmygu eu gwaith.

'Am wahaniaeth!' rhyfeddodd Beca, oedd wedi synnu iddi fwynhau'r profiad llafurus.

'Ti 'di cymryd at hyn, yn do?' broliodd Elin. 'Ti'n lot gwell teilswraig na dy dad, beth bynnag!'

'Fi helpodd Mam i ddewis y teils 'na.' Roedd Pádraig yn sefyll y tu ôl iddyn nhw, ei wyneb a'i wallt yn ddotiau mân o baent magnolia oedd wedi tasgu oddi ar ei roler. Dyma'r tro cyntaf i Elin glywed yr un o'r bechgyn yn sôn am eu mam.

'Mi oedd gan dy fam chwaeth dda,' meddai'n ofalus, gan gofio'r hyn ddywedodd Rhys am beidio â sôn am Róisín. Roedd hi wedi sylwi nad oedd llun ohoni i'w weld yn unlle yn y tŷ, ac er ei bod yn parchu dymuniad Rhys, allai hi ddim peidio â meddwl nad oedd hynny'n beth da. Gwyddai o'i phrofiad o weithio gyda mwy nag un plentyn oedd wedi colli rhiant fod siarad am y rhiant coll yn bwysig er mwyn medru dod i delerau â'r golled. Gwenodd Pádraig arni.

'Roeddach chi'n ffrindia efo Mam, yn doeddach?' gofynnodd.

'Oeddwn, tad! Roedd hi'n ddynas lyfli, Pádraig,' meddai. Petai Elin yn onest byddai wedi dweud y gallai Róisín fod yn ddynes anodd oedd yn hoff iawn o gael ei ffordd ei hun, a bod Elin wedi gwingo sawl tro wrth ei chlywed yn bychanu Rhys drwy siarad i lawr ato a dwyn pynshleins ei straeon. Lledodd gwên Pádraig.

'Roedd hi'n medru canu'n dda hefyd,' broliodd.

'Fel eos,' ategodd Elin. Roedd hynny, beth bynnag, yn wir.

'Mi oedd hi'n canu mewn band cyn iddi gael Liam – dyna sut wnaeth hi a Dad gyfarfod.'

'Ia wir?' gofynnodd Elin, yn gwybod yr hanes yn iawn ond yn synhwyro fod y bachgen eisiau dweud ei stori.

'Ia. O'dd hi'n canu mewn pyb yn Dublin. Nath Dad brynu diod iddi a'i golli o drosti!'

'Naddo! Mam gollodd ddiod dros Dad!' Roedd Dewi wedi dod i mewn i'r byncws y tu ôl i'w frawd.

'Naci! Dad gollodd o dros Mam,' taerodd Pádraig.

Rhoddodd Dewi hwyth i Pádraig. 'Naci! Ti'n rong! Mam gollodd o dros Dad!'

Gwthiodd Pádraig ei frawd yn ôl. 'Chdi sy'n rong!'

Taflodd Dewi ei hun at ei efaill a dal ei ben dan ei gesail, a dechrau ei daro â'i ddwrn rhydd gan weiddi, 'Cau dy geg! Ti'n rong!' Dechreuodd Pádraig yntau weiddi a chicio wrth drio rhyddhau ei hun.

'Dyna ddigon!' meddai Elin yn ei llais ysgol, ond chymerodd 'run o'r ddau sylw ohoni. Rhedodd Moli atynt i weld be oedd y cynnwrf.

'Stopiwch nhw, Mam!' gwaeddodd, ei llais yn ddychryn i gyd.

Camodd Elin rhwng y ddau efaill a dechrau llusgo Dewi oddi ar Pádraig. Gafaelodd Beca yn Pádraig.

'Stopiwch, *rŵan*!' gwaeddodd Elin eto, a gollyngodd Dewi ei afael ar ei frawd. Roedd ei gorff yn crynu a dagrau mawr yn powlio i lawr ei fochau. Teimlai Elin i'r byw dros y llanc, a rhoddodd ei breichiau amdano. Safai Pádraig yn stond, yn syllu arnyn nhw. 'Mae'n iawn, Dewi bach, mae'n iawn,' meddai wrtho. 'Cria di, 'ngwas i, cria di.'

Gwthiodd Dewi hi i ffwrdd, a rhwng ei ddagrau dechreuodd weiddi yn ei hwyneb.

'Fi sy'n iawn, fi sy'n iawn ... dach *chi*'n gwybod dim!'

Camodd Elin yn ôl mewn dychryn.

'Ella mai chdi sy'n iawn,' meddai Pádraig, ei wyneb yn welw, wedi ei ddychryn gan ffrwydrad diweddaraf ei frawd.

'Mae'n bwysig cael y storis yn iawn,' meddai Dewi mewn llais tawel, bloesg, '... dwi ddim isio anghofio. Dwi ddim isio anghofio Mam!' Tagodd ar y gair olaf a dechreuodd feichio crio eto. Safai Elin yn ddiymadferth, ei holl reddf yn dweud wrthi am afael amdano eto, ond feiddiai hi ddim. Wnaeth yr un o'r lleill symud modfedd chwaith, dim ond gwylio'r galar yn llifo'n swnllyd o'r bachgen, nes i Moli estyn yn reddfol am law Pádraig, yn chwilio am gysur iddi hi ei hun yn gymaint â'i roi. O deimlo'i llaw gynnes yn ei law o, dechreuodd ysgwyddau Pádraig siglo hefyd, a rholiodd dagrau i lawr ei fochau yntau.

Felly yr oedden nhw pan gyrhaeddodd Sinéad.

'What on earth is happening here?' gofynnodd. 'I could hear the commotion from outside.'

'Sinéad!' meddai Elin mewn syndod. Wyddai hi ddim beth arall i'w ddweud, a hithau mewn sioc. Camodd Beca i'r bwlch.

'Hello!' meddai. 'The twins have had a bit of an argument, that's all.'

'Oh?' Roedd Sinéad yn amlwg am wybod mwy.

'Are you looking for Uncle Rhys? He's not here,' meddai Beca, gan anwybyddu'r cwestiwn yn ei hateb.

'Well, I'd heard that you were still here and helping to finish the bunkhouse at last, and I thought I'd come along to see if I could give Rhys any advice ... you know, me having the B&B and all.'

'That's very kind of you, Sinéad,' meddai Elin. 'Beca and Moli, why don't you show Sinéad what we've been doing in the bedrooms, and the boys and I will go to the house and make a cup of tea.' Trodd at yr efeilliaid. 'Be dach chi'n feddwl, hogia?'

'Iawn,' mwmialodd y ddau a rhuthro oddi yno'n diolchgar.

Dilynodd Elin y ddau i'r tŷ, ond cyn iddi gyrraedd, trodd Dewi i gyfeiriad y siop. 'Dwi'n mynd i'r offis,' meddai, heb droi i edrych arni. Safodd Pádraig yn ei unfan, yn amlwg ddim yn siŵr be i'w wneud. Edrychodd ar Elin drwy lygaid coch, chwyddedig.

'Dos di hefyd os leci di,' meddai wrtho. Gwenodd yn wan arni a chychwyn ar ôl ei frawd, ond ar ôl dau gam arhosodd a throi at Elin eto.

'Dwi'n sori bod Dewi wedi'ch gwthio chi ac wedi gweiddi arnoch chi, Anti Elin.'

'Mae'n iawn, siŵr, dwi'n dallt pam wnaeth o, 'sti. Doedd o'n meddwl dim drwg.'

'Nag oedd. Mae o'n sori hefyd, chi, hyd yn oed os neith o'm deud hynny wrthoch chi. Dwi'n gwbod.'

Gwenodd Elin arno. Mi *oedd* hi'n dallt yn iawn, ond roedd ei thu mewn yn dal i grynu serch hynny.

'Milk and sugar?' gofynnodd Elin gan wthio mygiaid o de ar draws bwrdd y gegin i gyfeiriad Sinéad.

'Just milk, please. I must look after the figure,' gwenodd y Wyddeles, gan esmwytho'i sgert fer dros ei chluniau wrth iddi eistedd i lawr. 'You look very much at home here,' ychwanegodd wrth wylio Elin yn mynd i'r ffrij i nôl y llefrith.

'Yes. The family have made us feel very welcome,' meddai Elin.

'Rhys is lucky to have your help. I don't know how you managed to persuade him to get on with the bunkhouse. I've been trying to get him to do it for a while now. Róisín had such plans for the place, she had great ideas. She was very artistic, you know, and had a natural flair for interior design. The place would have looked grand.'

'Will it not be competition for you at the B&B?' gofynnodd Elin, gan feddwl bod y lle yn edrych yn 'grand' fel yr oedd o, diolch yn fawr!

'Ach, no! Not at all. We're appealing to a different clientele, I think, and since we joined Airbnb we're busy enough not to have to worry.'

'That's good.'

'Will your husband be coming over to join you at all?' holodd Sinéad gan sipian ei the.

'No,' atebodd Elin. ' He ... erm ... he has to work.'

'That's a pity. I'm sure you must be missing him.'

Gwyddai Elin yn iawn mai pysgota oedd Sinéad. 'Oh, I'll see him soon enough,' meddai'n hwyliog, a newid y pwnc yn llwyr drwy ddweud wrth Sinéad am ffrwydrad Dewi y bore hwnnw. Pysgota oedd hithau, i geisio darganfod a wyddai Sinéad pam nad oedd Rhys am i'r plant sôn am Róisín. Doedd hithau chwaith ddim callach, a chytunodd y ddwy nad oedd y sefyllfa'n un iach.

'Perhaps you should talk to Rhys about it,' meddai Sinéad. 'You being such good friends and all. I'm sure he'll listen to you.'

'Hmm.' Yfodd Elin ei the hithau, gan benderfynu gwneud hynny.

Edrychodd ar gloc y gegin. Roedd hi'n hen bryd iddi ddechrau gwneud swper, ond doedd dim golwg symud ar Sinéad. Cododd Elin a mynd â'i chwpan at y sinc.

'Well, if you'll excuse me, Sinéad, I have to get on with making the tea.'

'Of course. Will Rhys and Kevin be on their way now, will they?'

'Yes, I should think they'll be cleaning the bikes down by now.'

'I'll just pop over to say hello, then, since I'm here. You'll have to come down to O'Reilley's Bar before you leave, Eileen. It would do Rhys some good to get out of the house, and we haven't seen him in the pub for a while. Make him bring you down and I'll buy you a pint of the black stuff.'

'Thanks. I will,' meddai Elin. Wrth gau'r drws ar ei hôl pwysodd yn ei erbyn a dychwelodd ei meddwl at yr efeilliaid, a Dewi'n benodol. Byddai, mi fyddai'n rhaid iddi gael sgwrs efo Rhys.

Ar ôl clirio'r llestri swper aeth y plant i'r stafell fyw i wylio'r teledu, a gwelodd Elin ei chyfle. Gofynnodd i Rhys ddod draw i'r byncws i weld sut oedd y gwaith yn dod yn ei flaen.

'Wel wir!' Safai Rhys yn y gegin yn edmygu eu gwaith. 'Pwy fysa'n meddwl dy fod ti cystal teilswraig, Elsi! Fysa rhywun proffesiynol ddim wedi gwneud gwell job.'

'Wel, dwn i'm am hynny, ond tydi o'm yn rhy ddrwg, nac'di?' Mewn gwirionedd, roedd hi'n teimlo'n eithriadol o falch o'i gwaith. 'Ac mae'r plant wedi gwneud job ryfeddol o'r peintio hefyd, chwarae teg,' meddai, 'er 'mod i wedi gorfod sgwrio'r socedi trydan ac ambell un o'r goleuadau – ac rydan ni wedi mynd drwy lwyth o *masking tape*!'

'Wn i ddim sut y medra i ddiolch i ti,' meddai Rhys, gan droi i'w hwynebu. Estynnodd am ei llaw ac edrych i fyw ei llygaid. Roedd cudyn cyrliog o'i wallt wedi syrthio ar draws un llygad, a heb feddwl cododd Elin ei llaw rydd i sgubo'r cudyn yn ei ôl. Edrychodd y ddau ar ei gilydd. Teimlodd Elin gryndod anghyfarwydd tu mewn iddi, a gallai deimlo'i chalon yn cyflymu.

'Fi sy angen diolch i ti ...' mynnodd, ei llais yn swnio'n ddieithr, ond cyn iddi gael cyfle i orffen ei brawddeg plygodd Rhys a'i chusanu'n ysgafn ar ei gwefus. Saethodd gwefr drwy ei chorff fel petai wedi cael sioc drydanol. Rhoddodd naid fechan a gollwng ei law.

'Sori!' meddai Rhys. 'Sori! Wn i ddim be ddo'th drosta i.'

'Mae'n iawn ...' meddai Elin yn ddryslyd, ddim cweit wedi deall yr hyn oedd newydd ddigwydd. Er ei bod hi a Rhys wedi rhannu sawl cusan, rhai diniwed ar eu bochau oedd y rheini, a ddaru 'run ohonyn nhw deimlo fel hyn ... wel, ddim ers pan oedd hi'n llances yn ei harddegau. Ac fel dau yn eu harddegau y safodd y ddau yn chwithig am funud, y naill na'r llall yn siŵr be i'w wneud nesaf. Penderfynodd Elin beidio sôn am y bechgyn a Róisín am y tro.

'Y gwely fydd nesa ... *gwlâu*! Hynny ydi, rhoi'r gwlâu, y byncbeds, at ei gilydd ...' Teimlodd ei hun yn cochi o glywed y geiriau yn baglu o'i cheg. Gwenodd Rhys.

'Wel, ia. Mi ro' i help i chi efo nhw nos fory – hynny ydi, os gwnei di ddarllen yr instrycsions i mi!'

Chwarddodd y ddau yn uchel a hir ar y jôc dila cyn cerdded yn ôl am y tŷ. Roedd Elin mor benysgafn â phetai newydd yfed gwydraid mawr o win, a wyddai hi ddim yn union pam.

'Ma' Dad isio i chdi 'i ffonio fo,' meddai Beca yr eiliad yr agorodd Elin ddrws y gegin.

'Be? Nath o ffonio'r tŷ?' gofynnodd, gan sobri'n syth.

'Naddo. Siarad efo fo ar Facetime 'nes i,' eglurodd Beca.

'O. Oedd o'n iawn?' Doedd hi ddim am i'r genod beidio cysylltu â'u tad, ond roedd hi'n bryderus ynghylch yr hyn y gallai Elfed ei ddweud wrthyn nhw, gan nad oedd sicrwydd beth fyddai ei gyflwr.

'Oedd.' Roedd cwestiwn yn dal i fod ar wyneb Elin, a gwyddai Beca beth oedd hwnnw. 'Mi oedd o'n iawn, Mam,' ategodd, 'a hwylia da arno fo.'

'Be mae o isio, 'ta?'

'Gofyn am y Steddfod oedd o.'

'Steddfod? Be am y Steddfod? Mae o'n gwbod yn iawn na tydan ni ddim am fynd leni.'

'Ond wnest ti'm deud yn bendant ein bod ni ddim yn mynd, naddo?' mynnodd Beca.

'Do, mi wnes i, Beca, droeon,' mynnodd Elin yn bendant. Roedd hi wedi dweud yn glir wrth Elfed ar ddiwedd wythnos yr Eisteddfod Genedlaethol y llynedd na fyddai'n aros yn y maes carafannau efo fo eto tra oedd o'n dal i yfed yn drwm, a hynny ar ôl iddo syrthio drwy adlen carafán cymydog a glanio ar draws eu bwrdd picnic gan chwalu hwnnw'n yfflon. Bu'n arferiad ganddyn nhw logi carafán bob blwyddyn ac aros mewn clwstwr ar y maes carafannau efo ffrindiau coleg Elfed a'u teuluoedd, ac er ei bod hi'n dod ymlaen yn iawn efo nhw, ffrindiau Elfed oedden nhw yn hytrach na'i ffrindiau hi. Er ei bod yn mwynhau mynd i'r Steddfod, allai hi ddim dweud ei bod hi'n medru ymuno yn eu sgyrsiau drwy'r adeg. Doedd hi ddim callach pwy oedd y beirdd fyddai'n cystadlu yn y Talwrn nac yn medru cyffroi cymaint â nhw wrth ddathlu llwyddiant cyfaill oedd yn un o'r prif feirdd neu'r prif lenor. Phrynodd hi erioed nofel enillydd y Daniel Owen na chanu mewn côr cerdd dant. Doedd ganddi ddim llawer i'w ddweud wrth fynd i weld y dramâu chwaith, ond mi fyddai'n mwynhau gwrando ar y gerddoriaeth fyw ar y maes. Mi fyddai hi'n colli hynna. Fe gâi hi bopeth arall ar y teledu, felly doedd dim gwahaniaeth ganddi beidio â mynd eleni. Cynigiodd Rhys y ffôn iddi.

'Mae'n iawn, diolch i ti,' meddai. 'Mi a' i i'r llofft i yrru tecst.' Doedd ganddi ddim awydd siarad efo'i gŵr a hithau newydd deimlo gwefr cusan dyn arall.

Edrychodd ar y tecst cyn ei yrru: 'Dallt dy fod di isio trafod y Steddfod. Does 'na'm byd i'w drafod, nag oes. Wnes i ddim bwcio carafán. Ti'n gwbod hynny, i fod.' Oedodd yn hir cyn ychwanegu: 'Gobeithio bo chdi'n iawn xx.'

Canodd y ffôn bron yn syth ar ôl iddi yrru'r tecst. Edrychodd ar enw Elfed yn fflachio ar y sgrin a meddwl ddwywaith cyn ei ateb. Ochneidiodd a phwyso'r botwm.

'Elfed, sgin i'm llawer o signal ...'

Torrodd Elfed ar ei thraws.

'Wna i ddim dy gadw di. Ro'n i jest isio deud wrthat ti ... fues i'n gweld y cwnselydd heddiw.'

'O, da iawn.' Roedd hi wedi anghofio ei fod o'n mynd, a theimlodd bwl o euogrwydd. 'Sut aeth hi?'

'Da iawn. Dwi'n benderfynol o sortio fy hun allan. Fedra i wneud hyn, ond 'di o ddim yn hawdd.'

'Nac'di, ma' siŵr.'

'Dwi'n cael trafferth cysgu, teimlo'n sâl, cryndod ...' Distawrwydd. 'Pryd wyt ti'n dod adra, Elin?'

Caeodd Elin ei llygaid a throi ei phen i'r cyfeiriad arall gan wybod y byddai'r signal ffôn yn gwanhau. 'Sori? Be ddeudist ti?' Gallai glywed ei lais fel petai ym mhen draw rhyw dwnnel. 'Dwi'm yn dy glywed di. Signal wedi mynd. Ffonia i chdi eto,' meddai'n frysiog cyn diffodd y ffôn a'i ollwng ar y glustog. Syllodd arno, a'i meddwl yn corddi. Roedd ceisio deall ei theimladau ei hun yn ei dychryn a'i chyffroi yr un pryd, yn enwedig wrth iddi gofio'r wefr a deimlodd pan gyffyrddodd gwefusau Rhys ei rhai hi. A deimlodd o yr un cyffro? Pam ddaru o ei chusanu yn y lle cyntaf? Ac os oedd Elfed wir yn mynd i stopio yfed, pam nad oedd ei chalon yn dawnsio? Meddyliodd amdano adref ar ei ben ei hun, yn dioddef symptomau cas, a phenderfynodd mai'r peth doethaf fyddai iddi fynd yn ôl i Gymru ddydd Sadwrn yn ôl y trefniant. Ond y gwir amdani oedd mai dyna'r peth olaf roedd hi isio'i wneud, a hynny am fwy nag un rheswm.

Pennod 7

Y bore canlynol gorweddai Flynn ar lawr wrth fwrdd y gegin yn gwylio Elin, Moli a'r efeilliaid yn gwneud tarten gwsberis. Roedden nhw newydd fod yn hel y ffrwythau yn yr ardd – credai Elin ei bod yn bwysig dysgu plant i goginio, ac am darddiad eu bwyd. Roedd ei merched hi eisoes yn ddigon 'tebol, ac roedd hi'n falch o fod wedi dysgu rhai sgiliau elfennol i'r bechgyn hwythau dros y pythefnos diwethaf. A hithau'n addysgwraig wrth reddf, roedd hi'n amyneddgar a chefnogol ac wrth ei bodd yn gweld plant yn llwyddo. Byddai wedi gwneud athrawes benigamp petai hi wedi cael graddau digon da yn ei harholiadau i fedru cyrraedd y brifysgol. Nid diffyg deallusrwydd a'i daliodd yn ôl ond anallu i eistedd i lawr i astudio. Mi fyddai hefyd yn tueddu i orbryderu adeg arholiadau, a dyna un rheswm pam yr oedd hi mor awyddus i helpu Beca i ddygymod â'i phwysau gwaith ysgol.

Dyma'r tro cyntaf i'r bechgyn fentro gwneud tarten. Tra oedd y merched yn tynnu'r pigau o bob pen i'r peli bach blewog, cafodd yr efeilliaid y dasg o wneud y crwst. Rholiodd Dewi'r toes yn ofalus, ei dafod allan wrth iddo ganolbwyntio a'i fochau gwelwon yn fwy gwelw na'r arfer dan eu haenen o flawd.

'Da iawn chdi, Dewi,' canmolodd Elin. Gwenodd Dewi yn swil heb godi ei lygaid i edrych arni. Bu'n dawedog iawn ar ôl digwyddiadau'r diwrnod cynt, ac o ganlyniad i hynny roedd Elin yn trio'i gorau i adeiladu pontydd rhyngddynt. Daliodd Pádraig y plât yn barod iddo, a chododd Dewi'r toes dros y rholbren a'i osod yn ofalus arno. Gwthiodd Flynn ei drwyn rhwng traed Pádraig, yn barod i ddal unrhyw friwsionyn a syrthiai i'r llawr, ond gwthiodd hwnnw'r ci i ffwrdd â blaen ei droed.

'Dos o dan draed, Flynn. Shiw!'

Cododd y ci yn anfoddog. Gosododd Moli'r gwsberis ar ben y toes a thywalltodd Pádraig siwgr drostynt cyn i Dewi osod y caead toes yn flanced dros y cwbl. Wedi crimpio'r ochrau a pheintio'r darten â haenen o wy wedi ei guro, roedd hi'n barod i'w choginio. Cariodd Dewi hi'n seremonïol tuag at yr Aga, a phan oedd yn saff yn y popty safodd yr efeilliaid yn stond, yn fodlon â'u gwaith.

'Fydd hi'n barod erbyn amser cinio?' gofynnodd Dewi. Edrychodd Elin ar y cloc: hanner awr wedi un ar ddeg. Mi fyddai Rhys a Kevin yn cyrraedd am eu cinio tua chwarter wedi un.

'Bydd, tad. Geith dy dad syrpréis.'

'Ceith. Mae o'n *mad* am darten gwsberis.'

Roedd Elin yn cofio hynny.

Wrth iddi eu hatgoffa fod angen dechrau clirio ar eu holau, edrychodd Dewi ar y ci. 'Sbïwch ar hwn!' chwarddodd. Roedd gan Flynn afal mawr coch yn ei geg, wedi iddo helpu ei hun i'r bowlen ffrwythau.

'O – mi fedra i gael hwnna oddi arno fo!' ebychodd Pádraig yn gyffrous, gan ruthro at y tun bisgedi ci. Daliodd fisgeden o flaen Flynn a cheisio defnyddio'i lais awdurdodol. 'Flynn – gollwng!' Wnaeth y ci ddim symud. Rhoddodd Pádraig gynnig arall arni. 'Flynn ... *swapsie*!'

Oedodd y ci am ennyd cyn gollwng yr afal yn glatsh ar y llawr a rhuthro am y fisged a mynd â hi i'r gornel i'w bwyta. Clapiodd Moli ei dwylo.

'Da iawn! O, da iawn! Mae o wedi dechra gwrando o'r diwedd.'

'Hyfforddwr da sy ganddo fo, 'de!' broliodd Pádraig. Eiliad yn ddiweddarach, dechreuodd Moli chwerthin.

'Sbïwch!' meddai, gan amneidio tuag at y ci.

Roedd Flynn wedi dychwelyd at draed Pádraig, ac yn ei geg roedd afal mawr coch arall. Estynnodd Pádraig am fisged arall.

'*Swapsie*!' Ond cyn iddo orffen dweud y gair roedd Flynn wedi gollwng yr afal a chipio'r fisged. Ymunodd pawb yn y chwerthin – pawb ond Pádraig – wrth iddyn nhw sylweddoli pwy oedd yn hyfforddi pwy!

'O, Mam bach, mae'r darten 'ma'n fen-di-gedig!' meddai Rhys rhwng cegeidiau. Roedd Elin wrth ei bodd yn gweld rhywun yn gwerthfawrogi ei fwyd – ac yn sicr roedd Rhys yn un o'r rheini.

Braf arno, meddyliodd, yn gallu bwyta faint fynnai heb besgi. Wrth gwrs, roedd y ffaith ei fod o'n llosgi cymaint o galorïau ar ei feic yn helpu.

'If he's saying this is a wonderful tart, then I must agree,' ychwanegodd Kevin yn werthfawrogol. 'Your fella's a lucky man, Elin! He must be really missing you.'

'I did very little. The children did most of the work.' Gwenodd y bechgyn, ac edrychodd Rhys ar Elin i ddangos ei werthfawrogiad o'i hymdrech. 'And he'll be seeing me tomorrow,' ychwanegodd Elin, gan osgoi llygaid ei chyfaill.

'Ti'n mynd adra fory?' gofynnodd Rhys. Diflannodd ei wên. 'Does dim raid i chdi, 'sti ...'

'Mi wn i. Diolch i ti, ond rydan ni wedi aros wsnos yn hirach na'r bwriad yn barod,' meddai, ac ychwanegu â gwên, 'a dwi 'di cael llond bol o wisgo'r un dillad rownd y ril!' Doedd ei gwên ddim yn cyrraedd ei llygaid.

Eisteddodd pawb arall yn ddistaw am funud, y bechgyn yn reit siomedig yr olwg. Sylwodd Elin ar Beca yn taflu golwg at Liam. Doedd hithau chwaith ddim yn edrych yn hapus. Roedd Moli fodd bynnag i'w gweld yn ddigon bodlon.

'Gawn ni fynd i siop yn rwla ar y ffordd adra er mwyn prynu presant i Dad a Taid?' gofynnodd.

'Cawn, siŵr.'

'We'll all miss you, I'm sure,' meddai Kevin, gan godi a mynd â'i bowlen wag i'r sinc. 'Thanks for that – it's set me up for the rest of the day,' galwodd dros ei ysgwydd wrth fynd allan drwy'r drws cefn.

Roedd Rhys wedi gwthio'i bowlen oddi wrtho er bod cegaid arall ar ôl.

''Sa'n well i ni fwrw iddi efo gosod y gwlâu yn y byncws heno felly, yn bysa – tra bydd ganddon ni helpars.'

'Dal o'n llonydd!' gwaeddodd Liam ar ei frawd bach wrth i Pádraig ddal coes gwely yn erbyn y ffrâm roedd Liam yn straffaglio i drio'i sgriwio'n sownd iddo.

'Dwi *yn*!' gwaeddodd Pádraig yn ôl.

'Ti'n siŵr dy fod ti'n 'i ddal o ffordd iawn?' gofynnodd Dewi, oedd yn dal taflen gyfarwyddiadau yn ei law gan drio'i orau i wneud synnwyr ohoni.

'Wel ydw, siŵr!' brathodd Liam. Doedd Elin ddim wedi clywed Liam yn codi ei lais o'r blaen; doedd delio efo fflat-pacs yn amlwg ddim yn tynnu'r gorau allan ohono. Roedd Moli a Beca, ym mhen arall yr ystafell, wedi cael y dasg o osod bwrdd bach dal lamp at ei gilydd.

'Dyna ni!' meddai Beca'n falch wrth osod y bwrdd ar ei draed. 'Hawdd!'

'Lle mae'r rhain i fod i fynd, 'ta?' gofynnodd Moli, gan ddal bag bach o sgriws yn ei llaw. Penderfynodd Elin adael iddyn nhw ddatrys eu problemau technegol eu hunain, ac aeth i lawr i'r gegin i weld sut hwyl oedd Rhys yn ei chael ar osod y *cooker hood* uwchben y stof.

'Sut mae'n mynd?' Roedd Rhys yntau'n dal taflen gyfarwyddiadau yn ei law.

'Wel, dwi'n meddwl y byswn i'n cael gwell sens gan hwnna,' meddai, gan bwyntio at Flynn, oedd yn cysgu'n braf ar domen o focsys cardbord yn y gornel, 'na *hwn*.' Chwifiodd y daflen o flaen trwyn Elin. 'Mae'r cyfarwyddiadau 'ma yn amlwg wedi cael eu cyfieithu gan Google Translate! Be ddiawch mae "wait until the twinkleth twinkleth not" yn 'i feddwl?'

'Disgwyl tan i'r gola stopio fflachio?' awgrymodd Elin. Edrychodd Rhys arni'n syn.

'Sut weithist ti hynna allan mor handi?' Dechreuodd y ddau chwerthin.

'Gwranda, Elin.' Trodd wyneb Rhys yn ddifrifol. 'Ynglŷn â ddoe, pan wnes i ...'

Torrwyd ar ei draws gan andros o glec uwch eu pennau, yna eiliadau o ddistawrwydd llethol.

'Wps!' daeth llais o'r llofft.

Gollyngodd Rhys y daflen ar lawr a rhuthro tuag at y grisiau, ond roedd Flynn wedi neidio o'i drwmgwsg a chael y blaen arno. Croesodd y ci ar ei draws gan ei faglu, nes bod Rhys yn hedfan drwy'r awyr. Glaniodd ar y bocsys cardbord â bloedd, a rhedodd Elin ato.

'Dach chi'n iawn yn fanna?' galwodd i fyny'r grisiau wrth gyrcydu yn ymyl Rhys.

'Ydan! Liam ollyngodd ffrâm y gwely, ond mae'n OK, a does 'na'm byd 'di malu!' gwaeddodd Beca yn ôl. Estynnodd Elin ei llaw i helpu Rhys i godi.

'Blydi ci!' dwrdiodd Rhys wrth osod ei droed chwith ar y llawr. Gwingodd mewn poen. Ceisiodd gerdded ond roedd unrhyw bwysau ar ei droed yn gyrru gwayw o boen drwyddo.

'O, *shit*!'

O, shit, meddyliodd Elin hithau – ei syniad hi oedd gweithio ar y byncws, felly ei bai hi oedd hyn.

Bedair awr yn ddiweddarach a hithau'n un ar ddeg y nos, agorodd Liam ddrws An Teach Ban i Rhys, a ymlwybrodd i'r tŷ ar faglau. Roedd Beca a Moli wedi mynd i'w gwlâu ond roedd yr efeilliaid ac Elin yn dal ar eu traed.

'Ti wedi'i thorri hi?' gofynnodd Elin yn bryderus gan sylwi ar y bandej mawr oedd am ei ffêr.

'Naddo, diolch byth, dim ond *sprain* ydi o,' atebodd Rhys, gan eistedd i lawr yn ofalus.

Brysiodd Elin i nôl cadair arall iddo i orffwys ei droed arni.

'Ydi o'n brifo lot?' gofynnodd Dewi.

'Na, 'di o'm yn rhy ddrwg rŵan – dwi 'di cael tabledi lladd poen.'

Roedd o'n edrych yn flinedig ac yn hollol ffed-yp, meddyliodd Elin, a daeth awydd drosti i roi ei breichiau amdano. Wnaeth hi ddim, dim ond eistedd wrth ei ochr a rhoi ei llaw yn dyner ar ei fraich.

'Ga' i go ar y baglau?' gofynnodd Pádraig, gan estyn amdanynt a dechrau hercian ar hyd y gegin.

'Gwely rŵan, hogia,' meddai Rhys yn ddiamynedd. 'A chditha, Liam.' Synhwyrodd y bechgyn nad dyma'r amser i ddadlau.

'Sori eto, Dad,' meddai Liam yn brudd.

'Dim dy fai di oedd o, siŵr.'

'Taswn i heb ollwng y gwely ...'

'Does 'na'm bai ar neb,' mynnodd Rhys. 'Damwain ydi damwain. Ond diolch i ti am fynd â fi i'r ysbyty. Dda dy fod ti wedi pasio dy dest, tydi?'

Cofleidiodd Liam ei dad, ond wedi i'r llanc fynd i fyny'r grisiau rhoddodd Rhys ei ben yn ei ddwylo gydag ochenaid. Gwasgodd Elin ei fraich, yn teimlo'n arw drosto.

'Dyma'r peth dwytha ro'n i angen!'

'Am faint fyddi di ar y baglau?'

'Mae'r doctor wedi deud na fydda i'n medru reidio beic am dair wsnos, o leia.'

Gollyngodd Elin anadl hir. 'Be wnei di?'

'Mi fydd raid i Liam gymryd teithiau'r dechreuwyr a Kevin y rhai mwy profiadol. Diolch i Dduw fod Liam wedi gwneud ei dystysgrif Mountain Bike Leadership ddechra'r haf – ac mae o hefyd wedi gwneud cwrs Cymorth Cyntaf, fel y gwelist ti gynna.'

'Mae gin ti un da yn fanna,' gwenodd Elin.

'Oes, yn does.' Gwenodd Rhys yn ôl arni'n wan. 'Dwn i'm be 'swn i'n wneud hebddo fo – er, mi fydda i'n teimlo'n euog yn aml, cofia. Mae'r creadur mor brysur yn fama fel mai prin mae o'n cael bywyd cymdeithasol, ac mae o am ohirio mynd i'r brifysgol nes bydd y lle 'ma ar ei draed, medda fo. Dwi wedi trio'i berswadio fo i fynd 'leni, ond wnaiff o ddim.'

'Chwarae teg iddo fo.'

'Mi fydd yn rhaid i mi weithio yn y siop ac mi gaiff yr hogia helpu efo golchi a chynnal a chadw'r beics.' Roedd Rhys yn cynllunio'r wythnos yn ei ben. 'Roeddan nhw i fod i fynd i'r Camp wsnos nesa, ond mi fydd yn rhaid iddyn nhw anghofio am hynny.'

'Camp?'

'Yr Irish Camp yn y Gaeltacht.'

'Gaeltacht?' Roedd Elin wedi clywed y gair ond ddim yn siŵr o'i ystyr.

'Ardal lle maen nhw'n siarad Gwyddeleg. Mae'r Camp yn debyg i Lan-llyn neu Langrannog – lle i roi cyfle i blant ddysgu mwy o'r iaith Wyddeleg drwy gyfrwng gwahanol weithgareddau,' esboniodd. 'Gobeithio ga' i 'mhres yn ôl.'

'Mi fyddan nhw'n siomedig.'

'Dwi'm yn meddwl y byddan nhw'n *rhy* siomedig, 'sti. Róisín oedd yn awyddus iddyn nhw drio'u gorau efo'r iaith ... does dim llawer o ots gan yr hogia. Fel lot fawr o'r plant lleol, tydyn nhw ddim yn gweld llawer o bwynt i'r gwersi Gwyddeleg maen nhw'n eu cael yn yr ysgol.'

Synnodd Elin o glywed hyn, ond penderfynodd nad dyma'r amser i ddadansoddi pwysigrwydd yr iaith frodorol. Roedd Rhys yn edrych wedi ymlâdd, ac roedd arni hithau angen mynd i'w gwely hefyd – roedd ganddi waith meddwl i'w wneud, ac yn y gwely y byddai'n gwneud hynny orau.

'Ty'd,' meddai, gan estyn y baglau a'u cynnig i Rhys. 'Cwsg 'dan ni i gyd ei angen rŵan. Fedri di fanejo? Hynny ydi, wyt ti isio i mi ... helpu chdi, i ...'

'Cynnig helpu i dynnu amdana i wyt ti, Elsi?' gofynnodd, gan edrych i fyw ei llygaid. Teimlodd Elin y gwrid yn codi i fyny ei gwddw.

'Ella 'sa'n well galw ar Liam ...'

Gwenodd Rhys. 'Fydda i'n iawn, 'sti, diolch ... tasat ti'n agor y drysau i mi.'

Erbyn i Elin godi'r bore canlynol, roedd Betty Dolan, Rhys a'r efeilliaid yn eistedd o amgylch bwrdd y gegin. Roedd Betty yn edrych mor siomedig ag erioed, a rhannai'r bechgyn ei hystum.

'Good morning, Mrs Dolan!' meddai â gwên. Edrychodd Betty at y cloc, cystal â gofyn pam ei bod mor hwyr yn gwneud ei hymddangosiad. Dilynodd Elin ei llygaid a gweld ei bod hi'n chwarter wedi naw. Roedd y genod yn dal i fod yn eu gwlâu.

'Ma' Nain wedi dod i edrych ar ein holau ni am fod Dad 'di brifo,' meddai Pádraig, heb guddio'r ffaith nad oedd o'n rhy hapus am y peth. Edrychodd Elin ar wyneb Rhys a gwyddai'n syth nad ei syniad o oedd hyn.

'English, please! Don't be rude,' ceryddodd Betty. Gwgodd Pádraig. 'I came as soon as I heard of the accident. Rhys will need help. Poor Róisín used to keep the kitchen so clean,' meddai, gan edrych o'i chwmpas a throi ei thrwyn.

Y gnawas, meddyliodd Elin. Doedd dim o'i le yn y gegin – ac eithrio bod y ci yn dal i gael cysgu ger yr Aga.

'What time is your ferry sailing?' gofynnodd Betty.

'Well, we're not leaving today after all. No. We're staying to help Rhys.' Clywodd Elin y geiriau'n dod allan o'i cheg er nad oedd wedi penderfynu'n derfynol.

Lledodd gwên fawr dros wyneb Rhys a'i feibion, a chododd Betty un o'i haeliau.

'Haven't you got a husband to get back to?'

'Yes. But he's very busy at the moment which means we'll barely see him, so we might as well stay here and make ourselves useful.'

Aeth Betty yn ôl i'w byngalo yn anfoddog, ond ddim cyn ei gwneud hi'n hollol glir nad oedd yn syniad da, yn ei barn hi, i ŵr gweddw a dynes briod fyw dan yr unto am wythnosau.

'Walls have ears and trees whisper!' meddai'n enigmatig wrth ffarwelio.

Edrychodd Rhys ac Elin ar ei gilydd ar ôl iddi fynd, y ddau bron â marw eisiau chwerthin ond yn ceisio peidio, o barch i'r ffaith ei bod yn nain i'r bechgyn.

'Mae Nain yn un ddoniol, tydi?' meddai Dewi o'r diwedd.

'Ydi! cytunodd Pádraig, 'ond ma' hi'n gwneud coblyn o gacen jocled dda,' ychwanegodd, cyn troi at ei dad yn obeithiol. 'Os ydi Anti Elin yn aros, ydi hynny'n golygu na fyddwn ni'n gorfod gweithio yn y siop?'

'Nac'di wir!' atebodd Rhys. 'Felly ffwrdd â chi i agor, ac mi ddo' i ar eich holau chi mewn munud.'

‘’Dan ni’n aros?’ Roedd Beca wedi codi, ac wedi clywed geiriau Pádraig.

‘Ydan,’ cadarnhaodd Elin. ‘Fedar Rhys ddim gwneud pob dim ei hun. Dyna’r peth lleiaf fedran ni ei wneud i ddiolch iddo fo am gael aros yma.’

‘Iawn,’ meddai Beca. ‘Ga’ i fynd yn ôl i ’ngwely, felly!’ Ac i ffwrdd â hi yn ddigon hapus, er mawr syndod i Elin, oedd yn disgwyl iddi wneud mwy o ffys.

‘Diolch,’ meddai Rhys wedi iddi fynd. ‘Dwi’n hynod ddiolchgar, ’sti, ond wir, does dim raid i ti aros – mi fysan ni’n siŵr o fanejo, hyd yn oed heb help Betty!’

‘Dwi isio aros.’ Er mai yn fyrbwyll y gwnaeth hi’r penderfyniad, mewn ymateb i haerllugrwydd Betty yn fwy na dim, roedd Elin wedi dechrau sylweddoli bod ei hawydd i aros yn gryfach na’i hawydd i fynd adref.

Ni chymerodd Moli y newyddion cystal.

‘Ooo!’ meddai. ‘Ro’n i’n edrych ymlaen at weld Dad.’

‘Gei di siarad efo Dad ar Facetime.’

‘’Di hynna ddim ’run fath!’ protestiodd Moli, gan stompian yn ôl i’r llofft i ddadbacio.

Teimlodd Elin bwl o euogrwydd wrth feddwl ei bod yn cadw’r genod rhag gweld eu tad, ond pa ddewis oedd ganddi? Fedrai Rhys ddim ymdopi ar ei ben ei hun. Mi fyddai Elfed, hyd yn oed, yn deall hynny, siawns.

‘Mi fysa’n well i mi fynd i’r siop cyn i’r hogia dynnu’r lle i’w pennau!’ Gwingodd Rhys mewn poen wrth roi ei droed ar lawr mewn camgymeriad. Wrth i Elin ruthro ato i gynnig ei braich iddo, clywsant gnoc ysgafn ar y drws cefn.

‘Hello there! It’s me, come to the rescue!’ Daeth Sinéad i mewn heb aros am ateb, yn ôl ei harfer, a rhewodd ei hwyneb pan welodd Elin. Wnaeth hi ddim ceisio cuddio’i syndod. ‘Eileen! Are you still here? I’d heard you were leaving today.’

‘Yes. *Elin*’s staying to help for a few more days,’ meddai Rhys, gan ollwng braich Elin ac estyn am ei faglau.

'Oh! And will your husband not be wanting you home?'

Pam fod pawb yn poeni am fy blydi gŵr i, meddyliodd Elin. Cafodd ei themtio i ddweud, 'Yes, but I don't really care,' ond wnaeth hi ddim.

'He's busy.'

'Well ... I ... I heard about your accident and just popped in to see if I could help at all.' Roedd presenoldeb Elin yn amlwg wedi taflu'r Wyddeles oddi ar ei hechel.

'That's kind of you,' meddai Rhys, 'but I think we're OK, thank you.'

'Are you sure, now? How are you going to manage with work?'

'It's just a case of me taking on Liam's role in the shop, Liam taking the beginners' treks and Kevin the intermediates.'

'Ah! Kevin is well up for that, I'm sure. He's brilliant with the bike. Well, it seems you have everything under control here, so if you're sure you don't need my help, I'd better get back to the B&B before my mother notices I've gone.' Rhoddodd ei llaw ar fraich Rhys, plygu tuag ato a gostwng ei llais. 'Remember – give me a call if I can be of *any* use to you.'

Gwenodd Rhys ei ddiolch ac fe gafodd Elin y teimlad sicr nad oedd hi mor glên ag yr oedd hi'n ymddangos.

'Goodbye, Eileen,' galwodd wrth fynd tuag at y drws, cyn troi yn ei hôl. 'Oh, by the way, were you able to sort that little matter with the boys?'

Edrychodd Rhys yn ddiddeall arni. 'The boys?' gofynnodd.

'Yes. Eileen was telling me that she'd been talking to them about their mother and they got upset, and that she thought you should be having some photos of her about the place.'

Trodd Rhys i edrych ar Elin.

'Be 'di hyn?' gofynnodd yn sych, ei lygaid gleision yn treiddio drwyddi.

'Dim byd mawr. Yr hogia ddechreuodd sôn am eu mam ac ypsetio chydig,' eglurodd Elin, gan deimlo'n anghyfforddus.

'Oh, dear! Did I say the wrong thing?' Aeth Sinéad allan, ond nid cyn i Elin sylwi ar wên fach yn chwarae o amgylch ei cheg.

Safodd y ddau yn ddistaw am funud. Chwiliodd Elin am rywbeth i'w ddweud i dorri ar yr annifyrrwch a deimlai.

'Mae'r jyngl dryms yn gweithio'n dda yn y pentre 'ma, yn tydyn?' meddai'n ysgafn. 'Dwi'n dechra dallt be oedd Betty'n feddwl pan ddeudodd hi, "walls have ears and trees whisper"!'

''Swn i'n gwerthfawrogi tasat ti ddim yn trafod fy mhlant i efo pobol eraill. Tydi o ddim o dy fusnes di,' meddai Rhys yn siarp. 'Ac mi wnes i ofyn i ti beidio â siarad efo nhw am eu mam.'

Aeth tôn oeraidd ei lais drwyddi fel cyllell, a safodd yn stond heb wybod sut i ymateb. Teimlodd y gwrid yn llifo i'w bochau.

'Sori,' meddai'n ddistaw. Hopiodd Rhys ar ei faglau tua'r drws gan straffaglu i agor y ddolen. Aeth Elin i geisio'i helpu.

'Dwi'n iawn!' sgyrnygodd.

Ar ôl iddo fynd, safodd Elin yn y gegin, yn cwffio'i dagrau.

Pennod 8

Eisteddodd Elin wrth fwrdd y gegin am amser hir wedi i Rhys fynd. Roedd ei glywed o, o bawb, yn siarad yn gas efo hi wedi ei brifo i'r byw. Ei greddf gyntaf oedd codi pac a'i heglu hi'n ôl i Gymru yn ôl y trefniant, ond pwyllodd. Ceisiodd ddeall pam y bu i Rhys ymateb mor ffyrnig. Be oedd y broblem? Daeth i'r casgliad mai fo, nid y bechgyn, oedd yn methu siarad am Róisín. Nid yn unig yr oedd y plant i'w gweld yn barod i siarad am eu mam, roedden nhw'n dangos yr angen i siarad amdani, i'w chadw'n fyw yn eu cof ac i ymdopi â'u galar. Meddyliodd am ei mam ei hun – y ddynes anwylaf yn y byd, yn gymwynasgar, yn garedig ac yn ddiymhongar, nes i greulondeb Alzheimer's fwyta'n raddol i mewn i'w hymennydd. Mygwyd ei phersonoliaeth, a thrawsnewidiwyd hi, dros wyth mlynedd, yn ddynes flin, annifyr, yn gwbl ddibynnol ar ei theulu ac ar nyrsys y cartref gofal lle treuliodd ei blwyddyn olaf. Bu farw dair blynedd ynghynt, a hithau'n ddim ond saith deg pedwar oed. Cofiodd pa mor anodd fu esbonio dirywiad eu nain i'r genod, a'r rheini mor ifanc ar y pryd. Aethant o swnian am gael mynd i weld eu nain i fod ofn mynd ati, a thorrodd hynny galon eu taid. Ond o dipyn i beth, drwy sgwrsio a holi, daeth y genod i dderbyn, os nad i ddeall. Gwnaeth y teulu oll ymdrech i hel atgofion am Nain – doedd peidio â siarad amdani ddim yn opsiwn, gan y byddai hynny'n gyfystyr â gwadu ei bodolaeth, ei dylanwad a'i phwysigrwydd yn eu bywydau. Wrth hel meddyliau dechreuodd deimlo'n flin tuag at Rhys. Roedd o'n gwneud cam â'i feibion. Hyd yn oed os oedd yn well ganddo fo ddelio â'i golled drwy gloi Róisín allan o'i feddwl, doedd ganddo mo'r hawl i wneud yr un peth i'r bechgyn. Byddai'n aros, ac yn dweud ei barn yn glir wrth Rhys – p'run oedd o eisiau ei chlywed hi neu beidio!

Daeth ei chyfle'n gynt na'r disgwyl. Agorodd drws y gegin a herciodd Rhys i'r gegin.

'Elin, gwranda, doedd gin i'm hawl i siarad ...' dechreuodd Rhys, ond torrodd Elin ar ei draws.

'Na, Rhys – gwranda di. Stedda.' Gwthiodd gadair tuag ato ac eisteddodd Rhys yn ufudd, wedi ei lorio gan agwedd ymosodol Elin. 'I ddechra, mae'n ddrwg gen i os wyt ti'n teimlo 'mod i wedi busnesu. Dim ond allan o bryder am yr hogia wnes i holi Sinéad. Dwi wedi treulio lot o amser yn eu cwmni nhw dros y pythefnos dwytha, ac wedi cymryd atyn nhw'n ofnadwy. Fedrwn i ddim peidio â sylwi fod Dewi yn cael trafferth rheoli ei dymer. Mi gafodd o goblyn o stranc y diwrnod o'r blaen pan ddechreuodd Pádraig siarad am ei fam a chael rhyw ffaith fach yn anghywir, ac mi aeth hi'n ffeit rhyngddyn nhw. Ro'n i'n teimlo bod yn rhaid i mi ymyrryd, ac mi dorrodd Dewi i lawr yn fy mreichia i. Dyna pryd gerddodd Sinéad i mewn, neu fyswn i byth wedi sôn gair wrthi.' Oedodd i ddisgwyl ymateb gan Rhys ond eisteddai hwnnw'n llonydd, a chan ei fod wedi troi ei wyneb oddi wrthi, allai hi ddim synhwyro sut roedd o'n teimlo. Rhoddodd ei ddistawrwydd hyder iddi, a phenderfynodd Elin gario mlaen. 'Dwi'm yn gwbod be wnaeth dy arwain di i benderfynu peidio siarad am Róisín efo nhw, Rhys, ond fedra i ddim peidio â meddwl dy fod ti'n gwneud y peth rong. Dwi 'di gweithio efo plant sydd wedi colli rhiant, a dwi'n gwybod o brofiad fod cwnselwyr yn annog cadw cof am y rhiant yn fyw: siarad amdanyn nhw, casglu lluniau, creu bocsys atgofion. Mae'n helpu'r broses o alaru ... ac er na fedra i gymharu colli mam yn fy neugeiniau efo colli mam yn blentyn, mi fedra i dystio 'i fod o wedi fy helpu fi.'

Roedd bwrw ei bol wedi diffodd fflam ei dicter ac eisteddodd Elin yn dawel wrth y bwrdd. Edrychodd ar ben cyrliog Rhys yn pwyso dros ei ddwylo, yn chwarae â'i fysedd yn aflonydd. Ar ôl rhai munudau tawel, anghyfforddus, cliriodd ei wddw.

'Do'n i ddim yn trio'u brifo nhw,' meddai mewn llais nad oedd hi prin yn ei glywed. 'Fyswn i byth yn gwneud dim i'w brifo nhw.'

'Dwi'n gwybod hynny, siŵr.'

'Jest ... fedrwn i ddim ... fedra i ddim diodda ...' Oedodd i chwilio am y geiriau i fynegi ei hun, a chofiodd Elin am ei golled yntau. Allai delio â galar ei feibion yn ogystal â'i alar ei hun ddim bod yn hawdd. Maddeuodd iddo am ei brifo ynghynt a gosododd ei llaw dros ei fysedd anniddig. Gafaelodd yntau yn ei llaw fel petai'n tynnu nerth ohoni i fynd yn ei flaen.

'Fedra i ddim diodda siarad amdani ... achos fedrwn i mo'i diodda hi,' meddai'n floesg. Syllodd Elin arno'n syn. 'Roedd y cariad fu rhyngddon ni wedi hen farw. Ro'n i'n meddwl, wrth symud lawr i fama, y bysa hi'n hapusach, yn fwy bodlon ei byd, ond doedd hi ddim. Roedd hi'n colli ei bywyd ar y lôn efo'r band – y sylw roedd hi'n 'i gael, y *craic* ... ac er ei bod hi'n meddwl y byd o'r hogia, mi wn i, yn y bôn, ei bod hi'n fy meio i am ei gwneud hi'n fam a chymryd hynna i gyd oddi wrthi.'

Gwyddai Elin y gallai Róisín fod yn ddynes anodd ond doedd ganddi ddim syniad bod pethau mor ddrwg rhyngddynt.

'Fedrwn i mo'i gadael hi. I ble fyswn i'n mynd? Ei chartre *hi* oedd hwn, ac er 'mod i'n hiraethu weithia am Gymru, fedrwn i ddim mynd yn ôl yno a gadael yr hogia yn fama, mwy nag y medrwn i fynd â nhw efo fi. Fysa hi byth wedi gadael i mi wneud hynny ... a beth bynnag, fama ydi'u cartref nhw.' Oedodd am ennyd. 'Y noson cyn y ddamwain, roeddan ni wedi ffraeo, eto. Ro'n i wedi deud wrthi ei bod hi'n mynd yn debycach i'w mam bob dydd, a doedd hi ddim yn lecio hynny. Gysgis i yn y stafell sbâr y noson honno a mynd allan efo'r beic ben bore wedyn cyn iddi godi. Y tro nesa y gwelis i hi oedd yn farw yn yr ysbyty.'

Gwyddai Elin fod Róisín wedi cael ei lladd mewn damwain car ar ei ffordd yn ôl o ddanfon yr hogia i'r ysgol, ond roedd y gweddill yn ysgytwad iddi. Dechreuodd ysgwyddau Rhys ysgwyd a disgynnodd dagrau ar ei llaw.

'Ti 'rioed yn beio dy hun am be ddigwyddodd?' gofynnodd iddo.

'Ella na wnes i erioed ei ddeud o'n uchel, ond roedd 'na

adega pan o'n i isio iddi hi ddiflannu o 'mywyd i, a phan ddigwyddodd hynny ...' Dechreuodd grio o'i enaid. 'Yr hogia druan ...' meddai, rhwng ebychiadau.

Gwasgodd Elin ei law yn dynn.

'Dim dy fai di oedd o,' meddai, yn araf a pendant. Trawodd Rhys ei ddwrn rhydd ar y bwrdd.

'Bai pwy arall ydi o, 'ta?'

'Rhys bach, mi brofodd y cwest fod y bai i gyd ar yrrwr y car arall – roedd o'n tecstio ar y pryd! Ei fai o yn llwyr. Dim dy fai di oedd o,' ailadroddodd. 'Does gen ti ddim pwerau arallfydol, chest ti ddim tri dymuniad gan ryw *genie*. Tydi marwolaeth Róisín yn ddim byd i'w wneud efo chdi. Ma' *raid* i ti dderbyn hynna, er dy fwyn dy hun a'r hogia. Ydi, mae hi wedi mynd, ond ma' raid i ti ei gwneud hi'n bosib i'r hogia ei chofio hi ... y fam roeddan nhw'n ei charu.'

'Ond mae mor anodd clywed pobol yn ei chanmol hi i'r cymylau. Mi fysa rhywun yn meddwl 'i bod hi wedi bod yn angel ar y ddaear, o'r ffordd mae Betty a Sinéad yn sôn amdani: y ddynas glyfra, neisia fu fyw ... a tydi hynna jest ddim yn wir. Oedd, mi oedd ganddi dalentau, ond mi oedd hi'n gallu bod yn hen ast hefyd!'

'Ond mi oedd hi'n fam i'r hogia, Rhys, yn gig a gwaed iddyn nhw.'

'Oedd. Ti'n iawn, ac roedd hi'n eu caru nhw, doedd 'na ddim dowt am hynny.' Sychodd ei drwyn efo'i law ac edrych ar Elin. 'Mae'n ddrwg gen i.'

Wrth iddo ddechrau wylo eto, cofiodd Elin iddi sylwi nad oedd o wedi crio yn angladd Róisín, a dechreuodd amau nad oedd o wedi gallu gwneud hynny tan rŵan. Anwesodd ei gefn i'w gysuro.

'Mam? Ydi Yncl Rhys yn iawn?' Daeth llais bach o'r tu ôl iddyn nhw – Moli, yn edrych yn bryderus ar y ddau.

'Ydi, tad,' atebodd Elin mor ysgafn ag y gallai.

'Troed chi sy'n brifo, ia?' gofynnodd iddo. 'Dwi'm yn meindio aros yma go iawn, chi,' ychwanegodd, ei hwyneb bach yn llawn gofid. 'Dwi'n lecio yma, a wnawn ni eich helpu chi ... yn gwnawn, Mam?'

'Diolch,' meddai Rhys, gan gwffio'i ddagrau unwaith eto. Cododd ar ei faglau. 'Elin, ti'n meindio os a' i i orwedd i lawr? Wnes i'm cysgu llawer neithiwr efo'r droed 'ma.'

'Dos di.'

'Syniad da,' cytunodd Moli. 'Dach chi'n edrych yn nacyrd.'

Roedd pen Elin yn troi ar ôl clywed cyfaddefiad Rhys. Faint o gyplau eraill roedd hi'n eu nabod oedd yn cuddio wy clonc o briodas tu ôl i blisgyn brau o hapusrwydd, pendronodd, yn ymwybodol y byddai amryw yn synnu petaen nhw'n gwybod y gwir am ei pherthynas hi ac Elfed. Manteisiodd ar y ffaith fod angen mynd i siopa am fwyd, gan eu bod wedi penderfynu aros, er mwyn dianc o An Teach Ban am ychydig a chael amser iddi hi ei hun. Roedd hi angen llonydd i ystyried sut yr oedd hi am dorri'r newyddion i Elfed nad oedd hi'n dod adref y diwrnod hwnnw wedi'r cwbl.

A hithau'n fore Sadwrn, roedd mwy o fwrlwm ym mhentre Knockfree na'r tro diwethaf iddi fod yno. Roedd siop fechan Mahoney's Meats yn llawn i'r drws, a neb i'w weld ar frys i adael er mwyn gwneud lle iddi fynd i mewn. Dechreuodd ddarllen yr amrywiol bosteri bychan oedd ar hysbysfwrdd mawr ar bolyn rhwng siop y cigydd a siop trin gwallt A Cut Above, a dotio at yr holl weithgareddau oedd yn digwydd yn y pentref. Yn eu plith roedd gyrfa chwist wythnosol ar nosweithiau Mercher, bingo misol ar ddydd Iau ola'r mis, clwb cinio henoed yn O'Reilley's unwaith yr wythnos a chlwb mathemateg i blant uwchradd ar foreau Sadwrn. Yn ogystal, roedd cyngerdd clasurol yn yr eglwys y nos Wener ganlynol. Doedd 'na 'run hysbysfwrdd yn Rhosyreithin, gresynodd – doedd dim angen un gan nad oedd dim yn digwydd yno: roedd y capel olaf wedi cau ei ddrysau a'r neuadd gymunedol wedi llosgi i'r llawr flynyddoedd yn ôl. A dweud y gwir, anaml iawn y gwelai Elin neb o'r pentref heblaw rhieni plant yr ysgol gynradd, a chan fod Moli wedi gadael yr ysgol bellach byddai'r cyswllt hwnnw, hyd yn oed, yn diflannu. Trawodd ei llygad ar boster oedd ychydig yn fwy na'r lleill, yn hysbysebu cyfarfod cyffredinol y Knockfree Men's Shed.

'There's no point you looking at that one, *mo chara*.'

Trodd Elin a gweld Mrs O'Toole, yr hen wraig fechan a gyfarfu ar ei diwrnod cyntaf yn Knockfree, yn edrych i fyny ati, ei chardigan wlân lwyd wedi ei chau i'r top. Sylwodd Elin ei bod wedi tynnu'r cyrlers o'i gwallt, a gwisgai lipstig coch llachar. Ar ei braich roedd ganddi fag neges llawn, a thorth fawr wen yn sticio allan ohono.

'Sorry?' meddai Elin, gan feddwl ei bod wedi ei chamgymryd am rywun arall.

'You won't be allowed near the Men's Shed. Strictly for the men it is, and God alone knows what goes on behind its doors!'

'Oh?'

'Though I must say my Brendan is always in a good mood when he's been there ... it was there he learnt how to use that big power drill our Colin gave him last Christmas, though I wish to God he hadn't. He won't wear his glasses, you see.'

'I see,' meddai Elin, yn dallt dim.

'You're still staying at An Teach Ban, then?'

'Yes.'

'I know the men have been trying to get Rees to join them in the Shed. He should go – it would do him good.' Camodd Mrs O'Toole yn nes at Elin a gwasgu ei llygaid yn fychan wrth edrych i fyny arni i astudio'i hwyneb. 'I heard the lad had an accident?'

'Yes. He has a badly sprained ankle.'

'Lucky you're there to help him, then,' meddai'r hen wraig gan wincio arni a gwenu gan ddatgelu stribed o lipstig ar ei dannedd gosod. Camodd yn ôl oddi wrth wyneb Elin, er mawr ryddhad iddi. 'Well, I'd best get on. This bag is getting heavy for my auld bones to carry.'

'Can I carry it for you?' gofynnodd Elin, gan wybod nad oedd ei bwthyn bach yn bell.

'That's very kind of you, *mo chara*, but I'm nearly home.'

'My name is Elin,' mentrodd egluro.

'That's a nice name. Well goodbye, Elin, *mo chara*. Give my best wishes to Rees.'

Dechreuodd gerdded i ffwrdd ond arhosodd am ennyd. 'It's Mrs O' Toole, by the way.' Symudodd ei bag neges o un fraich i'r llall gan edrych i lawr ar y dorth a mwmian wrth gerdded yn ei blaen. 'Don't know why I've bought such a large loaf, one of us might be dead before it's finished, and wouldn't that be a waste!'

Gwenodd Elin cyn troi ei golygon yn ôl at boster y Men's Shed a darllen y geiriau dan y pennawd: 'Men don't talk face to face; they talk shoulder to shoulder'. Meddyliodd syniad mor dda oedd o – rhyw fath o Ferched y Wawr i ddynion, cyfle i ddynion o bob oed ddod at ei gilydd ar gyfer gwahanol weithgareddau ac i gymdeithasu mewn awyrgylch gynhaliol. Tybiai y gallai hanes Elfed, a'i ffrind a oedd wedi lladd ei hun, fod wedi bod yn wahanol iawn petaen nhw'n perthyn i ryw Men's Shed neu'i gilydd. Cafodd syniad, ac yn hytrach na ffonio Elfed i ddweud ei bod am aros yn Knockfree am o leiaf wythnos neu ddwy arall, eisteddodd ar fainc gyfagos i ffonio'r dyn doethaf roedd hi'n ei adnabod. Alun, ei thad.

'Elin! Dach chi'ch tair adra?' Roedd ei thad yn amlwg yn falch o glywed ei llais, fel yr oedd hi o glywed ei lais yntau.

'Na, 'dan ni'm yn dod adra heddiw wedi'r cwbwl ...' Dechreuodd Elin esbonio'r sefyllfa i'w thad: nid yn unig damwain Rhys ond y gwir reswm pam y bu iddi godi ei phac mor ddisymwth.

'Ro'n i'n ama'n syth bod 'na rwbath yn bod pan glywis i dy fod ti draw yna,' meddai Alun, 'a titha heb ddeud wrtha i eich bod chi'n mynd. Pan welis i Elfed, roedd o fel tasa ganddo fo ddim clem lle roeddach chi! Ond wnes i'm busnesu ... rhag ofn eich bod chi 'di ffraeo neu rwbath. Dwi 'di bod yn amau dy fod di'n anhapus ers peth amser, ond wyddwn i ddim pam ... yn poeni amdanat ti, a deud y gwir, poeni fod dy sbarc di wedi pylu. Dwi'n cicio fy hun rŵan na fyswn i wedi gweld yr arwyddion yn Elfed. Mi wyddwn i 'i fod o'n lecio'i beint ond wnes i erioed feddwl ...'

'Mae o'n deud 'i fod o wedi dechra gweld cwnselydd, ac na wneith o byth yfed eto,' torrodd Elin ar ei draws. 'Ond wn i ddim fedar o roi'r gorau iddi mor hawdd â hynny, dim ar ei ben ei hun.'

'Ti'm yn meddwl y bysa'n well i ti ddod adra ato fo, 'ta?'

Suddodd calon Elin wrth feddwl am y peth. 'Fedra i ddim, Dad. Dim rŵan, beth bynnag. Dwi wedi bod yn trio'i helpu fo ers misoedd. A pheth arall – dwi'm yn meddwl y bysa fo'n gwneud dim lles i'r genod weld eu tad yn mynd drwy ... wel, beth bynnag mae o'n mynd drwyddo.'

'Ella dy fod di'n iawn yn fanna. Yli, gad betha i mi. Mi gadwa i lygad arno fo i ti.'

Gollyngodd Elin ochenaid o ryddhad. Roedd o wedi cynnig yr union beth yr oedd hi am ofyn iddo'i wneud.

'A fysach chi'n medru mynd i esbonio iddo fo na fydda i ddim yn dod adra heddiw?'

'Mi fydd o'n siomedig, ma' siŵr, yn bydd.'

'Bydd, a dwi'm isio mynd i ddechra ffraeo efo fo.'

'Mi a' i draw yno rŵan.'

'Diolch, Dad. Dach chi'n werth y byd.'

'Ydw, tydw! Cymera di ofal rŵan, 'nghariad i, a rho sws fawr i'r genod bach 'na gin 'u taid.'

Tawedog oedd Rhys ar ddechrau eu pryd bwyd y noson honno, ond prin y sylwodd neb heblaw Elin. Roedd Liam yn llawn asbri ar ôl mwynhau ei ddiwrnod allan ar ei feic.

'Doedd un o'r dynion oedd efo ni heddiw ddim ffit i fod ar feic!' wfftiodd. 'Mi ofynnais i iddo fo, ar ôl iddo fynd i'r gwrych am y trydydd tro. "Have you actually ridden a bike before?" "Oh, yes, of course," medda fo, "but it did have stabilisers!" '

Chwarddodd pawb – neb yn uwch na Beca, oedd yn hongian ar bob un o'i eiriau.

''Swn i'n lecio taswn i'n medru reidio beic,' meddai.

'Ti'm yn medru reidio beic?' gofynnodd yr efeilliaid yn anghrediniol.

'Tydi Mam erioed wedi gadael i ni gael beics am ein bod ni'n byw ar allt, ac mae'n lle peryg,' eglurodd Moli.

Edrychodd pawb ar Elin.

'Wir?' gofynnodd Rhys.

'Mi oedd ganddyn nhw feics pan oeddan nhw'n llai,' amddiffynnodd Elin ei hun.

'Ia, ond beics bach tair olwyn oedd y rheini, Mam!' cwynodd Beca.

'Wel, mi ydach chi 'di cadw hynna'n ddistaw, tydach?' meddai Rhys, gan chwerthin am y tro cynta'r diwrnod hwnnw. 'Pythefnos mewn canolfan feicio cyn cyfadda'ch bod chi'n methu reidio beic! Pryd fuest ti ar feic ddwytha?' gofynnodd i Elin.

'O, dwi'm yn cofio ...'

'Pryd?' pwysodd.

'Pan o'n i'n bedair ar ddeg, ma' siŵr.'

'Mi fydd raid i ni wneud rwbath ynglŷn â hyn, yn bydd? Does ganddoch chi ddim syniad be dach chi'n golli! Aros di i'r ffêr 'ma fendio ac mi awn ni i gyd am sbin ar y beics.'

'Mae hi'n ddydd Sul fory, a dwi'n rhydd drwy'r dydd. Mi ddysga i chdi, Beca,' cynigiodd Liam. Gwenodd Beca arno.

'Grêt. Diolch.'

'A fi 'fyd?' gofynnodd Moli'n obeithiol.

'Ia, os leci di,' meddai Liam yn glên, a diflannodd gwên Beca.

'Mi fydd hyn yn laff!' chwarddodd Pádraig.

'O! Dwi newydd feddwl,' meddai Liam. 'Fysa hi ddim yn well i ni orffen rhoi'r byncs ola i fyny fory?'

'Bysa, ma' siŵr,' atebodd Rhys, 'ond mi fydd digon o amser i wneud hynny hefyd. Jest cadwch Flynn yn ddigon pell!'

Cododd Flynn ei ben o glywed ei enw. Roedd o'n gorwedd wrth draed Pádraig, lle gorweddai bob amser bwyd – Pádraig oedd yr un mwyaf tebygol o sleifio sbarion oddi ar ei blât iddo.

'Dwi 'di bod yn meddwl hefyd,' meddai Rhys. 'Ma' isio enw i'r byncws 'ma.'

'Be am "Teach Ban Bunkhouse"?' gofynnodd Liam.

'Boring!' gwaeddodd Dewi. 'Be am "Mountain View Bunkhouse"?'

'Be am "Róisín's Bunkhouse"?' awgrymodd Rhys. 'Syniad eich mam oedd o wedi'r cwbwl.'

Aeth pawb yn ddistaw ac edrychodd Elin ar Dewi. Gwelodd wên lydan yn lledu dros ei wyneb.

'Róisín's Bunkhouse!' meddai. 'Dwi'n lecio hwnna! Dwi'n mynd i'w roi o ar y wefan rŵan!' Neidiodd ar ei draed a rhuthro at y cyfrifiadur yn y swyddfa fach yng nghefn y siop. Gwenodd Elin ar Rhys, ond plygodd hwnnw ei ben i ganolbwyntio ar orffen ei bwdin.

Un patrwm o fywyd An Teach Ban yr oedd Elin wedi cymryd ato oedd eu tueddiad i aros yn y gegin i sgwrsio ar ôl bwyd. Y gegin oedd canolbwynt y tŷ, a'r bwrdd mawr pren yn ei ganol oedd ei galon. Yn eu cartref nhw, roedden nhw wedi dechrau'r arferiad o fwyta wrth wylio'r teledu, ac os nad oedd hwnnw ymlaen yna roedd 'na iPad neu iPhone gan bawb i dynnu eu sylw yn ystod y pryd. O ganlyniad, doedden nhw byth yn talu sylw go iawn i'w gilydd, a byth yn cael sgyrsiau hir a dadleuon difyr fel yr oedden nhw'n eu cael yn An Teach Ban. Pan âi adref byddai pethau'n newid. Eisteddodd yn ôl i werthfawrogi'r bwrlwm o amgylch y bwrdd. Roedd Liam yn diddanu Beca efo hanesion ei ddiwrnod a Rhys, wedi rhoi heibio ei bowlen bwdin, yn gwrando'n falch ar ei fab hynaf yn disgrifio sut y bu'n delio â chwsmer anodd.

'Dad,' torrodd Pádraig ar ei draws, 'dydd Llun yma 'dan ni'n mynd i Camp, ia?'

'Damia! Dwi 'di anghofio ffonio i ganslo,' meddai Rhys.

'Oes raid i ti ganslo?' gofynnodd Elin.

'Wel, bydd. Fedra i ddim mynd â nhw fel hyn, na fedraf,' meddai, gan amneidio at ei ffêr.

'Tydan ni ddim yn mynd i Camp?' gofynnodd Pádraig, ei dôn yn obeithiol.

'Fedra *i* fynd â nhw yno, siŵr,' cynigiodd Elin.

'Mae o yng Nghonamara, sydd ddwy awr a hanner i ffwrdd!'

''Dan ni'm yn mynd i Camp?' gofynnodd Pádraig eto.

'Be 'di Camp?' holodd Moli.

'Tydi hynny ddim yn broblem, nac'di?' Doedd Elin ddim am greu trafferth unwaith yn rhagor.

'Dwi'm isio mynd eniwê!' datganodd Pádraig.

'Mynd i lle? Mam? Mynd i lle?' cododd Moli ei llais.

Trodd yr oedolion eu sylw at y plant.

''Run fath â Glan-llyn, ond i ddysgu siarad Gwyddeleg,' eglurodd Elin.

'Cŵl,' gwenodd Moli. Trodd at Pádraig. 'Pam ti'm isio mynd?'

'Achos does 'na'm pwynt dysgu siarad Gwyddeleg. Does 'na neb yn 'i siarad hi yn fama.'

'Oes tad!' cywirodd Liam ei frawd bach. 'Mae Mrs O'Toole yn 'i siarad hi.'

''Mond am 'i bod hi'n dod o Dingle ...'

'Mi ddois i ar ei thraws hi bore 'ma!' torrodd Elin ar eu traws. 'Roedd hi'n mynnu 'ngalw fi'n "Mo" rwbath ... swnio'n debyg i Mo Farrah.'

'*Mo chara*!' meddai Liam. 'Gwyddeleg am "fy ffrind" 'di hynna!'

''Dan ni i gyd yn siarad Saesneg, felly be 'di'r pwynt gorfod dysgu Gwyddeleg?' gofynnodd Pádraig.

'Dyna dy etifeddiaeth di, 'de? A dyna ydi iaith swyddogol y wlad!' mynnodd Liam.

'Ond mae'r iaith yn marw, medda Kevin. Oes 'na bwynt dysgu iaith sy'n marw?' heriodd Pádraig ei frawd mawr.

'Cenedl heb iaith, cenedl heb galon,' meddai Beca. 'Ma' gin ti gadwen efo hynny wedi'i sgwennu arni, 'does Mam?'

Nodiodd Elin.

'Wel, dwi'n gweld dy bwynt di, Pádraig,' meddai Rhys.

'Wyt ti?' gofynnodd Elin mewn syndod. 'Ond mi wyt ti wedi magu dy blant i siarad Cymraeg!'

'Mae hynny'n wahanol.'

'Sut?'

'Achos dyna'r iaith ges *i* fy magu ynddi, fy iaith bob dydd i pan o'n i'n byw yng Nghymru, yr iaith dwi'n meddwl ac yn breuddwydio ynddi o hyd. Roedd hi'n hollol naturiol i mi siarad Cymraeg efo'r plant. Wnes i'm meddwl ddwywaith am y peth, a deud y gwir.'

'Felly, fedri di ddim gweld ei bod hi yr un mor naturiol iddyn nhw siarad Gwyddeleg?'

'Wel, nac'di, achos mae 'na flynyddoedd lawer ers i honno fod yn iaith aelwyd teulu Róisín.'

'Mae 'na fwy o bobol yn siarad Gwyddeleg nag sy 'na'n siarad Cymraeg,' meddai Liam.

'Nag oes!' meddai Beca mewn anghrediniaeth.

'Oes, mae 'na,' mynnodd Liam. 'Lot mwy!'

'Oes,' cytunodd Rhys 'Ond dim ond canran fach, rhyw un neu ddau y cant o'r boblogaeth, sy'n medru byw drwy gyfrwng yr iaith. Mae 'na ganran fwy o Gymry yn byw drwy gyfrwng y Gymraeg.'

Dechreuodd Elin deimlo'n annifyr, yr annifyrrwch hwnnw roedd hi wedi hen arfer ei deimlo pan fyddai hi'n gorfod cyfiawnhau ei hawl i siarad ei hiaith ei hun efo rhyw Saeson diddeall oedd yn cwyno bod eu plant yn cael eu dysgu drwy gyfrwng y Gymraeg yn yr ysgol. Y teimlad ei bod hi ei hun, yn bersonol, o dan fygythiad. Teimlodd ei hun yn dechrau cynhyrfu, a cheisiodd fygu'r emosiynau hynny fyddai'n byrlymu i'r wyneb bob tro y byddai hi'n trafod yr iaith, yr emosiynau oedd yn ei gwneud hi'n anodd medru dadlau'n rhesymegol.

'Ydi'r iaith Gymraeg yn mynd i farw?' gofynnodd Moli yn ddiniwed, ei llais yn llawn dychryn.

'Ydi, ma' siŵr,' atebodd Pádraig. Syrthiodd gwep Moli. 'Ond

dim ots,' ychwanegodd Pádraig, gan deimlo'n annifyr o weld ei fod wedi peri gofid i Moli, 'mi fyddan ni i gyd yn medru deall ein gilydd achos 'dan ni i gyd yn siarad Saesneg!'

'Ond pan oedd Nain yn sâl nath hi anghofio sut i siarad Saesneg. Os digwyddith hynny i mi pan fydda i'n hen, fydd neb yn fy nallt i!' Dechreuodd Moli grio.

Merch ei mam, meddyliodd Elin, gan afael amdani i'w chysuro. Trwy ddagrau a chodi lleisiau fe barhaodd y dadlau nes i Dewi ddod yn ôl i'r tŷ a chlywed y newyddion y byddai o a Pádraig yn mynd i'r gwersyll Gwyddeleg yng Nghonamara wedi'r cyfan, ac y byddai Moli yn mynd hefo nhw os byddai lle.

Pennod 9

Erbyn nos Sul roedd Moli yn medru reidio beic fel petai wedi bod ar gefn un erioed. Doedd pethau ddim wedi dod mor hawdd i Beca druan, ond dangosodd ddyfalbarhad anarferol gan ddal i ymdrechu nes roedd hi'n gallu pedlo'n reit hyderus. Fysa hi byth wedi trio mor galed i neb ond Liam, meddyliodd Elin. Roedd hi'n cadw llygad barcud ar y ddau ohonyn nhw – doedd hi ddim am i 'run o'r ddau gael ei frifo, ond ar y llaw arall roedd hi'n falch fod dylanwad y llanc arni yn annog Beca i gymryd diddordeb mewn ymarfer corff. Roedd y pythefnos diwethaf wedi gwneud byd o les iddi – roedd hi'n llai pwdlyd, yn llai ymosodol, yn symud mwy ac yn bwyta'n gallach. Mi wnaeth hi'r penderfyniad iawn yn dod yma, meddyliodd Elin, oedd dal i geisio cyfiawnhau ei dewis i ddod i Iwerddon.

Drannoeth, arhosodd Beca i helpu Rhys tra cafodd Elin wibdaith i Gonamara i ddanfon yr efeilliaid a Moli i'r gwersyll Gwyddeleg, y tri wedi cyffroi'n lân ac yn siarad bymtheg y dwsin. Roedd Liam wedi bod yn disgrifio'i amser o yn y gwersyll pan oedd o'n ddeuddeg oed iddynt – yr hwyl oedd i'w gael yn gwneud pob math o weithgareddau, gan gynnwys chwaraeon, drama, celf a cherddoriaeth. Wedi iddo ddeall nad gwersi diflas drwy'r dydd oedd i'w cael yno, ac wedi i'r merched o Gymru agor ei lygaid i werth dysgu iaith ei gyndeidiau er mwyn deall ei hunaniaeth a'i ddiwylliant yn well, roedd Pádraig hyd yn oed yn edrych ymlaen yn arw. Addawodd Elin iddi hi ei hun y byddai'n dod yn ôl i Gonamara ryw ddydd i gael gwerthfawrogi harddwch gwyllt yr ardal yn iawn. Roedd Rhys wedi medru trefnu i'r plant gael lifft yn ôl adref ar ddiwedd yr wythnos efo rhiant merch o'r un ysgol â'r bechgyn oedd hefyd yn y gwersyll, felly ni fyddai ganddi esgus i ddychwelyd bryd hynny.

Mwynhaodd Beca'r profiad o helpu Rhys. Gan iddi fod wrth ysgwydd Liam am bythefnos, roedd hi'n deall y drefn yn well na fo – a gwnâi hynny iddi deimlo'n bwysig. Roedd digon o fynd a dod yn ystod y dydd, nid yn unig ar ddechrau'r teithiau ffurfiol ben bore ac ar ddechrau'r prynhawn, gan fod beicwyr profiadol yn cyrraedd bob yn dipyn i fynd ar yr Extreme Trail heb arweiniad. Byddai rhai yn dod â'u beiciau eu hunain ac eraill yn eu llogi, ond roedd yn rhaid i bawb dalu'r ffioedd, casglu helmed diogelwch a llenwi ffurflenni, a pan ddeuai'r beiciau llog yn eu holau roedd yn rhaid eu harchwilio'n fanwl i wneud yn siŵr nad oedd dim wedi ei falu, cyn dychwelyd y blaendal i'r cwsmer.

'Gweithwraig fach dda 'di Beca 'ma, chwarae teg,' meddai Rhys wrth Elin pan gyrhaeddodd yn ôl o Gonamara efo têc-awê Tsieineaidd i swper. Gwenodd Beca yn swil. 'Dwn i ddim sut fyswn i wedi gwneud hebddi heddiw, ac mae'r hogia ifanc yn sicr yn gwerthfawrogi cael hogan ifanc, ddel yn ei syrfio nhw ... ro'n i'n meddwl bod Declan Byrne am aros drwy'r pnawn!' Edrychodd Beca yn fwy swil fyth. 'Sut yn y byd roeddat ti'n dod i ben ar ben dy hun bach cyn i Beca gyrraedd, Liam?'

'Wel, roedd yr hogia'n helpu pan o'n i'n medru ca'l gafael arnyn nhw, ac mae hi wedi prysuro dipyn yn yr wsnosa dwytha 'ma.'

Erbyn diwedd y dydd Iau, fodd bynnag, doedd Beca ddim mor fodlon ei byd. Er ei bod hi'n dod ymlaen yn iawn efo Rhys doedd hi ddim yn cael cystal hwyl yn ei gwmni ag yr oedd efo Liam, a chan fod Elin yn tueddu i fod o gwmpas y lle hefyd, doedd dim cymaint iddi ei wneud. O ganlyniad, roedd hi wedi syrthio'n ôl dan swyn ei ffôn symudol a'r cyfryngau cymdeithasol, ac wedi gweld cystal sbri roedd ei ffrindiau'n ei gael yn yr Eisteddfod Genedlaethol ym Môn, yn enwedig ym Maes B y noson cynt.

'Mam?' gofynnodd yn betrus amser swper. Roedd y bwrdd yn hanner gwag, a'r gegin yn llawer iawn distawach, heb y tri ieuengaf. 'Ga' i fynd i Maes B?'

Stopiodd fforc lawn Elin cyn iddi gyrraedd ei cheg.

'Rargian! Pam ti'n gofyn hynny rŵan?'

'Mae fy ffrindia fi i gyd yno.'

‘Pwy, felly?’

‘Mabli Siôn, Menai Huws ...’

‘Ia, wel, mae’r rheini flwyddyn yn hŷn na chdi, tydyn. Chei di’m mynd i Maes B os nad wyt ti’n un ar bymtheg oed, beth bynnag.’

‘Ma’ Ceri yna hefyd, ac ma’ hi yn yr un flwyddyn â fi ... a Siôn Taylor!’

‘Wel, tydyn nhw ddim i fod yno.’

‘Plis, Mam!’ erfyniodd.

‘Wel na chei, siŵr! ’Dan ni yn fama, tydan.’

‘’Dan ni’n agosach yn fama nag ydi pobol o’r Sowth – dim ond dros y môr ydan ni. ’Swn i’n medru cael bŷs i Ddulyn bore fory, fferi i Gaergybi a bŷs o fanno yn syth i’r maes. Mi fyswn i’n cael dwy noson yno wedyn, ac mi ga’ i aros ym mhabell Mabli – mae hi ’di deud y ca’ i!’

‘Beca ...’ dechreuodd Elin, gan sylweddoli fod ei merch wedi gwneud ei gwaith ymchwil yn drylwyr.

‘Mae Swnami yn chwarae nos fory ac Yws Gwynedd nos Sadwrn,’ aeth Beca yn ei blaen.

‘Na, Beca.’

‘Ond, Mam, ti’n gwbod gymaint dwi isio gweld Yws Gwynedd!’ erfyniodd. ‘Ac ma’ pawb i weld yn cael cymaint o hwyl.’

‘Ydyn, siŵr iawn, ar Facebook – fel dwi wedi deud wrthat ti ganwaith o’r blaen, tydi Facebook a’r petha eraill ’na ddim yn darlunio bywyd go iawn. ’Mond yr hufen ar y top weli di. Does ’na neb yn dangos y mwd a’r glaw a’r tentia’n socian a budur a’r chwd hyd y toileda, nag oes?’

Taflodd Beca olwg o ffieidd-dod at ei mam. Roedd y ddadl am Facebook a Snapchat ac Instagram yn codi bob hyn a hyn, gan amlaf pan fyddai Beca’n cwyno nad oedd hi’n ddigon del, ffasiynol neu ddiddorol ar ôl iddi dreulio amser yn pori drwy luniau ei ffrindiau, ac roedd yr holl beth yn gwylltio Elin. Roedd hi wrth ei bodd pan welodd nad oedd bechgyn An Teach Ban yn poeni dim am y cyfryngau cymdeithasol, ac roedd Beca wedi stopio mwydro cymaint amdanyn nhw ers iddyn nhw gyrraedd Iwerddon.

'Hyd yn oed petaen ni adra,' eglurodd, 'fysat ti ddim yn cael mynd. Ti'n rhy ifanc.'

'Ond mae mamau pawb arall wedi gadael iddyn nhw fynd.'

'Wel, dim mam pawb arall ydw i,' meddai, yn ymwybodol fod Beca'n dal yn ôl rhag gwylltio gan fod Rhys a Liam yn gwrando ar y sgwrs.

''Swn i'n hollol iawn, siŵr. Dwyt ti'm yn fy nhrystio i?'

'Dwi'm yn deud eto. Dyna ddiwedd arni.'

'Ti'n dal i 'nhrin i 'fatha babi! Ti'n gwrthod derbyn 'mod i 'di tyfu i fyny!' Cododd Beca ei llais wrth ddechrau anghofio am ei chynulleidfa.

'Dwyt ti'm yn ymddwyn fel oedolyn ar hyn o bryd!'

'Ti wedi'n llusgo ni i fama, i ganol nunlla ...'

'Beca!'

'Ella 'sa'n well i ti wrando ar dy fam, 'sti,' awgrymodd Rhys yn ofalus.

'Mi fysa Dad yn gadael i mi fynd!'

Gwylltiodd Elin. 'Wel, tydi dy dad ddim yma, nac'di – a na, fysa fo ddim!'

'Ella 'sa'n well i mi fynd adra i ofyn iddo fo fy hun, felly!' Gyda'r ergyd isel honno cododd Beca oddi wrth y bwrdd a martsio allan o'r ystafell.

'O diar!' meddai Rhys.

'Genod, yli,' eglurodd Elin ag ochenaid. 'Maen nhw'n cwffio'n futrach na hogia!'

Daeth Beca'n ôl i'r ystafell ymhen chwarter awr gyda'r neges fod Elfed am i Elin ei ffonio. Gan ei bod yn ofni y byddai ei gŵr yn cynhyrfu'r dyfroedd, aeth Elin â'r ffôn allan o'r ystafell i wneud yr alwad. Doedd bosib ei fod o am drio'i pherswadio i adael i Beca fynd i Maes B? Atebodd Elfed y ffôn yn syth.

'Haia. Diolch am ffonio,' meddai, ei lais yn swnio'n

gyfarwydd ac eto'n anghyfarwydd yr un pryd. Dyma'r cyfnod hiraf iddyn nhw beidio â siarad efo'i gilydd ers iddyn nhw gyfarfod, sylweddolodd Elin, a daeth pwl sydyn, annisgwyl o hiraeth drosti.

'Ti'n iawn?' gofynnodd iddo.

'Ydw, dwi'n ... dwi'n iawn. Dwi'n well, Elin. Dwi'n cael help.'

Cododd lwmp i wddw Elin a bu distawrwydd am ennyd.

'Da iawn. Dwi'n falch.'

'*Ti*'n iawn?'

'Ydw, diolch,' atebodd, gan deimlo'n rhyfedd o chwithig.

'Mae'r genod yn swnio fel tasan nhw'n mwynhau eu hunain.'

'Ydyn, maen nhw.'

'Ges i decst gan Moli o Gonamara yn deud 'i bod hi mewn rhyw wersyll i ddysgu Gwyddeleg.'

'Ydi ... sori, ddyliwn i fod wedi deud wrthat ti,' cyfaddefodd Elin yn euog. Ond doedd y syniad ddim wedi croesi ei meddwl.

'Dylsat. Maen nhw'n blant i mi hefyd.'

'Sori,' ymddiheurodd eto. Gallai ddweud o dôn ei lais fod Elfed dan deimlad, ond ni allai ddweud yn union pa deimlad oedd hwnnw. Oedd o'n flin, neu ai hiraethu roedd o?

'Pryd wyt ti'n dod adra, Elin?'

'Wn i ddim eto. Fedra i'm gadael ar y funud – mae Rhys f'angen i.'

'*Dwi* angen chdi!' meddai, a'i lais yn cracio.

'Plis, paid â gwneud hyn yn anodd i mi, Elfed.'

'Anodd i *chdi*? Anodd i *chdi*? Pa mor anodd ti'n meddwl ydi hyn i mi?' gofynnodd, gan godi'i lais. 'Ti'n bygro off heb ... heb ddeud dim, a mynd â'n ... â'n ... genod i efo chdi ...'

Roedd o'n baglu dros ei eiriau. Roedd o'n amlwg yn trio rheoli ei deimladau. Camodd llygedyn o amheuaeth i'w meddwl. Oedd o wedi bod yn yfed?

'... a 'ngadael i i gwffio'r blydi *demons* 'ma ar ben fy hun. Pa fath o wraig wyt ti?'

Gwylltiodd Elin. 'Dwi 'di trio 'ngora! Ti 'di lluchio'r rhan fwya o'r help dwi wedi'i gynnig i ti yn ôl i 'ngwyneb i.' Roedd ei llais hithau'n cracio erbyn hyn, a'i thu mewn yn corddi. 'Mi wnes i bob dim fedrwn i. Dwi 'di cyfro dy dracs di, deud clwydda drostat ti pan oeddat ti ddim mewn ffit stad i fynd i dy waith, gwneud esgusion wrth ein teulu a'n ffrindiau ni – a'r genod! Fedri di'm gweld sut mae dy ymddygiad di yn effeithio ar y genod? Ti 'di rhoi dy hun a dy botel yn gynta, ac wedi palu clwydda. Dwyt ti ddim hyd yn oed wedi sbio'n iawn arna i ers dros flwyddyn. Ti 'di cysgu mwy ar y blydi soffa nag yn ein gwely ni. Felly, deud ti wrtha i – pa fath o blydi ŵr wyt ti?'

Bu distawrwydd llethol rhyngddynt am rai eiliadau cyn i Elfed ei dorri.

'Dwi'n addo i ti, dwi 'di stopio. Wna i *ddim* yfed eto, gaddo.'

Ochneidiodd Elin o glywed y geiriau cyfarwydd. Cofiodd y rhyddhad a deimlodd pan glywodd hi nhw am y tro cyntaf, dim ond i hynny droi'n siom a gwylltineb pan ddaeth ar draws potel win wedi ei chuddio yn ei ddrôr sanau, a'i ddal dro arall yn sleifio poteli gwin gwag i focs ailgylchu'r tŷ drws nesaf, a'r cywilydd a deimlai wrth feddwl beth petai rhywun wedi ei weld.

'Dwi wir yn gobeithio dy fod di, ond dwi wedi clywed hyn o'r blaen, yn do?'

'Ti'm yn fy nghoelio fi?'

'Nac'dw, sori, tydw i ddim. Fedra i ddim ... dim ar hyn o bryd.'

'Be fedra i 'i wneud i brofi i ti 'mod i'n ei feddwl o tro yma?'

'Gadael llonydd i mi am chydig hirach.'

Bu tawelwch rhyngddynt eto. Penderfynodd Elin newid y pwnc yn llwyr.

'Dwi'n cymryd dy fod ti'n cytuno na ddyla Beca gael mynd i Maes B.'

'Ddim ar ei phen ei hun ... ond dwi'n fwy na bodlon mynd hefo hi.'

Oedoedd Elin cyn ateb. Oedd o'n gall? Gallai weld y darlun o Elfed yng nghanol cannoedd o blant ifanc gwyllt a meddw a gwyddai beth fyddai canlyniad hynny.

'Iawn. Mi gynigia i hynny iddi 'ta,' meddai, gan wybod yn iawn beth ddywedai Beca.

'Dach chi'ch dau yn cymryd y *piss*!' oedd ymateb Beca i gynnig ei thad, a ffwrdd â hi i'w llofft i bwdu. Liam oedd yr un lwyddodd i ddod â hi at ei choed, a hynny drwy gynnig mynd â hi i Ceilidh a barbeciw mewn pentref cyfagos ar y nos Sadwrn. Roedd y digwyddiad yn un o uchafbwyntiau'r haf i'r gymdogaeth leol, a gwyddai y byddai'r *craic* yn dda. Roedd hi'n gaddo tywydd braf hefyd.

'Sgin i ddim byd i'w wisgo,' oedd ymateb cyntaf Beca i'r cynnig, a chan fod ei dillad wedi dechrau mynd yn llac iddi, roedd hi'n dweud y gwir. Addawodd Elin y byddai'n mynd â hi i Wicklow i siopa ben bore Sadwrn. Mi fyddai'r trip hefyd yn gyfle iddi chwilio am anrheg pen blwydd i Moli, a fyddai'n un ar ddeg oed y dydd Iau canlynol.

Cwyno bod siopau dillad Wicklow yn hen ffasiwn wnaeth Beca pan gyrhaeddon nhw, ac roedd yn rhaid i Elin gytuno efo hi, ond yn y diwedd, daethant ar draws *boutique* bach o'r enw Ebony oedd yn gwerthu dillad ffasiynol am brisiau rhesymol. Cyn mynd i mewn iddi, penderfynodd Elin y bysa'n syniad iddi fynd i'r banc i weld faint o arian oedd ganddi ar ôl yn ei chyfrif.

'Dos di i mewn i gael golwg,' meddai wrth Beca, 'dwi angen picio drws nesa i'r banc.'

Syllodd ar y sgrin yn ceisio gwneud synnwyr o'r swm a welai. Rhaid fod ganddi fwy na hynna! Pwysodd y botymau i ofyn am fantolen, a gwelwodd wrth weld bod pum cant o bunnau wedi ei dynnu allan o'r cyfrif y diwrnod cynt. 'Y basdad!' sibrydodd dan ei gwynt. Roedd ganddi hi ac Elfed ddau gyfrif banc ar y cyd ond roedden nhw'n eu defnyddio nhw'n annibynnol – un dan ei ofal o a'r llall dan ei gofal hi. Roedd o wedi tynnu'r arian allan i ddial arni. Teimlodd yn sâl am funud, yn methu dod dros y ffaith ei fod o wedi gwneud rhywbeth mor dan din. Sut roedd hi i fod i fyw dros yr wythnosau nesaf? Prin bod digon ar ôl yn y cyfrif iddi fedru talu am docyn fferi adref.

Dyna ei fwriad o, debyg, meddyliodd – cymryd ei phres hi i gyd er mwyn ei gorfodi i ddod adref.

'Mam, ty'd! Dwi 'di gweld jymp-siwt lyfli.' Torrodd Beca ar draws ei myfyrdod. Stwffiodd y fantolen i'w phwrs a phlastro gwên ar ei hwyneb.

'Ty'd i mi gael ei gweld hi, 'ta.'

Am saith o'r gloch cerddodd Beca i'r ystafell fyw. Roedd hi wedi treulio awr a hanner yn gwneud ei hun yn barod.

'Dwi'n edrych yn iawn?' gofynnodd. Roedd hi'n gwisgo'r jymp-siwt goch newydd oedd yn gweddu'n berffaith i'w siâp. Roedd y coesau llac yn gorffen rhwng ei phengliniau a'i fferau, a gwisgai sandalau duon, fflat. Gorweddai ei gwallt, oedd fel arfer yn cael ei glymu i fyny, yn donnau sgleiniog ar ei hysgwyddau, a gwisgai ei sbectol haul. O mam bach, meddyliodd Elin. Roedd ei hogan fach hi'n ferch ifanc, ac er nad oedd hi'n un ar bymtheg am ddeufis arall, roedd hi'n edrych yn dipyn hŷn na hynny. Diolchodd Elin fod yn rhaid dangos prawf o oedran mewn tafarndai.

'Digon o sioe!' meddai Rhys cyn i Elin fedru ateb. Dangosodd Liam ei werthfawrogiad drwy roi chwibaniad isel.

'Biwtiffwl,' meddai Elin o'r diwedd, yn dotio at ei phrydferthwch. Roedd Beca wedi etifeddu croen tywyll ei thad, ac yn edrych fel petai newydd ddod adref o wyliau tramor. Trodd at Liam yn ddifrifol. 'Edrycha di ar ei hôl hi rŵan, Liam.'

'Mi wna i, Anti Elin,' addawodd yntau, yr un mor ddifrifol.

Cofleidiodd Elin ei merch yn dynn.

'Watsia 'ngwallt i!'

'Byhafia di dy hun rŵan, madam!'

'Mi wna i.'

Clywsant sŵn car yn bibian y tu allan.

'Ty'd – mae'n lifft ni wedi cyrraedd,' meddai Liam, gan afael yn llaw Beca a'i thynnu drwy'r drws. Aeth Elin ar eu holau gan daro cardigan dros ysgwyddau ei merch.

'Dos â hon efo chdi ... mi fydd hi'n oeri yn y munud!'

'Stopia ffysian, Mam!' chwarddodd Beca, ond stwffiodd y gardigan i'w bag cyn diflannu drwy'r drws.

'Joiwch!' gwaeddodd Elin ar eu hôl.

'Ia, joiwch!' gwaeddodd Rhys o'r stafell fyw. Aeth Elin yn ôl i'r stafell ato.

'Oes raid iddyn nhw dyfu i fyny, dŵad?' gofynnodd.

'Mae o'n gwneud i ti feddwl sut oedd ein rhieni ni'n teimlo, tydi,' gwenodd Rhys.

Eisteddodd y ddau yn ddistaw, ar goll yn eu meddyliau eu hunain am funud, nes i Rhys ymdrechu i godi oddi ar y soffa. 'Ti ffansi gwydraid o win?' gofynnodd, gan ddechrau hercian i gyfeiriad y gegin.

'Duwcs, ia. Pam lai,' atebodd Elin, oedd wedi gwrthod unrhyw gynnig o ddiod feddwol tra oedd y plant o gwmpas. 'A deud y gwir, mi fyswn i wrth fy modd efo gwydraid mawr, ond aros di yn fama. A' i i'w nôl o.'

'Ty'd â fo allan i'r haul – i ni gael manteisio arno fo tra gallwn ni deimlo'i wres o.'

Rhoddodd Elin y botel win i Rhys, oedd erbyn hyn yn eistedd ar fainc o flaen y tŷ a Flynn yn gorwedd wrth ei draed. Eisteddodd wrth ei ochr a dal dau wydr gwin iddo dywallt yr hylif oer iddo. Gosododd Rhys y botel hanner gwag ar y llawr a chododd Flynn ei ben i'w harogli'n ddiog cyn gollwng ei ben yn ôl ar ei bawennau. Rowliodd Elin y Sauvignon Blanc o amgylch ei thafod i werthfawrogi'r cymysgedd o flas lemwn a ffrwythau trofannol, a theimlodd ei hun yn dechrau ymlacio. Roedd diflaniad yr arian o'i chyfrif banc wedi rhoi ysgytwad iddi, ac wedi bod yn pwyso ar ei meddwl drwy'r dydd. Oedd Elfed wir wedi'i gymryd o ran sbeit? Ynteu a oedd o angen yr arian – ac os oedd hynny'n wir, ar be roedd o wedi'i wario fo? Teimlodd wres cynnes braich Rhys yn erbyn ei braich hi, a denwyd ei sylw yn ôl i'r presennol.

'Be sy ar dy feddwl di?'

'Dim.'

'Elsi?' gofynnodd Rhys, yn ei hadnabod yn rhy dda.

Gwyddai Elin, petai'n dweud y gwir wrtho, y byddai'n ceisio gwneud rhywbeth am y peth – rhoi benthyg arian iddi, mwyaf tebyg – felly penderfynodd gelu ei phroblem rhagddo.

'Dim ond meddwl pa mor neis ydi hyn,' atebodd.

'Ydi, tydi. Mae'n neis cael chydig o dawelwch yn y lle 'ma,' gwenodd Rhys. 'Tydi o ddim yn digwydd yn aml.'

Eisteddodd y ddau yn dawel yn mwynhau cynhesrwydd yr haul a gwerthfawrogi'r olgfa wledig o'u blaenau.

'Chwarae teg i Liam,' meddai Elin ymhen sbel. 'Wnest ti erioed fynd â fi i'r disgos yn y clwb ieuenctid ers talwm!'

'Wel, mi oedd y pedair blynedd o wahaniaeth oed rhyngddon ni yn un mawr pan oeddan ni yr un oed â nhw, doedd? Mi fysa wedi edrych yn rhyfedd iawn taswn i wedi mynd â hogan ddeuddeg oed i ddisgo a finna'n llanc i gyd yn un ar bymtheg! Mae 'na lai o fwlch rhwng Liam a Beca. Faint sy 'na – rhyw ddwy flynedd a hanner?'

Nodiodd Elin. 'Erbyn i mi gael mynd i'r disgos mi oeddat ti wedi symud ymlaen i'r pybs.'

'Ac erbyn i ti fod yn ddigon hen i ddod allan efo fi roedd gin ti res o hogia ar dy ôl di!'

'Paid â mwydro!' chwarddodd Elin. 'Chdi oedd yr un efo rhes o gariadon! Be ddigwyddodd i'r un gwallt coch 'na? Be oedd ei henw hi 'fyd?'

'Carol.'

'Do'n i'm yn ei lecio hi. Hen drwyn oedd hi.'

'Doedd hi'm yn lecio *chdi*!' meddai Rhys, gan estyn am y botel win a llenwi ei gwydr i'r top.

'Pam?'

'Achos mi wnes i iddi fynd adra'n gynnar un noson am fod raid i mi watsiad ar d'ôl di wedi i ryw hogyn dy ypsetio di yn Dre. Ti'n cofio?' Crychodd Elin ei thalcen wrth geisio tyllu i mewn i'w chof. Aeth Rhys yn ei flaen. 'Welis i chdi yn y Crown efo'r prat Dilwyn James 'na ... mi oeddat ti 'di cael un neu ddau o Babyshams yn ormod, er mai dim ond dwy ar bymtheg oeddat ti, a hwnnw'n trio cymryd mantais.'

'O iesgob, ia! Dwi'n cofio – hen sglyfath oedd o 'fyd, ei ddwylo fo drosta i i gyd ac yn cusanu 'fatha hŵfyr! Ddeudist wrtho fo lle i fynd, a mynd â fi adra! Ew, ma' gin ti go' da!'

'Dwi'n ei gofio fo fel ddoe. Mi fu'n rhaid i mi gerdded rownd y bloc efo chdi sawl gwaith er mwyn trio dy sobri di, rhag bod dy rieni yn dy weld di mewn stad!'

'O, cywilydd! Sori ... a diolch!' gwenodd. 'Ti wedi gwneud i mi boeni rŵan ... gobeithio y bydd y plant 'ma'n iawn.'

'Byddan, siŵr. Mae Liam yn hogyn reit gall, 'sti,' sicrhaodd Rhys hi.

''Run fath â'i dad.'

'O, dwn i'm. Tydi ei dad o mo'r calla,' meddai Rhys, gan roi ei ben i lawr. 'Dwi wedi gwneud digon o betha dwi'n eu difaru.' Roedd tôn llais Rhys wedi difrifoli. 'Fel siarad efo chdi fel gwnes i,' ychwanegodd.

'Pryd?'

'Y diwrnod y daeth Sinéad draw. Pan soniodd hi am yr hogia.'

'Paid â phoeni am hynna,' meddai Elin yn ysgafn, er ei bod yn dal i gofio poen y belten eiriol.

'Mi fues i'n gas iawn, a doedd gin i ddim hawl i fod felly.'

'Wel ... mi ges i dipyn o sioc.'

'Ddrwg gen i, Elin. Maddeua i mi.' Cododd ei ben i edrych arni. 'Chdi ydi'r person dwytha 'swn i isio'i brifo.'

Roedd ei lygaid gleision yn dywyll a fedrai Elin ddim tynnu ei llygaid hithau oddi arnynt. Dechreuodd ei chalon gyflymu.

'Mae'n iawn, siŵr. Wnest ti ddim ...' dechreuodd, cyn penderfynu na fedrai ddweud celwydd wrtho, a hithau'n edrych i fyw ei lygaid. 'Wel, do,' meddai, 'mi wnest ti 'mrifo fi, a deud y gwir.'

'O Dduw, sori, Elin,' meddai Rhys. Cymerodd ei gwydr oddi arni a'i roi ar lawr wrth ymyl ei wydr ei hun. 'Ty'd yma.' Gafaelodd amdani a'i gwasgu ato. Gallai Elin glywed ei galon yn dawnsio ei rhythm yn erbyn ei chalon hi. Teimlodd ei foch yn arw yn erbyn ei boch, a gwres cynnes ei anadl yn codi'r blew bach ar ei gwddw. Caeodd ei llygaid, ac yn araf, araf, symudodd y ddau eu pennau nes i'w gwefusau ddod o hyd i'w gilydd. Saethodd yr un wefr drwyddi ag a deimlodd pan wnaethon nhw gusanu yn y byncws, ond y tro yma, wnaeth hi ddim neidio oddi wrtho. Ymollyngodd yn llwyr i'w gusan gan redeg ei llaw drwy ei wallt cyrliog a'i deimlo'n feddal rhwng ei bysedd. Cusanodd Rhys ei llygaid, ei bochau a'i gwddw wrth agor botymau ei blows â bysedd crynedig. Teimlodd Elin ei bronnau yn codi a'i thethi'n caledu wrth i'w dwylo hithau wthio dan ei ddillad a mwytho'i gefn noeth. Cododd Rhys ar ei draed a'i gwasgu'n dynnach ato. Gallai deimlo'i godiad yn chwyddo yn ei herbyn ac roedd hi isio fo, isio fo yn fwy na dim na neb arall.

'Elin ... Elin,' sibrydodd Rhys, cyn cau ei wefusau am ei rhai hi eto, yn galetach ac yn fwy taer y tro hwn. Gafaelodd yn ei llaw a dechrau ei harwain tua'r tŷ, yn dal i'w chusanu, ond gwingodd yn sydyn a thynnu i ffwrdd. 'Blydi ffêr!' Estynnodd ei law rydd at y drws i'w sadio'i hun, heb sylwi fod hwnnw'n gilagored. Syrthiodd yn bendramwnwgl drwyddo gan dynnu Elin i lawr ar ei ben nes bod y ddau yn bentwr blêr ar lawr. Gorweddodd y ddau heb symud am eiliad cyn i Rhys dynnu ei hun i fyny.

'Ti'n iawn?' gofynnodd yn bryderus.

'Ydw. A chdi?' Roedd Elin yr un mor ofidus.

Nodiodd Rhys. Edrychodd y ddau ar ei gilydd cyn dechrau chwerthin dros y tŷ.

'Ddim fel'ma ma' hi mewn ffilms, naci?' meddai Rhys wrth i Elin ei helpu i godi ar ei draed, a chymryd ei bwysau ar ei hysgwydd.

'Naci wir!' Sychodd Elin y dagrau hapus o'i llygaid.

Wrth agor drws ei lofft, oedodd Rhys.

'Wyt ti'n siŵr dy fod ti isio hyn?' Roedd y ffaith ei fod wedi stopio i ofyn iddi, a golwg mor ddifrifol yn ei lygaid, yn gwneud iddi fod ei isio fo fwy fyth. Cusanodd o'n galed a'i dynnu i mewn i'r llofft.

Deffrodd Elin yn ddisymwth wrth glywed sŵn car y tu allan. Neidiodd ar ei heistedd mewn dychryn gan ddeffro Rhys, oedd â'i freichiau amdani.

'Rhys! Maen nhw adra!' sibrydodd yn wyllt. Dechreuodd yntau ruthro o'r gwely cyn cofio am ei droed wan.

'Aros di yn fama,' gorchmynnodd Elin, gan ymbalfalu am ei dillad oddi ar y llawr. 'Mi ddeuda i dy fod ti wedi mynd i dy wely. Lle mae 'mlows i?'

'Iawn,' meddai Rhys, 'ac ar y grisia yn rwla, dwi'n meddwl!' Dechreuodd biffian chwerthin a thaflodd Elin hosan ato.

'Shhhhh!' dwrdiodd, gan lusgo'i jîns i fyny ei choesau. Brysiodd at y drws gan gau ei bra yr un pryd, cyn troi yn ôl a rhoi cusan dyner iddo ar ei wefusau, a rhuthro o'r stafell i nôl ei blows.

Pan gerddodd Beca a Liam i fewn i'r ystafell fyw roedd Elin yn eistedd ar y soffa efo cylchgrawn yn ei llaw.

'Helô!' meddai. 'Gawsoch chi hwyl?' Gwthiodd un droed o dan y llall wrth iddi sylwi ei bod yn gwisgo un o sanau Rhys.

'Briliant!' meddai Beca. 'Wnei di'm coelio be wnes i!'

'O diar ... be?' gofynnodd Elin, gan feddwl na fysa Beca'n coelio be oedd hi wedi bod yn ei wneud chwaith – mwy nag y gallai gredu'r peth ei hun.

'Canu! Ar y llwyfan, o flaen pawb.'

'A da iawn oedd hi hefyd,' meddai Liam.

'Ges i *cheers* mawr!' Roedd llygaid ei merch yn disgleirio. 'Pan glywodd y band 'mod i'n dod o Gymru mi wnaethon nhw ofyn o'n i'n gwybod "Hen Ferchetan" – ti'n gwybod, honna wnes i ganu yn steddfod yr ysgol – ac mi ddeudis i 'mod i, ac mi ofynnon nhw fyswn i'n 'i chanu hi hefo nhw ... roeddan nhw'n mynd i chwarae jest y miwsig, achos doeddan nhw ddim yn gwbod y geiria ...' byrlymodd Beca.

'Arafa, Beca bach!'

‘Wnes i wrthod i ddechra, ond mi ddeudodd Liam y bysa fo’n chwarae’r *bodhrán* taswn i’n canu, felly wnes i gytuno!’

‘Ffantastig!’ meddai Elin, yn hynod falch o’i merch oedd wedi dod o hyd i ryw hyder hynod yn rhywle. ‘Mae gin ti lot mwy o gyts na dy fam!’

‘A dwi ’di gwneud ffrindia newydd,’ ychwanegodd Beca.

‘Declan Byrne yn enwedig!’ meddai Liam.

Lluchiodd Beca glustog at Liam, a gwenu. ‘Taw! Wnes i ddim siarad mwy efo fo na neb arall!’ Taflodd Liam y glustog yn ôl ati.

‘Lle mae Dad?’

‘Roedd o wedi blino, felly mi aeth am ei wely,’ meddai Elin, gan droi ei phen wrth deimlo’r gwrid yn codi.

‘O! Ydach chi ’di colli esgid? Ar waelod y grisia oedd hi,’ meddai Liam, gan ddal un o’i hesgidiau i fyny. Roedd cefn yr esgid yn rhacs. ‘Edrych yn debyg bod Flynn ’di cael gafael arni!’

Gan ei bod yn noson glòs, gorweddodd Elin yn noeth ar ben y dillad gwely, gan deimlo’r awel ysgafn a ddeuai drwy’r ffenest agored yn llyfu ei chroen. Gwasgodd ei llygaid ynghau ac ailchwarae’r oriau blaenorol fel ffilm yn ei phen. Gallai deimlo dwylo Rhys yn ei mwytho, ei wefusau’n deffro rhannau o’i chorff oedd wedi bod yn cysgu ers amser maith. Saethodd gwefr o bleser drwyddi eto wrth gofio uchafbwynt eu caru. Gallai ddeall y cynnwrf yn ei chorff yn iawn, ond roedd ceisio deall y corwynt o deimladau yn ei phen yn dasg anoddach. Beth oedd y teimlad oedd yn llifo drwyddi – nwyd? Chwant? Cariad? Cariad! Daeth yr ateb yn glir iddi fel petai is-deitlau yn esbonio’r digwyddiadau wedi ymddangos ar y ffilm yn ei phen. Cariad. Roedd hi’n caru Rhys. Roedd hi wastad wedi caru Rhys. Roedd fflam y gannwyll a gariodd iddo yn ferch ifanc wedi aros ynghynn er gwaetha’r ffaith iddi berswadio’i hun ei bod wedi llwyddo i’w diffodd. Llwyddodd dagrau i wasgu drwy ei llygaid caeedig, a llanwodd ei chalon â bwrlwm o gyffro ac ofn.

Pennod 10

Roedd Elin wrthi'n rhoi'r tegell ar yr Aga, ei chefn tuag at y drws, pan gerddodd Rhys i'r gegin y bore wedyn. Neidiodd allan o'i chroen pan glywodd ei lais y tu ôl iddi.

'Ti 'di codi'n gynnar ... methu cysgu?' gofynnodd yn dawel.

Yn araf, trodd Elin i'w wynebu, ei chalon yn dyrnu yn ei chlustiau a'i cheg yn sych grimp. Beth bynnag ei deimladau – hyd yn oed os mai dim ond ychydig o hwyl oedd y noson cynt iddo – doedd hi ddim eisiau iddo ddifaru. Ceisiodd ddarllen ei wyneb.

'Na, wnes i'm cysgu llawer, a deud y gwir. A titha?'

'Mi fyswn i wedi cysgu'n well tasat ti wedi aros wrth fy ochr i.'

Gollyngodd Elin anadl hir o ryddhad cyn ei ateb.

'Dwi'm yn siŵr am hynny ... dwyt ti ddim wedi 'nghlywed i'n chwyrnu!'

'Do – drwy'r walia!' gwenodd Rhys arni.

Edrychodd y ddau yn chwithig ar ei gilydd am funud, y naill na'r llall yn gwybod yn iawn be i'w ddweud na'i wneud, nes i Rhys gymryd yr awenau.

'O, Elsi, ty'd yma wir Dduw!' Lapiodd ei freichiau amdani a'i chusanu'n angerddol nes i Flynn dorri ar eu traws drwy neidio arnynt er mwyn ceisio'u gwahanu.

'Blydi ci!'

'Be sy'n bod efo Flynn?' gofynnodd Liam. Trodd Elin at yr Aga gan afael yn y tegell a thywallt dŵr i'r tebot.

'Dwn i'm,' atebodd Rhys, 'isio sylw, ma' siŵr.'

'Flynn! Ty'd yma, gi gwirion,' gorchmynnodd Liam, a phranciodd y ci ato i dderbyn mwythau.

'Panad?' gofynnodd Elin, wedi iddi gael cyfle i ddod at ei choed.

'Ia, plis,' atebodd Liam, gan eistedd wrth y bwrdd. 'Be 'di'r cynlluniau heddiw?'

'Dwn i'm ...' atebodd Elin, gan droi at Rhys.

'Wel, mi fysa Flynn yn medru gwneud efo tro hir. Tydi o ddim wedi rhedeg fawr drwy'r wsnos gan nad ydi Dewi a Pádraig yma,' meddai Rhys.

'Fedri di'm mynd yn bell iawn ar y bagla 'na!' meddai Liam wrtho.

'O, na fedraf siŵr ... mi anghofis i.' Edrychodd i lawr ar ei ffêr.

'A' i â fo,' cynigiodd Liam.

'Wnei di? Mi fysa hynny'n help mawr, diolch. Pam nad ei di â Beca efo chdi? Mi fysach chi'n medru mynd â'r pic-yp i fyny at Sally Gap ... dangos y Guinness Lake a ballu iddi.'

'Guinness Lake? Ond ro'n i'n meddwl bod y dŵr sy'n cael ei ddefnyddio i fragu Guinness yn dod o fynyddoedd Wicklow,' meddai Elin. 'O'r llyn 'ma mae o'n dod felly?'

'Na,' chwarddodd Rhys, 'llyn sy'n edrych fel peint o Guinness ydi o, achos bod 'na draeth ar un pen iddo sy'n edrych fel y ffroth ar beint o Guinness.'

'Traeth? Ar lan llyn?' Edrychodd Elin yn syn arno.

'Ia. Un o'r pethau y medri di eu gwneud pan mae gen ti bres – y teulu Guinness bia fo, ac maen nhw wedi cario tywod yno i greu traeth.'

'Be nesa!'

'A' i â Beca i'w weld o, os ydi hi awydd,' cynigiodd Liam.

'O, dwi'n siŵr y bydd hi wrth ei bodd,' meddai Elin.

'Ewch â phicnic efo chi a gwneud diwrnod ohoni. Dach chi'ch dau yn haeddu brêc o'r lle ma.'

'Be amdanoch chi? Be wnewch chi? Fyddwch chi'n iawn heb y pic-yp?'

'Mae car Elin yma, tydi?' eglurodd Rhys. 'Ac mae ganddon ni ddigon i'w wneud.'

Taflodd Rhys edrychiad at Elin, a deimlodd ei hun yn dechrau cochi eto. Cododd at y tegell.

'Oes. 'Dan ni angen eistedd i lawr efo catalog Ikea a

chreu'r ordor ar gyfer matresi, dŵfes, gobenyddion, dillad gwlâu, tyweli, llestri a chant a mil o fanion eraill ar gyfer y byncws.'

Roedd Beca yn hapus iawn efo'r syniad o gael mynd am drip efo Liam, hyd yn oed os oedd Flynn yn gorfod mynd efo nhw yn y trwmbal, ei dafod allan yn eiddgar. Safodd Rhys ac Elin yn y drws i ffarwelio â nhw.

'Mi fydd Moli a'r hogia adra tua chwech – mi wna i ginio Sul erbyn hynny,' galwodd Elin arnynt. 'Joiwch!'

'Mi wnawn ni!' galwodd Beca'n ôl, yn gwenu cymaint â'r ci, ond heb ei thafod allan.

'Byhafiwch!' gwaeddodd Rhys ar eu holau.

Wedi i'r car ddiflannu i lawr y lôn lwyd trodd Elin am y tŷ.

'Reit. Lle mae'r catalog Ikea 'na?'

Lapiodd Rhys ei fraich am ei chanol a'i thynnu'n ôl ato, a'i dal yn dynn.

'Geith y catalog Ikea ddisgwyl,' sibrydodd yn ei chlust.

Saethodd pinnau mân drwy ei chorff wrth iddi deimlo'i anadl ar ei gwddw. Wrth droi ei hwyneb tuag ato ac ymdoddi yng ngwres ei gusanau clywodd lais bach egwan yn ei phen yn gofyn iddi be goblyn oedd hi'n feddwl oedd hi'n ei wneud. Roedd hi'n wraig briod! Beth am Elfed? Fu hi erioed yn anffyddlon iddo o'r blaen, a doedd y syniad ddim wedi croesi ei meddwl. Ond wrth deimlo corff Rhys yn ymateb i'w chorff hi tawodd y llais, a'r eiliad honno doedd dim ots ganddi am ddim na neb ond nhw'u dau a'r tân oedd wedi cynnau rhyngddynt.

Gorweddai ym mreichiau Rhys yn ddiweddarach y bore hwnnw yn teimlo fel na theimlodd o'r blaen – bron fel petai wedi meddwi – ei chorff wedi ymlacio'n llwyr, yn ysgafn ac eto'n drwm. Ai teimlad fel hyn oedd cymryd cyffuriau, dychmygodd, y wefr o fod dan eu dylanwad? Nid oedd Elfed, na'r ddau gariad a gawsai o'i flaen, erioed wedi gwneud iddi deimlo fel hyn.

Roedd hi newydd brofi ei *multiple orgasm* cyntaf a hitha'n bedwar deg pump oed. Chwarddodd yn uchel ac edrychodd Rhys arni mewn penbleth.

'Be sy'n ddoniol?' gofynnodd.

'Dim!' atebodd Elin. 'Dwi jest ... mae hyn yn brofiad newydd i mi ...'

'O?' meddai Rhys, gan godi ael.

'Na, dim ... ti'n gwbod ... Y teimlad dwi'n feddwl ... yr hyn ti'n wneud i 'nghorff i, sut mae'n cyrff ni newydd gyfathrebu.' Roedd hi ar dân eisiau gofyn iddo sut oedd o'n teimlo, ond roedd ganddi ofn yr ateb, felly tawodd a bodloni ar dderbyn cusan arall.

Chafodd hi ddim llawer o amser i fwynhau'r profiad melys, gan i'r hud gael ei chwalu gan sŵn clep y drws cefn a llais yn galw o'r gegin. Betty! Rhewodd y ddau.

'O'r nefoedd!' sibrydodd Elin. 'Os arhoswn ni'n llonydd a distaw, eith hi o 'ma?'

'Dim gobaith. Mi geith fusnês iawn rownd y tŷ cyn mynd!' sibrydodd Rhys, wrth dynnu ei ddillad amdano. 'Mi a' i allan drwy'r drws ffrynt a dod 'nôl i mewn ar ei hôl hi drwy'r cefn. Cymera di arnat dy fod ti wrthi'n nôl dillad budur neu rwbath.'

Nodiodd Elin gan luchio'i ffrog amdani.

'Is there no one here?' galwodd Betty eto.

'Ateb hi i ddeud dy fod di ar dy ffordd,' sibrydodd Rhys cyn diflannu mor llechwraidd ag y gallai, o ystyried y baglau, i lawr y grisiau. Roedd Elin yn crynu fel deilen.

'Hello!' gwaeddodd. 'I'm upstairs. I'm on my way down now!' Cododd y dillad gwely yn ei breichiau, stwffio'i thraed i'w sandalau a'i chychwyn hi i lawr y grisiau gan anadlu'n ddwfn. Safai Betty yng nghanol y gegin a golwg fel twrc arni, gan wneud i Elin deimlo fel merch ysgol wedi cael ei gyrru i weld y Pennaeth. 'Hello, Mrs Dolan, how are you today?' gofynnodd, gan geisio ymddangos mor ddidaro ag y medrai.

'Is it only you that's in?' gofynnodd Betty, gan anwybyddu

ei chwestiwn ac edrych heibio ysgwydd Elin i fyny'r grisiau.

'Yes, yes,' atebodd. Oedd hi'n amau rhywbeth? 'I was just stripping the bed,' ychwanegodd gan edrych ar y cwilt oedd yn llenwi ei hafflau.

'I can see that! Though you have a strange way of doing it. Myself, I take the duvet out of the cover in the bedroom, so as not to have to drag the whole thing to the washing machine.'

Edrychodd ar Elin fel petai hi'n hanner pan. Gollyngodd Elin y dillad o flaen y peiriant golchi a sylwi'n sydyn nad oedd hi wedi rhoi ei bra yn ôl amdani – a bod hynny'n amlwg o dan ei ffrog denau. Rhuthrodd tuag at yr Aga, er mwy troi ei chefn at Betty.

'Would you like a cup of tea?' gofynnodd yn glên.

'No, thank you. I just called to bring this,' meddai, gan bwyntio at bowlen gaserol fawr oedd ar fwrdd y gegin. 'It's a chicken casserole.'

'Oh! Thank you,' meddai, 'that's kind of you.'

'I know the twins will be coming home today,' ychwanegodd Betty, 'and they'll be needing a good meal inside them after the rubbish they will have been given in that camp. There's enough for Liam too ... he could probably do with a good feed as well.'

Y jadan, meddyliodd Elin, gan ddychmygu sut olwg fyddai ar Betty petai'n tywallt y caserol dros ei phen! Ar hynny, agorodd y drws cefn a daeth Rhys drwyddo, yn gwenu'n ddel ar ei fam yng nghyfraith.

'Morning, Betty! What's the *craic*?' Cafodd Elin y teimlad ei fod o'n mwynhau'r sefyllfa, ond doedd hi ddim. Dim o gwbwl. Doedd ganddi ddim syniad sut roedd pobol yn medru cael affêrs, a hynny am flynyddoedd weithiau, gan fod ei thu mewn hi ei hun yn dal i grynu. Roedd yn gryn ryddhad iddi pan adawodd Betty.

'Ti'n meddwl 'i bod hi wedi ama' rwbath?' gofynnodd yn betrus.

‘Nac’di siŵr!’ atebodd Rhys. ‘Does ganddi ddim digon o ddychymyg.’

Doedd Elin ddim mor sicr.

Roedd hi wedi dod ati ei hun erbyn y prynhawn, a chafodd fodd i fyw yn cerdded o amgylch y byncws efo Rhys yn dewis llenni a chlustogau, yn penderfynu pa fath o luniau i’w rhoi ar y waliau a ble i roi popeth – bron fel petaen nhw’n chwarae tŷ bach neu greu cartref gyda’i gilydd. Er eu bod wedi adnabod ei gilydd am y rhan helaethaf o’u hoes, teimlai Elin ei bod yn dod i ddysgu mwy am Rhys ar lefel wahanol, ar lefel ddyfnach. Wrth wrando arno’n sôn am ei obeithion am y busnes ac am y bechgyn, meddyliodd, ac nid am y tro cyntaf, tad mor dda oedd o. Treuliodd y ddau gryn dipyn o amser yn chwerthin hefyd – ar bethau bach gwirion fel cynigion y naill a’r llall i ynganu enwau dodrefn Ikea mewn acen Swedaidd, a dychmygu be fyddai’r enwau Gwyddeleg neu Gymraeg ar y Billy Bookcase.

‘Barry!’ meddai Rhys mewn acen Wyddelig, ‘Barry Bookcase neu Seamus Shelving.’

‘Selwyn y Silffoedd,’ awgrymodd Elin, a dechreuodd y ddau chwerthin fel plant nes bod eu hochrau’n brifo a dagrau’n llifo i lawr eu bochau.

Roedd hi a Rhys wastad wedi rhannu’r un synnwyr digrifwch, ond ychydig iawn o chwerthin go iawn a fu rhyngddi ac Elfed erioed, a dim o gwbwl yn ddiweddar. Doedd hi ddim wedi sylweddoli cymaint roedd hi wedi hiraethu am y profiad o chwerthin o waelod ei bol.

Cyrhaeddodd Moli a’r efeilliaid adref toc wedi chwech, yn llawn bwrlwm a straeon am eu hantur yn y gwersyll, o’r murlun mawr o gymeriadau Gwyddelig chwedlonol roedden nhw wedi’i beintio i’r ffaith fod y bechgyn wedi ennill y gystadleuaeth ping-pong i ddyblau; am y ffrindiau newydd roedden nhw wedi eu gwneud ac yn arbennig am y sioe roedden nhw wedi bod yn rhan ohoni ar ddiwedd yr wythnos. Yn syth ar ôl gorffen eu swper rhoddodd y tri berfformiad o gân y buon nhw’n ei chanu,

'*An Poc ar Buile*' – cân am afr wyllt – gyda'r bechgyn yn actio'r afr wyllt yn ymosod ar bobol, gan gynnwys tynnu trowsus sarjant yr heddlu i lawr. Roedd antics y bechgyn yn ddoniol tu hwnt, a'r mwyaf yr oedd eu cynulleidfa'n chwerthin, y mwyaf o antics roedden nhw'n eu gwneud. Bu'n rhaid i bawb ymuno yn y gytgan:

'*Aililiú, puililiú*
Aililiú tá an puc ar buile!'

Wedi i'r bonllefau o gymeradwyaeth ddistewi, cafodd Moli ddweud ei hanes.

'Am ein bod ni'n canu cân am afr, mi ddeudis i 'mod i'n gwybod cân Gymraeg am afr, felly mi ofynnodd Mr Donoghue i mi ei dysgu hi i bawb. A rŵan, mae 'na lwyth o Wyddelod yn medru canu "Oes Gafr Eto?"! A dwi'n gwbod be dwi isio'n bresant ar fy mhen-blwydd.'

'O, na,' meddai Elin, a'i phen yn ei dwylo, 'paid â deud dy fod di isio gafr!'

'Nac'dw siŵr! Mi fyswn i'n lecio pib – *tin whistle*. Dwi'n medru chwarae tair cân arni'n barod!'

'Wel, dwi'n meddwl y medran ni fanejo hynna,' chwarddodd Elin.

Am unwaith, chafwyd dim trafferth i gael Moli a'r efeilliaid i'w gwlâu. Roedd y tri yn fwy na pharod i fynd i fyny'r grisiau erbyn naw, wedi blino'n lân ar ôl eu hwythnos gyffrous. Aeth Elin i fyny efo Moli i'w helpu i ddadbacio'i ches – roedd y fechan yn dal i siarad bymtheg y dwsin am ei thrip i'r Gaeltacht.

'Roedd pobol yn siarad Gwyddeleg yn fanno 'run fath â rydan ni'n siarad Cymraeg adra, 'sti. Dim 'fatha fama, lle dwyt ti'm yn clywed yr iaith o gwbwl. Pam maen nhw wedi gwasgu pawb sy'n siarad Gwyddeleg i gorneli bach?' gofynnodd.

'Dwi'm yn meddwl mai dyna sydd wedi digwydd, 'mach i. Pobol yn y llefydd eraill sydd wedi stopio siarad yr iaith.'

'Pam?' Roedd ei hwyneb bach diniwed yn edrych yn ddifrifol. 'Pam fysa rhywun yn stopio siarad ei iaith ei hun?'

'O, dwn i'm. Pobol yn siarad Saesneg yn symud fewn i'r ardal ac yn newid yr iaith, ella,' atebodd. Synhwyrodd y gallai'r sgwrs droi yn nes at adref ac y byddai Moli'n dechrau poeni am y Gymraeg eto, felly newidiodd drywydd y sgwrs. 'Rŵan, i mewn i'r gwely 'na, musus, neu mi fyddi di'n methu codi yn y bore!'

'Fyddan ni yn ôl adra erbyn fy mhen-blwydd i dydd Iau?' gofynnodd Moli wrth ddringo i'w gwely.

Roedd Elin wedi ofni'r cwestiwn. 'Dwn i'm,' atebodd. 'Dwi'm yn meddwl y bydd ffêr Rhys wedi mendio'n ddigon da iddo fo fedru reidio'i feic erbyn dydd Iau.'

Edrychodd Moli'n siomedig. 'O ... cha' i ddim parti felly.'

'Wel, do'n i ddim wedi meddwl y bysat ti isio parti 'leni, a titha'n hogan fawr un ar ddeg oed.'

'Be, dim hyd yn oed *sleepover*?'

Cofiodd mai cael ffrindiau draw i aros dros nos oedd dymuniad Moli y flwyddyn cynt hefyd, ond roedd wedi medru ei pherswadio i dderbyn mynd â criw o'i ffrindiau i'r pictiwrs ac am bitsa wedyn, er bod hynny'n llawer drutach. Fyddai wiw iddi fod wedi gwahodd ei ffrindiau draw i aros rhag ofn i Elfed feddwi.

'Mi fysa hi braidd yn bell iddyn nhw ddod i fama am *sleepover*, yn bysa?' gwenodd Elin, i geisio lledfu'r siom.

'Mi fysa 'na ddigon o le yn fama! Mi fysa pawb yn cael aros yn y byncws,' mynnodd Moli, yn hanner gobeithio y byddai'r fath beth yn bosib.

'Wel ... be am i ni gael trip i'r pictiwrs cyn gynted ag y byddwn ni yn ôl adra, ac mi awn ni i gael bwyd i'r lle crand newydd 'na sy wedi agor yn Dre?'

'Ia, iawn,' cytunodd Moli, ond roedd tôn ei llais yn awgrymu'r gwrthwyneb.

'Ac mi gawn ni barti yn fan hyn ddydd Iau, efo'r gacen jocled fwya ti wedi'i gweld erioed!'

'Efo ceirios arni?'

'Ceirios ac unrhyw beth arall leci di.'

'Fydd Dad a Taid yn medru dod?'

Ochneidiodd Elin. 'Na fyddan, cariad – ond mi fedri di siarad efo Dad ar Facetime.'

'Sgin Taid ddim Facetime.'

'Nawn ni ffonio Taid.'

Bodlonodd Moli ar hynny. Gorweddodd yn ôl yn ei gwely a thynnu'r cwrlid drosti.

'*Oíche mhaith*,' meddai.

'Dwi'n cymryd mai "nos da" mae hynna'n feddwl!'

Eisteddodd Elin ar erchwyn y gwely a mwytho gwallt ei merch nes i'w hanadlu ddyfnhau. Plygodd i gusanu ei thalcen yn ysgafn cyn cychwyn i lawr y grisiau, yr hapusrwydd a deimlodd yn gynharach yn y dydd wedi pylu rhywfaint.

Aeth Beca a Liam i'w gwlâu'n gynnar hefyd, hwythau wedi blino ar ôl bod yn cerdded y bryniau efo'r ci. Wedi i'r ddau fynd i fyny, eisteddodd Elin a Rhys yn edrych ar ei gilydd.

'Be sy, Elsi? Ti wedi bod yn ddistaw ers i Moli fynd i'w gwely.'

'Dim byd,' atebodd, 'Jest ... wel ... Moli sy'n hiraethu am ei thad a'i thaid ...'

'Be amdanat ti?'

'Dwi 'di hen arfer mynd am gyfnodau heb weld fy nhad,' atebodd. 'Roedd 'na adegau pan o'n i'n blentyn pan nad o'n i'n cofio lle roedd o! Er, dwi'n poeni mwy amdano fo ers i Mam fynd, cofia. Mae o'n dygymod yn rhyfeddol, ond dwi'n gwybod 'i fod o'n unig ar adegau, ac yn ei gweld hi'n chwith hebddan ni.' Gyrrwr bysys teithiau gwyliau oedd ei thad cyn iddo ymddeol i edrych ar ôl ei mam. Bu'n gweithio am flynyddoedd yn dreifio bysys llawn Cymry ar dripiau o amgylch Prydain, Ewrop ac weithiau mor bell â Chanada ac America.

'A be am Elfed?' gofynnodd Rhys. 'Oes gen ti hiraeth amdano fo? Roedd ei lygaid gleision treiddgar wedi eu hoelio arni.

'Ma' gin i fwy o hiraeth am Gymru! Prin mae Elfed yn dod i fy meddwl i o gwbwl,' atebodd gan sylweddoli nad oedd hi wedi clywed gair ganddo ers wythnos, ac er ei bod hi'n wallgof efo fo am fynd â'r arian o'i chyfrif, doedd hi ddim wedi codi'r ffôn i siarad efo fo. Trodd ei phen i osgoi edrychiad Rhys gan deimlo pwl poenus o euogrwydd. 'Pa fath o berson ydw i felly?' gofynnodd, yn rhannol iddi hi ei hun, 'yn medru jest anghofio am fy ngŵr fel'na?'

Croesodd Rhys ati a gafael amdani.

'Mae pobol fel arfer yn cael eu trin yn ôl eu haeddiant,' meddai. 'Mae'n rhaid ei fod o wedi dy frifo di'n ofnadwy.' Nid atebodd Elin, dim ond pwyso'i phen yn erbyn ei foch.

'Ty'd i gysgu ata i heno,' sibrydodd Rhys yn ei chlust.

Tynnodd Elin anadl ddofn a'i gollwng yn araf.

'Dwi isio, dwi wir isio, ond fedran ni ddim tra mae'r plant dan yr un to â ni.'

'Fysan nhw ddim callach.'

'Efo'r ffordd dwi'n chwyrnu?' gwenodd Elin.

'Ddo' i atat ti 'ta.'

'Na, Rhys. Fiw i ni.'

Doedd trio actio'n normal pan oedd Rhys o gwmpas ddim yn dod yn hawdd i Elin. Teimlai fel actores wael mewn drama amatur. Ysai am ei gyffwrdd a'i gusanu ond roedd y cyfleoedd i wneud hynny'n brin gan fod un o'r plant wastad o gwmpas. Roedd digon i'w chadw'n brysur rhwng y tŷ, y byncws a'r busnes beics, ac fe hedfanai'r dyddiau. Roedd hi'n fore Mercher cyn iddi droi rownd. Bore pwysig. Bore canlyniadau arholiadau Leaving Certificate Liam. Llwyddodd i wneud yn arbennig o dda, yn pasio pob un o'i bynciau gyda safon uchel. Erfyniodd Rhys arno eto i ystyried mynd i brifysgol ond na: mynnai Liam mai'r hyn roedd o am ei wneud oedd aros adref i godi'r busnes ar ei draed. Roedd ganddo syniadau ynglŷn â sut i ddatblygu'r fenter ymhellach, a'r rheini'n cynnig posibiliadau cyffrous.

'Mi fysan ni'n medru cynnig cyrsiau arbennig i gwmnïau mawr ...' meddai wrth i'r teulu eistedd o amgylch y bwrdd yn bwyta pryd o'r têc-awê lleol i ddathlu llwyddiant Liam, '... *team building* a ballu ... a chynnig cyrsiau ffotograffiaeth.'

'Ond tydan ni'n dallt dim am ffotograffiaeth!' meddai Rhys.

'Mi fysan ni'n gorfod prynu'r arbenigedd hwnnw i mewn. Ymestyn y gweithlu.'

Nodiodd Rhys mewn edmygedd o syniadau a brwdfrydedd ei fab hynaf. Cododd ei wydr llawn Prosecco, oedd hefyd yn rhan o'r dathlu, a thaflu ei ben yn ôl i hel ei wallt o'i lygaid.

'I Liam,' meddai, 'a'i ddyfodol disglair!'

'I Liam!' meddai pawb arall fel un, gan daro'u gwydrau'n ysgafn yn erbyn ei gilydd: Prosecco i'r oedolion a Club Orange i'r plant. Gan ei bod yn ystyried ei hun yn nes at fod yn oedolyn na phlentyn, roedd Beca wedi cael cyfuniad o'r ddau – Buck's Fizz o fath.

'Dad, mi wyt ti angen torri dy wallt!' meddai Pádraig wrth wylio'i dad.

'Pryd ga' i amser i dorri 'ngwallt?' gofynnodd Rhys.

'Na – tydi o ddim isio'i dorri o,' meddai Dewi, 'achos mae'r cyrls hir yn cuddio'r ffaith 'i fod o'n dechra moeli!'

'Nac'dw tad!' protestiodd Rhys, gan godi ei law at ei ben.

'Moel 'fatha Yncl Kevin fyddi di!' chwarddodd Dewi.

'Mae Yncl Kevin yn deud mai *solar panel* i'w *sex machine* o ydi ei ben moel o,' meddai Pádraig. Tagodd Rhys ar ei ddiod.

'Be mae hynna'n feddwl?' gofynnodd Moli.

'Dwn i'm wir,' meddai Elin, gan drio'i gorau i beidio chwerthin. 'Pwy sy isio mwy o reis?'

Clywsant sŵn cerbyd yn cyrraedd yr iard y tu allan.

'Mae'n lifft i wedi cyrraedd!' meddai Liam, gan neidio ar ei draed. Roedd o'n mynd allan i'r dafarn yn y pentref efo'i ffrindiau i ddathlu canlyniadau eu harholiadau – a chan ei bod hi'n bell o dan oed yfed doedd dim cynnig i Beca fynd efo fo y tro hwn. Roedd Elin yn falch, a dweud y gwir, gan ei bod yn poeni bod y ddau yn treulio gormod o amser efo'i gilydd.

Lai na dau funud ar ôl i Liam fynd, daeth yn ôl i'r tŷ.

'Mae 'na lorri Ikea yma,' meddai, 'dewch i helpu'r dyn druan!'

'O, mam bach!' rhyfeddodd Elin pan welodd y llwyth. 'Is this all for us?'

'It is indeed,' meddai'r gyrrwr. 'Now where do you want it?'

Fe gymerodd hanner awr dda i wagio'r lorri, a chwarae teg iddyn nhw, arhosodd ffrindiau Liam i helpu i gario'r pymtheg matres a'r amrywiol drugareddau eraill. Wedi i'r lorri adael, safodd Elin a Rhys yn gegrwth, yn edrych ar y llwyth bocsys oedd blith draphlith hyd y byncws.

'Wyt ti'n difaru dy fod ti wedi cynnig helpu rŵan?' gofynnodd Rhys.

'Nac'dw, dim o gwbwl,' atebodd Elin. 'Mae hyn yn gyffrous!'

'Ydi o?' gofynnodd Rhys yn syn. 'Ma' raid i mi gyfadda 'i fod o'n fwy cyffrous i mi pan gyrhaeddodd yr holl focsys beics.'

'Wel, dwi'n edrych ymlaen i fynd i'r afael â nhw,' meddai Elin. 'Ond dim heno – dwi isio gwneud cacan pen blwydd i Moli, a dim fory achos dwi wedi gaddo mynd â hi a'r hogia i'r lle bowlio deg yn Bray yn y bore, ac mi fydd raid paratoi'r wledd pen blwydd yn y pnawn. Ond cyn gwneud dim, ga' i drimio'r gwallt 'ma i ti?' gofynnodd, gan dynnu ar y cudyn cyrliog oedd yn hongian yn drwm dros ei dalcen.

'Diolch, Elin,' meddai Rhys.

'Paid â diolch eto – wyddost ti ddim sut lanast wna i!'

'Naci, dim am y gwallt ...'

'Am be 'ta?'

'Am bob dim ti'n 'i wneud i ni. Mi wyt ti a'r genod wedi gwneud byd o les i ni: mae'r hogia'n cwffio lot llai, Liam wedi dod allan o'i gragen – ac mi ydan ni i gyd yn bwyta'n lot gwell!'

Gwenodd Elin. 'Dwi'n mwynhau fy hun. Diolch i *ti* am roi lle i ni.'

'Tydi o fawr o wyliau i ti, nac'di.'

'Rhys, ar y funud yma dwi'n hapusach nag yr ydw i wedi bod ers blynyddoedd,' meddai, gan ddweud gwirionedd ei chalon. Edrychodd o'i chwmpas i wneud yn siŵr nad oedd neb arall yno, yna gafaelodd yn ei wyneb a phlannu cusan dyner ar ei wefusau.

Pennod 11

'Pen blwydd hapus i fi! Pen blwydd hapus i fi! Pen blwydd haaapus ...' Sgipiodd Moli i lawr y grisiau, yn canu ar dop ei llais. Stopiodd yn stond pan welodd y pentwr bach o anrhegion a chardiau ar ganol y bwrdd, a gwenodd ar bawb oedd yn sefyll yn y gegin yn aros amdani.

'Pen blwydd hapus, cariad!' meddai Elin, gan afael amdani a rhoi cusan ar dop ei phen.

'Pen blwydd hapus, chwaer fach!' meddai Beca, gan rwbio'i gwallt. Ymunodd Rhys a'i feibion yn y dymuniadau da hefyd.

'Agor dy bresantau!' meddai'r efeilliaid efo'i gilydd.

'Dwi'n cael eu hagor nhw rŵan?' gofynnodd Moli, a oedd wedi mynd yn swil i gyd mwya sydyn.

'Wyt, siŵr.'

Ar ôl oedi am eiliad neu ddwy rhuthrodd at yr anrhegion a dechrau rhwygo'r papur oddi arnynt. 'Lawr, Flynn!' dwrdiodd wrth i'r ci roi ei bawennau ar y bwrdd a sniffio'r parseli. Gwyliodd Elin ei merch yn ofalus, ychydig yn bryderus ynglŷn â'i hymateb i'r anrhegion, gan mai dim ond pib a jîns roedd hi wedi eu prynu iddi yn sgil diflaniad yr arian o'i chyfrif banc. Ond doedd dim raid iddi boeni - gwirionodd Moli ar bopeth, yn cynnwys y gadwen a *leprechaun* arni a gafodd gan ei chwaer; y set ping-pong, oedd yn cynnwys rhwyd i drawsnewid unrhyw fwrdd yn fwrdd ping-pong, a gafodd gan yr efeilliaid; a'r sgarff liwgar a gafodd gan Liam. Roedd gan Liam chwaeth dda, meddyliodd - fuasai hi ddim yn meindio cael sgarff debyg ei hun. Yn sydyn, cododd Rhys ei lais uwchlaw stŵr y stafell.

'Mae 'na un syrpréis bach arall,' meddai, a throi am y drws cefn. Dechreuodd yr efeilliaid fownsio, wedi cyffroi'n lân ac yn amlwg yn gwybod am y gyfrinach, ond edrychodd Elin arnynt mewn penbleth. Aeth Rhys allan a dod yn ôl i mewn gan rowlio beic mynydd newydd sbon - un glas ac arian a rhuban mawr pinc wedi'i glymu amdano. Roedd helmed o'r un lliw yn hongian oddi arno. Safodd Moli yn gegrwth yn syllu ar y beic.

'I ... I fi mae hwn?'

'Wel, ia siŵr!' meddai Pádraig.

'Mae ganddo fo ffrâm aliwminiwm ac *air-sprung tension fork*,' broliodd Dewi.

'*Ac external rebound adjustment a hydraulic lockout!*' ychwanegodd Pádraig.

Safodd Elin yr un mor gegrwth â Moli, oedd erbyn hyn yn edrych fel petai ar fin dechrau crio.

'O, waw!' meddai o'r diwedd, gan gymryd y beic oddi ar Rhys a'i astudio'n ofalus. 'Dwi wedi bod isio beic ers, ers ... am byth! O, diolch, Yncl Rhys, diolch, diolch, diolch! Ga' i fynd â fo allan i'w drio fo?' gofynnodd.

'Mi fysa'n syniad i ti gael brecwast gynta,' awgrymodd Elin, ond waeth iddi fod yn siarad efo hi ei hun ddim, gan fod Moli wedi rhoi'r helmed am ei phen ac wedi rowlio'r beic allan, yr hogia a Beca ar ei hôl. Edrychodd Elin ar Rhys, oedd yn gwenu fel giât. Diflannodd ei wên pan sylwodd ar wyneb Elin. Doedd hi ddim yn gwenu.

'Ydw i wedi gwneud y peth rong?' gofynnodd yn bryderus.

Ceisiodd Elin ddeall ei theimladau. Ar un llaw roedd hi'n hynod ddiolchgar iddo am ei garedigrwydd, ond ar y llaw arall doedd hi ddim yn hoffi teimlo'n ddyledus i neb, dim hyd yn oed i Rhys, ac roedd o hefyd yn ymwybodol nad oedd gan y merched feics am reswm, sef bod arni ofn iddyn nhw gael damwain.

'Naddo, naddo siŵr,' meddai, ond roedd Rhys, yn ôl ei arfer, yn gallu gweld drwyddi'n syth.

'Elsi? Deud.'

'Mae hwnna'n siŵr o fod wedi costio ffortiwn, a ... wel ... fedra i'm fforddio dy dalu di'n ôl.'

'Fy nhalu fi'n ôl? Paid â siarad yn wirion. Presant 'di hwnna. Presant haeddiannol am yr holl waith dach chi wedi'i wneud yma, a hynny am ddim, dros y mis dwytha.'

'A dwi erioed wedi prynu beics iddyn nhw achos dwi ddim isio iddyn nhw gael damwain.'

'Fedri di mo'u lapio nhw mewn gwlân cotwm am byth, 'sti, a cheith hi nunlla gwell na fama i ddysgu sut i'w reidio fo'n saff.'

'Ella dy fod di'n iawn,' meddai Elin, heb ei llwyr argyhoeddi. 'Diolch, beth bynnag.'

'Croeso,' meddai Rhys. 'Well i mi fynd i baratoi petha ar gyfer criw'r bore.' Cerddodd allan o'r tŷ.

'Rhys!' gwaeddodd Elin ar ei ôl, yn gweld fod ei hymateb wedi ei frifo.

'Rhys! Sori ...' Ond wnaeth o ddim troi yn ei ôl, a chiciodd Elin ei hun am fod mor anniolchgar.

Roedd Moli wedi ei weindio'n lân gan gyffro'i diwrnod mawr, a doedd y bechgyn fawr gwell, felly penderfynodd Elin y bysa tro bach ar hyd y traeth yn Bray ar ôl mynd i fowlio yn syniad da. A hithau'n fore llwydaidd, fe gawson nhw'r traeth iddyn nhw eu hunain, fwy neu lai.

'Bechod na fysan ni wedi dod â Flynn – mi fysa fo wrth ei fodd yn rhedeg ar ôl y tonnau!' meddai Pádraig.

Diolchodd Elin nad oedd y ci hefo nhw gan y byddai ei char yn dywod i gyd ar ei ôl. Edrychodd dros y môr a'i donnau llwydion, tua'r gorwel. Gwyddai ei bod yn bosib gweld mynyddoedd Cymru oddi yno ambell waith, ond doedd dim gobaith heddiw. Daeth pwl sydyn o hiraeth drosti. Sut oedd y tywydd yn Rhosyreithin, tybed? A sut oedd y blodau yn ei gardd? Oedd Elfed yn dyfrio'r potiau? Nag oedd, debyg – ei thad fyddai'n gwneud hynny.

'Hei, sbïwch!' gwaeddodd Moli. Roedd hi wedi bod yn astudio'r cerrig amrywiol ar hyd y traeth, a rhedodd at ei mam yn gyffro i gyd. 'Dwi 'di ffeindio emrallt!' Daliodd ei thrysor i fyny i'w ddangos.

'Gwydr y môr ydi hwnna!' mynnodd Dewi.

'Be ydi gwydr y môr?' gofynnodd Moli gan astudio'r darn gwydr gwyrdd, esmwyth yn ei llaw.

'Darn o wydr sydd wedi cael ei guro gan y môr nes 'i fod o wedi newid ei siâp ac wedi troi'n *frosted*. Ro'n i'n arfer eu casglu nhw efo Mam. Gin i lond bag bach ohonyn nhw yn y drôr wrth ochr fy ngwely,' eglurodd.

'Mae o'n dlws iawn,' edmygodd Elin.

'Mae gin i wahanol liwiau,' esboniodd Dewi. 'Mae'n cymryd blynyddoedd i'r môr droi gwydr yn wydr y môr go iawn. Gin i un pinc – mae'r rheini'n brin.'

'Mi fyswn i'n medru sticio hwn ar fodrwy, yn byswn?' gofynnodd Moli.

'Bysat. Neu ei lapio fo mewn weiran a'i wisgo fo ar gadwen,' awgrymodd Elin. 'Mi fysa'n bechod ei guddio fo mewn drôr.'

'Mi fysat ti'n medru gwneud modrwyau efo dy rai di!' meddai Moli wrth Dewi.

'Be fysa Dewi isio efo modrwyau?' gofynnodd Pádraig. 'Genod sy'n gwisgo petha fel'na.'

'Neu eu gosod nhw mewn ffrâm a'i hongian hi ar wal dy lofft,' awgrymodd Elin.

'A bob tro y bysat ti'n edrych arni hi, mi fysat ti'n cofio am dy fam,' meddai Moli.

Rhoddodd Dewi ei ben i lawr ac edrych ar ei draed am ennyd cyn codi ei ben i ddangos gŵen lydan. ''Swn i'n lecio hynna!' meddai.

'Iawn – mi awn ni i chwilio am ffrâm a gwn glud ar y ffordd adra,' awgrymodd Elin. Roedd hi, fel pob cymhorthydd dosbarth cynradd arall, yn ystyried ei hun yn dipyn o arbenigwraig ar y gwn glud.

Pan gyrhaeddodd y criw yn ôl i fuarth An Teach Ban roedd Beca wrthi'n gorffen delio â beiciwr ifanc oedd ar fin cychwyn ar yr Extreme Trail.

''Di'r hogyn bach yna yma eto?' gofynnodd Elin. 'Mi oedd o yma ddoe hefyd.'

'Declan? Ydi, mae o'n dod yn reit aml. A tydi o'm yn hogyn

bach – mae o'n un deg chwech!' Newidiodd y pwnc. 'Oeddat ti'n gwybod bod Yncl Rhys yn gallu codio?'

'Wel, os mai dyna be mae rhaglennydd cyfrifiadurol yn 'i wneud, oeddwn,' atebodd Elin.

'Mae o'n *genius* am godio! Can mil gwell na Mr Lewis IT. Mae o'n mynd i 'nysgu fi, medda fo.'

'Gwych,' meddai Elin. 'Cofia di ddiolch iddo fo.'

'Ga' i fynd am reid ar y beic rŵan?' gofynnodd Moli wrth neidio o'r car.

'Cei,' meddai Elin, gan obeithio y byddai taith hir ar eu beics yn eu blino nhw rywfaint, gan nad oedd y tro ar y traeth wedi gwneud fawr ddim gwahaniaeth. 'Ond cymra ofal, a chofia wisgo dy helmed!' Rhedodd Moli a'r efeilliaid am y cwt beics.

'Fysa Dad byth yn gadael i ni fynd heb helmed!' taflodd Pádraig ar ei ôl.

Trodd Elin at Beca. 'Ti'n meddwl y bysa Rhys yn medru gwneud hebddat ti pnawn 'ma? Mi fyswn i'n lecio dy help di i baratoi at y parti.'

'Medar, ma' siŵr – ma' hi wedi bod yn reit ddistaw bore 'ma. Wyt ti isio i mi fynd i ofyn?'

'Na, mae'n iawn ... a' i. Dos di i'r tŷ i ddechra hel petha at ei gilydd.'

Roedd Rhys wrth y cyfrifiadur yn y swyddfa fechan yng nghefn y siop pan gnociodd Elin ar y drws yn ysgafn. Trodd i'w hwynebu.

'Does dim angen i ti gnocio,' meddai, cyn troi yn ôl at ei gyfrifiadur a dechrau teipio eto.

'Wyt ti'n meindio os daw Beca i fy helpu fi yn y tŷ pnawn 'ma ... y te parti?' gofynnodd Elin.

'Dim problem, O, a well i ti osod bwrdd i wyth – dwi'm yn lecio gyrru Kevin o'ma heb gynnig iddo fo ymuno efo ni, os ydi hynny'n iawn efo chdi.'

'Wrth gwrs.' Camodd Elin yn nes ato, yn ysu am roi ei breichiau o'i amgylch. 'Gwranda, Rhys. Mae'n ddrwg gen i am y ffordd wnes i ymddwyn bore 'ma,' meddai. Rhoddodd Rhys y gorau i deipio. 'Ma' gin i gwilydd ohonaf fy hun,' cyfaddefodd. Trodd Rhys ei gadair i'w hwynebu.

'Ma' siŵr y dyliwn inna fod wedi trafod efo chdi gynta,' meddai. Edrychodd y ddau ar ei gilydd. Cododd Elin ei llaw a mwytho'i farf.

'Mi wyt ti'n ddyn da, 'sti, Rhys Griffiths.'

'Dwi'n trio 'ngorau.' Gafaelodd Rhys yn ei llaw a'i chusanu. Edrychodd am funud fel petai o ar fin dweud rhywbeth, ond yn hytrach, cododd ar ei draed a'i chofleidio. Teimlodd Elin ei chalon yn berwi o gariad tuag ato.

Penderfynodd fanteisio ar y cyfle, o gael amser ar ei phen ei hun efo'i merch hynaf, i geisio darganfod sut roedd y gwynt yn chwythu rhyngddi hi a Liam.

'Sgarff neis gafodd Liam i Moli, 'de?' meddai wrth iddi roi menyn ar dafelli o fara a'u pasio ymlaen i Beca i'w llenwi â chig.

'Ia.'

'Fo ddewisodd hi?'

'Ia, pwy arall?'

'O, dwn i'm ... meddwl hwyrach bod 'na ryw hogan yn rwla wedi'i helpu o.'

'Liam? Efo hogan? Mae o'n rhy swil, siŵr! Roedd 'na lwyth o genod ar ei ôl o yn y *ceilidh* ond roedd o'n rhedag milltir!'

'Bechod. Mae o'n hogyn mor neis.'

'Ydi – mi fysa fy ffrindia i'n gwirioni efo fo.'

'A be amdanat ti?'

'Fi? Be ti'n feddwl?'

'Wyt ti ...w'sti ... ti'n ei lecio fo?'

'Mam! Paid â busnesu!' dwrdiodd Beca, gan gario plataid o frechdanau at y bwrdd.

'Dwi ddim yn busnesu,' meddai Elin yn amddiffynnol. 'Jest ddim isio i neb gael ei frifo ydw i.'

'Wel, does dim rhaid i ti boeni am hynna – tydi Liam ddim fy nheip i. Mae o'n fwy fel brawd i mi.'

Diolch i Dduw am hynny, meddyliodd Elin. Roedd pethau'n ddigon cymhleth yn An Teach Ban fel ag yr oedd hi!

Am hanner awr wedi pump edrychodd Elin a Beca ar y bwrdd bwyd ac edmygu eu gwaith. Roedd lliain plastig mawr yn gorchuddio'r bwrdd ac arno luniau o iwnicorns pinc, ac wrth ymyl pob plât roedd napcyn o'r un math. Yn sownd wrth ambell gadair roedd balŵns pinc a phiws, ac ar y bwrdd roedd gwledd o sosej rôls, *quiche*, darnau o bitsa a brechdanau o bob math; yn y canol roedd powlenni o salad a jygiau o lemonêd cartref.

'Ydan ni'n barod?' gofynnodd Beca.

'Barod!' meddai Elin. 'Dos i alw pawb at y bwrdd.'

Rhuthrodd yr efeilliaid i mewn a chythru yn syth at y bwyd.

'Howld on, howld on!' gwaeddodd Rhys. 'Lle ma'ch *manners* chi? Arhoswch i bawb eistedd i lawr gynta!'

Stwffiodd Dewi sosej rôl gyfan i'w geg a bu bron iddo'i phoeri allan drachefn wrth ddechrau chwerthin a phwyntio at y gadair lle'r eisteddai ei frawd.

'Ha ha! Ha ha!' meddai, gan boeri briwsion dros y plât. 'Gin ti falŵn binc!'

'A chditha 'fyd, yr *eejit*!' meddai Pádraig.

Edrychodd Pádraig y tu ôl iddo a gweld y falŵn binc yn sownd yn ei gadair.

'Yyyych! Ffeiria efo fi, Liam, meddai, gan geisio gwthio Liam oddi ar ei gadair er mwyn iddo gael balŵn lliw piws.

'Dyna ddigon!' meddai Rhys. 'Dewi – 'stedda'n iawn a phaid â gwneud lol! Dwn i ddim be mae'r genod 'ma'n feddwl ohonoch chi, wir!'

Gwenu wnaeth y genod. Agorodd y drws cefn a daeth Kevin i mewn.

'Just come to say happy birthday Moli, and thank you for the invite but I won't stay. My mother will have boiled a ham for tea ... it being a Thursday.'

'Are you sure?' gofynnodd Elin. 'There's more than enough – we've laid a place for you.'

'Yes, I'm sure, thanks – sure you'd all be babbling away in that language of yours and I wouldn't understand a word anyways!' meddai â gwên.

'We can speak English,' meddai Dewi.

'No, it's OK, but I just want to give the little lady this,' meddai. 'I heard you got yourself a new bike, and you'll need one of these.' Rhoddodd focs bach yn llaw Moli.

Tynnodd Moli y papur lapio oddi arno'n frwdfrydig.

'Cloch! Thank you very much,' meddai, gan dynnu'r gloch allan o'i bocs a'i chanu.

'Dyna ddigon, Moli!' meddai Elin. 'Thank you very much, Kevin. Now are you sure you won't join us?'

'Yes, I am – but I'll help myself to one of these, if that's OK.' Estynnodd am sosej rôl. 'I must say, it's good to see some fun in Teach Ban again,' meddai wrth fynd tua'r drws, wrtho'i hun yn fwy na neb arall.

'Gawn ni ddechra rŵan?' gofynnodd Pádraig, yn glafoerio bron cymaint â'r ci wrth ei ochr.

Edrychodd Rhys ar ei watsh cyn ateb.

'Cewch!'

Yng nghanol hwrlibwrli'r parti chlywodd Elin mo'r car yn cyrraedd yr iard, a chan fod ei chefn tuag ato welodd hi mo'r drws cefn yn agor – ond gwelodd ymateb Moli. Stopiodd yn stond wrth godi darn o bitsa i'w cheg, sefyll ar ei thraed a sgrechian.

'Taid!'

Trodd Elin a gweld ei thad yn sefyll yn y drws, ei freichiau ar led i dderbyn ei wyres oedd yn hedfan tuag ato.

'Milly Molly Mandy!' galwodd.

'Sweet as sugar candy!' meddai hithau, gan neidio i'w freichiau.

Dyn bychan oedd Alun Hughes, prin yn cyrraedd pum troedfedd pum modfedd o daldra, ond roedd yn dyn mawr o ran personoliaeth. Er ei fod yn saith deg chwech oed roedd ei gorff a'i feddwl yn dal i fod yn sionc. Yn ôl ei arfer, roedd wedi ei wisgo'n daclus, a'i wallt gwyn wedi'i gribo'n ôl a'i ddal yn ei le ag Old Spice Pomade, er gwaetha'r ffaith nad oedd hi'n hawdd cael gafael ar beth felly erbyn hyn.

'A sut mae Miss Beca?' meddai, gan droi ei sylw at ei wyres hynaf, oedd hefyd wedi rhuthro tuag ato ac yn hongian am ei wddw. Cododd Elin ar ei thraed, ac ar ôl i'r merched ollwng eu taid gafaelodd yn dynn amdano, yn cwffio'i dagrau – yn hogan fach unwaith eto, mor falch o weld ei thad ar ôl iddo fod i ffwrdd ar ei drafaels.

'Dad!' meddai'n floesg. 'Sut ddaethoch chi yma?'

'Fferi, bŷs a thacsi,' meddai, 'felly dwi 'di blino braidd. Oes 'na jans am banad?'

'Wrth gwrs! 'Steddwch,' meddai Rhys, gan estyn y gadair wag oedd wrth y bwrdd iddo. Ysgydwodd y ddau ddyn ddwylo a deallodd Elin yn syth – Rhys oedd wedi gwahodd ei thad draw. Gwenodd arno a'i llygaid yn llaith.

Wrth ei draed roedd gan Alun ges bach a dau fag plastig. Roedd Flynn yn sniffian o gwmpas un ohonyn nhw gan ddangos diddordeb mawr ynddo.

'Wel, dyma gi smart! Be 'di dy enw di, boi?' meddai Alun, gan roi mwythau i glustiau'r ci a chodi un o'r bagiau plastig oddi ar y llawr.

'Flynn,' meddai Moli, 'ond "blydi ci" mae Yncl Rhys yn ei alw fo!'

Chwarddodd Alun, ac wrth wneud hynny gwagiodd gynnwys y bag ar ganol y bwrdd. Syrthiodd da-da o bob math allan ohono, yn siocled a jiw-jiws, taffis, mints a da-da caled. Agorodd llygaid yr efeilliaid mor fawr â'r Sherbert Flying Saucers oedd yn gorwedd yn y twmpath o'u blaenau.

'Taid fi 'di hwn!' meddai Moli'n falch.

'How are you, everyone?' gofynnodd Alun. 'Now, I can guess which one of you is Liam but which is which of you two?'

'Maen nhw'n siarad Cymraeg, Taid!' chwarddodd Moli.

'Duwadd, ydyn? Chwarae teg i ti, Rhys. Ti'n codi cywilydd

ar y rhai yng Nghymru sy ddim wedi trafferthu dysgu iaith eu tadau i'w plant.'

'Dewi ydw i.' Cynigiodd Dewi ei law iddo, ar ôl gweld ei dad yn gwneud yr un fath.

Ysgydwodd Alun ei law. 'Helô, Dewi!'

'A Pádraig ydw i. Fi 'di'r hyna'.' Gwthiodd Pádraig ei law yntau tuag at Alun.

''Mond o ddau funud!' protestiodd ei frawd.

'O, clywch yr acen!' rhyfeddodd Alun. 'Clyw, Elin – maen nhw'n siarad Cymraeg efo acen Wyddelig. Da 'de!'

Os oedd lefel y chwerthin a'r sgwrsio yn uchel cyn i Alun gyrraedd, fe gododd ricyn neu dri yn uwch ar ôl ei ymddangosiad. Erbyn i Beca ddod â'r gacen ben blwydd bedair haen, ac arni un ar ddeg o ganhwyllau a dau sbarcler, i'r golwg, roedd Taid a hogiau Teach Ban yn ffrindiau mawr. Ar ôl i bawb ganu 'pen blwydd hapus', aeth Moli i nôl ei phib newydd, er mwyn chwarae'r caneuon roedd hi wedi eu dysgu yn y gwersyll i'w thaid. Wrth iddi chwarae 'The Road to Lisdoonvarna', cododd Alun ar ei draed a dechrau dawnsio, er mawr syndod i bawb, yn enwedig Elin.

'Wyddwn i ddim eich bod chi'n medru gwneud y dawnsio Gwyddelig 'ma!' meddai.

'Mae 'na lawer na wyddost ti am dy dad, Elin bach!' meddai, yn dal i gicio'i goesau i'r awyr, gan daflu winc i gyfeiriad Rhys.

'Rargian, watsiwch gael hartan, wir!' meddai Elin yn bryderus wrth ei weld o'n dechrau mynd yn fyr ei wynt.

'Ti'n iawn, 'rhen hogan!' Eisteddodd Alun yn swp ar ei gadair. 'Tydi'r hen goesa ddim cystal ag yr oeddan nhw. Ty'd â'r chwiban 'na yma, Moli.'

Rhoddodd Moli ei phib newydd i'w thaid. Ar ôl cymryd munud bach i gael ei wynt ato, caeodd ei lygaid a dechrau chwarae 'Danny Boy' arni, gan newid naws yr ystafell yn llwyr. Arhosodd pawb yn dawel am ennyd ar ddiwedd y gân. Roedd croen gŵydd wedi codi ar freichiau Elin wrth glywed nodau dolefus y dôn gyfarwydd. Dechreuodd Moli glapio, a chafodd Alun gymeradwyaeth uchel gan ei gynulleidfa.

'Ew, ma' hyn yn mynd â fi yn ôl,' meddai Alun. 'Dwi 'di cael sawl noson fythgofiadwy yn Galway, Conamara ac i fyny yn Donegal pan o'n i'n mynd â'r tripiau yno ers talwm. Does 'na neb fel y Gwyddelod am fwynhau eu hunain – *craic*, fel maen nhw'n ei alw fo ... yntê, hogia?'

Edrychodd Elin ar ei thad a meddwl pa mor gywir oedd ei eiriau ynghynt. Mi oedd 'na lawer iawn nad oedd hi'n ei wybod am ei thad.

Bu'n rhaid clirio'r bwrdd bwyd wedyn er mwyn cael tro ar y set ping-pong newydd. Roedd Pádraig a Dewi wrthi'n rhoi crasfa i Beca a Liam, a Moli yn cadw sgôr, pan glywyd cnoc ar y drws cefn.

Daeth Betty Dolan i mewn. Safodd mewn dychryn yn edrych o'i chwmpas.

'Well, what next!' meddai. 'Ruining a good table – it will be covered in scratch marks!'

'Not at all,' meddai Rhys, 'It'll be fine.'

Tynnodd Betty wyneb i ddynodi ei bod hi'n anghytuno.

'I just came to wish the girl a happy birthday,' meddai, a chan droi at y bechgyn, ychwanegodd, 'and to give you this ham I've got left over, in case you didn't have enough to eat. Party food is not like a real tea, is it?' meddai, gan roi lwmp o ham wedi ei lapio mewn papur gwrthsaim ar y bwrdd. Ac i fusnesu er mwyn cael gwybod pwy oedd yn y tacsi oedd wedi pasio'i byngalo ar y ffordd i fyny i An Teach Ban, mae'n siŵr, meddyliodd Elin, gan deimlo dros Rhys yn cael y ffasiwn fam yng nghyfraith.

'Thank you,' meddai Moli gan wenu arni. 'Would you like a piece of my birthday cake?'

'I don't mind if I do,' atebodd, heb ddychwelyd gwên yr eneth.

Cododd Alun o'i gadair yng nghornel yr ystafell, a chyflwynodd Rhys y ddau i'w gilydd.

'Betty, this is Elin's father, Alun. Alun – this is Betty, Mrs Dolan ... the boys' granny.'

Cerddodd Alun tuag ati gan estyn ei law allan. 'I can see where Róisín got her good looks,' meddai. 'Lovely to meet you.'

'You can leave off that Welsh charm. It might have worked on my daughter but it won't work on me!' meddai Betty gan dderbyn ei law a rhoi un ysgytwad iddi.

Edrychodd Alun i fyw ei llygaid a dal ei afael yn ei llaw.

'Would it crack your face if you smiled?' gofynnodd yn glên.

Rhoddodd y bechgyn y gorau i'w gêm a throi i edrych arnynt. Daliodd Elin ei gwynt. Edrychodd Rhys i lawr ar ei sgidiau, yn trio ei orau i beidio chwerthin. Bu distawrwydd annifyr am ennyd cyn i Betty ollwng rhoch o chwerthiniad, er mawr syndod i bawb.

'Well, you can pick up the pieces if it does!' meddai.

'I'll make you a cup of tea,' meddai Elin, yn methu credu'r hyn ddywedodd ei thad. Roedd o werth y byd yn grwn – yn hael, yn hwyl, yn llenwi ystafell – a phan oedd o'n gweithio roedd o'n cael mwy o dips na'r un o'r dreifars eraill. Ond, ar y llaw arall, doedd hi ddim bob amser yn hawdd bod yn ferch iddo, achos wyddai hi ddim be fyddai'n ei ddweud, neu'n ei wneud, nesa!

Awr yn ddiweddarach roedd y parti yn y gegin yn dal yn ei anterth. Roedd Rhys newydd guro'r efeilliaid efo'i gilydd ar y ping-pong, a Moli wrthi'n dysgu 'Molly Malone' ar ei phib. Roedd y ddau oedolyn hynaf wedi mynd i'r parlwr i eistedd, ymhell o'r sŵn.

'Dos i weld ydi Taid yn iawn, Beca, a paid â gadael iddo fo fwydro gormod ar Betty,' gofynnodd Elin, cyn troi at Rhys. 'Arwydd o *misspent youth* 'di hynna,' meddai, gan gyfeirio at ei lwyddiant wrth y bwrdd ping-pong.

'Ti'n llygad dy le – roedd 'na fwrdd tennis bwrdd yn neuadd breswyl y coleg. Dreulis i fwy o amser ar hwnnw nag yn y llyfrgell!'

Daeth Beca yn ôl i'r gegin a golwg o anghrediniaeth ar ei hwyneb.

'Mae Taid wrthi'n cael *banter* efo Granny ar y soffa!'

'Granny doesn't do banter!' meddai Liam. 'Rhaid i mi weld hyn!' I ffwrdd â fo i weld drosto'i hun, a Beca'n dynn ar ei sodlau.

Edrychodd Elin ar ei watsh. 'Mae'n hanner awr wedi naw,' rhyfeddodd. 'Lle mae Dad i fod i aros heno?' gofynnodd i Rhys.

'Ro'n i'n meddwl y bysa fo'n medru aros yn y byncws.'

'Ond mae'r lle a'i ben i waered!'

'Dwi'n siŵr y medrwn ni glirio cornel iddo fo.'

Ond ar ôl iddi glywed y byddai Alun yn gorfod cysgu yng nghanol llanast y byncws mynnodd Betty ei fod yn mynd i lawr i'r byngalo ati hi a Kevin. Roedd ganddi stafell sbâr a'r gwely yn barod amdano, medda hi. Wedi iddo ddeall y byddai'n rhaid tynnu matres o'i bag plastig ac ymbalfalu ymysg y bocsys am gwilt a dillad gwely cyn cael rhoi ei ben i lawr yn y byncws, cytunodd Alun yn eiddgar. Wrth estyn ei ges, oedd wedi'i adael wrth y drws cefn, daeth ar draws yr ail fag plastig yr oedd o wedi'i gario yno efo fo.

'Go drapia!' meddai. 'Anghofis i bob dim am hwn. Moli, 'drycha – anrheg arall i ti, gan dy dad.'

Edrychodd Elin ar Alun. 'Sut mae o?' gofynnodd yn ddistaw.

'Gawn ni sgwrs yn y bore, ia?' atebodd, wrth i Moli ruthro am y bag a thynnu bocs allan ohono. Syllodd Elin ar y bocs. Pam oedd Elfed wedi prynu anrheg iddi? Doedd o byth yn prynu'r anrhegion teuluol – arni hi y syrthiai'r ddyletswydd honno bob amser. Ar ôl iddi agor y papur pinc oedd am y bocs, sgrechiodd Moli.

'Mam! Sbia – iPhone 6!' Brathodd Elin ei thafod i atal y rheg oedd ar fin dod allan. Dyna lle'r aeth ei harian hi felly! 'Ma' hwn yn amêsing! Tydi Dad yn ffeind? Mam, ydi hi'n rhy hwyr i mi ei ffonio fo i ddiolch?'

Oedodd Elin cyn ateb gan drio'i gorau i reoli'r dicter oedd yn cyddeiriogi o'i mewn. Sut allai o wneud y ffasiwn beth? Prynu iPhone newydd sbon i hogan un ar ddeg oed! Sylwodd hefyd ar wyneb Beca wrth iddi syllu ar y teclyn, a gwyddai fod yr un peth yn mynd drwy ei meddwl hithau.

'Ydi, braidd,' atebodd, gan feddwl bod 'na siawns y byddai'n feddw.

'Ond mi fydd o'n meddwl 'mod i'n anniolchgar! Dwi 'di siarad efo fo bora 'ma, a ddeudodd o ddim byd am y ffôn!'

'Rho fo i jarjio dros nos ac mi gei di 'i ddefnyddio fo i ffonio Dad yn y bora.'

Teimlodd law Alun ar ei braich.

'Gad i'r hogan bach ffonio'i thad,' meddai'n dyner. Edrychodd Elin arno cyn troi at Moli.

'Iawn, 'ta,' meddai, 'ond mae hi'n hwyr i hogan un ar ddeg fod ar ei thraed, felly amser gwely i ti, musus. Gei di ffonio dy dad o dy lofft – mi gei di signal yn fanno. Rŵan, rho sws i Taid, a deud nos da wrth bawb.'

'Diolch am y pen blwydd gora erioed!' meddai Moli, gan fynd o gwmpas pawb fesul un yn eu cofleidio, hyd yn oed yr efeilliaid, er iddyn nhw drio'u gorau i'w hosgoi.

Wedi iddi fynd daeth Beca at Elin.

'Oeddat ti'n gwybod am y ffôn?' gofynnodd.

'Nag o'n,' atebodd Elin yn onest.

'Ches i erioed ddim byd fel'na ganddo fo!' Doedd gan Elin ddim ateb iddi. 'Prat ydi o!' datganodd Beca, gan droi ar ei sawdl. 'Dwi'n mynd i 'ngwely rŵan hefyd. Dwi'n nacyrd.'

Ochneidiodd Elin. Gwyddai fod Beca wedi ei brifo i'r byw gan ffafriaeth ei thad, ac allai hi ddim dweud ei bod yn anghytuno â'i barn am Elfed chwaith.

Wedi i Alun a Betty fynd, trodd Rhys at yr efeilliaid, oedd yn chwarae gêm newydd o redeg rownd y gegin yn trio taro penolau ei gilydd efo'r batiau ping-pong.

'Gwely i chitha hefyd, hogia!'

'Ooo!' meddai'r ddau fel parti unsain.

'Rŵan!'

Tynnodd Dewi y lliain bwrdd pinc roedd o'n ei wisgo fel clogyn oddi amdano cyn dod i roi coflaid nos da i'w dad. Ar ôl gwneud hynny, aeth at Elin a dal ei law i fyny o'i blaen. Edrychodd Elin yn syn ar y llaw am eiliad, cyn deall ei fod o'n disgwyl iddi ei tharo mewn ystum *high five*. Trawodd ei law â gwên.

'Diwrnod grêt, Anti Elin,' meddai.

'Ma' dad chi'n *class*!' ychwanegodd Pádraig gan gynnig ei law yntau iddi.

'Ydach chi isio i mi helpu i glirio?' gofynnodd Liam.

'Na, mae'n iawn, diolch. Mi wna i hynny fory,' atebodd Elin.

'Mi a' inna i fyny hefyd felly ... gwaith yn y bore.'

Safodd Elin hithau ar ei thraed gan deimlo'n reit emosiynol wedi holl gyffro'r dydd. Gweld ei thad, gwario gwirion Elfed, a rŵan y bechgyn yn dod ati fel hyn, yn ei chynnwys hi yn eu defod noswylio am y tro cyntaf. Wedi iddi glywed sŵn drws y llofft yn cau, aeth Elin at Rhys a gafael amdano.

'Diolch,' meddai, 'o waelod calon, diolch.' Cusanodd y ddau am hir, gan ryddhau'r pilipala yn ei stumog unwaith eto. 'Ty'd i 'ngwely fi heno ...'

Wrth ddringo i mewn i'w gwely edrychodd Elin ar ei ffôn, oedd ar y cwpwrdd bach nesaf i'w gwely – un o'r llefydd prin yn y tŷ lle roedd signal. Roedd hi wedi colli pum galwad gan Elfed. Trodd y ffôn drosodd a llithro i freichiau noeth Rhys.

Pennod 12

Agorodd Elin ei llygaid a gweld bod hanner arall y gwely yn wag. Edrychodd ar ei watsh – roedd hi'n wyth o'r gloch, a Rhys wedi llwyddo i sleifio'n ôl i'w stafell ei hun heb ei deffro. Caeodd ei llygaid drachefn a cheisio dal yr atgof o'r noson cynt yn ei phen ... y teimlad o farf Rhys yn crafu a chosi ei chefn am yn ail, ei dafod yn archwilio mannau dirgel ei chorff, ei goesau caled yn plethu o amgylch ei rhai hi. Gwenodd a gollwng ochenaid hir o foddhad cyn i gyllell euogrwydd ei thrywanu eto, a dechreuodd deimlo'n sâl. Ceisiodd wthio'r llun o wyneb Elfed o'i meddwl. Hwn ydi'r pris sy'n rhaid i mi ei dalu, meddyliodd, fel hangofyr ar ôl parti gwych. Cododd a chychwyn am y gawod i olchi arogl Rhys oddi arni cyn i'w thad gyrraedd.

Cyrhaeddodd Alun An Teach Ban am naw o'r gloch. Roedd Elin yn y gegin yn disgwyl amdano, a'r tegell ar yr Aga. Rhoddodd goflaid o groeso iddo.

'Reit – be gymrwch chi i frecwast?'

'Dim ond panad, diolch i ti. Dwi 'di cael llond fy mol o frecwast gan Betty – a da oedd o 'fyd, chwarae teg.' Cododd Elin un ael. 'Ro'n i'n meddwl i ti ddeud mai surbwchan oedd mam yng nghyfraith Rhys ... dwi'n 'i chael hi'n hen ddynas iawn.'

'Wel, dwn i'm be 'di'ch cyfrinach chi, ond dwi erioed wedi'i gweld hi'n gwenu tan neithiwr!' rhyfeddodd Elin.

'Mae ganddi wyneb tin braidd, yn does? Ond duwcs, ma' hi'n hen hogan iawn tu ôl i'r masg 'na, dwi'm yn amau. Tydi hi ddim wedi cael bywyd hawdd, cofia.'

'Hmmmm,' meddai Elin, gan feddwl mai arni hi ei hun roedd llawer o'r bai am hynny.

'A tydi petha ddim wedi bod yn hawdd i titha yn ddiweddar.' Edrychodd ei thad i fyw ei llygaid.

'Nac'dyn.' Ochneidiodd Elin a gosod mygiaid o de o'i flaen,

hefo tropyn bach o lefrith a dwy lwyaid o siwgr ynddo, yn union fel roedd o'n ei lecio fo, ac eistedd wrth ei ochr. Cymerodd Alun sip swnllyd ohono.

'Pam na fysat ti'n deud wrtha i fod Elfed mor sâl, Elin bach? 'Swn i wedi medru trio helpu ynghynt.'

'Be mae Elfed wedi bod yn 'i ddeud wrthach chi?' gofynnodd, yn ddrwgdybus braidd o'r gair 'sâl'.

'Y gwir, gobeithio: 'i fod o'n alcoholic a'i fod o 'di gwaethygu yn y misoedd dwytha 'ma.'

'Ddeudodd o ei fod o'n alcoholic?' gofynnodd mewn syndod.

'Do, tad.'

'Wel, dach chi wedi gwneud yn well na fi. Dwi 'di cael trafferth i'w gael o i dderbyn bod ganddo broblem o gwbwl – a fysa fo byth wedi derbyn y gair "alcoholic" gen i.' Roedd y gair yn swnio'n ddieithr iddi er ei bod yn hen gyfarwydd ag o, ac roedd ei glywed o enau ei thad yn gwneud popeth yn fwy real, rywsut.

'Ydach chi'n meddwl 'i fod o'n alcoholic go iawn?' gofynnodd.

'Ydw, Elin bach, sgin i'm dowt. Mae unrhyw un sy'n yfed cymaint nes bod hynny'n cael effaith niweidiol ar ei berthynas ag eraill yn alcoholic, yn fy marn i.'

Daliodd Elin ei gwynt, gan synnu bod y datganiad yn ddychryn iddi. Er ei bod, yn ei chalon, yn gwybod y gwir, roedd clywed rhywun arall yn ei ddweud yn sioc.

'Pam ddeudoch chi 'i fod o'n sâl 'ta?' gofynnodd.

'Wel, salwch ydi o, 'de, alcoholiaeth ... sglyfath o beth ... yn bwyta i mewn i enaid dyn. Dwi 'di gweld sawl dyn, a dynes, yn cael ei chwalu'n llwyr ganddo fo. Mi fu bron iawn i fy nhad fy hun, dy daid, fod yn un ohonyn nhw.'

'Taid? Ond mi oedd Taid yn llwyrymwrthodwr!'

'Oedd, pan oeddat ti'n ei nabod o, ond ro'n i'n adnabod dyn gwahanol iawn. Dyn drodd at y ddiod i ddenig oddi wrth ei atgofion o uffern rhyfel – a gyrru ei hun, a'r rhai o'i gwmpas o, i uffern arall wrth wneud hynny. Doedd o byth yn mynd yn gas, byth yn hapus chwaith, dim ond mynd i nunlla, am wn i. Ei yfed ei hun yn llonydd, yfed ei hun i gymaint o stad nes y bydda fo'n gwlychu'i wely, a Mam druan yn gorfod golchi'r cynfasau a thrio cael eu sychu nhw heb i'r cymdogion weld.'

Daeth deigryn i'w lygaid pŵl wrth iddo gloddio'i hen atgofion, a theimlodd Elin ei chalon yn cael ei gwasgu.

'Be ddigwyddodd iddo fo? Sut wnaeth o lwyddo i stopio?'

'Y capel. Y capel achubodd o – a Duw, os leci di. Mi ddaru rhai o aelodau Capel Gorffwysfa ei herwgipio fo, fwy neu lai, ei gadw dan warchae yn nhŷ Joseph Ty'n Perthi nes iddo sobri ... a Mam yn torri'i chalon yn meddwl na fysa fo byth yn dod adra. Pymtheg oed o'n i ar y pryd. 'Run oed â Beca rŵan. Mi gymris i ei le fo fel penteulu nes y daeth o'n ôl, yn sobor ac yn sori. Yfodd o 'run tropyn byth wedyn. Felly, ti'n gweld, mi fyswn i wedi medru helpu, neu o leia wedi medru dallt.'

'Wyddwn i ddim!'

'Doedd neb yn sôn am y peth. Neb isio pigo hen grachan, a chan nad oedd ôl craith, roedd hi'n hawdd anghofio.'

'Dach chi wedi deud hyn wrth Elfed?'

'Do. Mi gawson ni sgwrs hir iawn, a fynta'n crio fel babi ar f'ysgwydd i.'

Roedd Elin hithau yn crio erbyn hyn – dros ei nain, dros ei thaid, dros ei thad a dros Elfed. Teimlodd glogyn o euogrwydd yn cau amdani. Roedd hi wedi mynd, a'i adael o ei hun i ddygymod â'i salwch.

'Rŵan, paid ti â beio dy hun am fynd,' meddai Alun, fel petai wedi darllen ei meddwl. 'Doedd gen ti fawr o ddewis. Mi ddeudodd Elfed gymaint wyt ti wedi trio'i helpu o, ac *mae* o'n dallt pam est ti.'

Ond fysa fo ddim yn dallt am Rhys, mwy nag y bysach chi, meddyliodd Elin, wrth roi ei phen ar ysgwydd ei thad, ac wylo.

'Ty'd rŵan. Paid ag ypsetio – mi ddaw drwyddi 'sti, dwi'n siŵr, fel daeth Nhad. Mae o wedi ymuno efo Alcoholics Anonymous, fel y gwyddost ti ma' siŵr, ac mae o wedi rheoli ei yfed ers dros dair wythnos. Ar ben hynny, mae o'n talu am gwnselydd preifat yn lle'i fod o'n gorfod disgwyl i weld un ar y Gwasanaeth Iechyd. Roedd o isio i mi ddeud wrthat ti 'i fod o wedi cymryd pres o'r cyfrif Barclays at hynny. Driodd o gael gafael arnat ti i ddeud, ond fethodd o â chael ateb.'

Cododd Elin ei phen.

'Ond y ffôn? iPhone Moli? Lle gafodd o'r pres i brynu hwnna, 'ta?'

'Mi soniodd o am hwnnw hefyd. Un newydd gafodd o fel *upgrade* ar ei gontract ffôn ei hun ydi o. Mae o wedi cadw'r hen un iddo fo'i hun ac wedi trefnu cytundeb rhad ar un Moli.' Estynnodd Alun am hances o'i boced a'i rhoi i Elin i chwythu ei thrwyn. 'Wyt ti am ddod adra efo fi heddiw 'ta?'

'Dwn i'm,' atebodd Elin, gan geisio ystyried popeth yn llawn. 'Tydi ffêr Rhys ddim wedi gwella digon iddo fo fynd yn ôl ar ei feic ... tydach chi ddim ffansi aros chydig yn hirach? Cyfle i chi gael gweld y lle 'ma'n iawn?' Y gwir amdani oedd nad oedd hi isio mynd adref. Doedd hi ddim eisiau gadael Rhys ac roedd arni ofn gweld Elfed, ond doedd hi ddim am i'w thad fynd a'i gadael chwaith. 'Mae'n ardal braf iawn,' ychwanegodd.

'O, dwn i'm. Dwi'm isio creu trafferth i Rhys, chwarae teg, a fynta'n ddigon caredig i 'ngwadd i yma yn y lle cynta.'

'Fyddwch chi'n ddim trafferth. Gewch chi fod y cynta i aros yn y byncws, ylwch – ei drio fo allan i ni,' meddai Rhys, oedd newydd ddod i mewn i'r gegin.

Roedd yn amlwg y byddai Alun wrth ei fodd yn cael aros.

'Waeth i chi aros am y penwythnos ddim, a chitha wedi dod yr holl ffordd,' ategodd Elin.

'Be wnei di?' pwysodd Alun. 'Pryd wyt *ti*'n meddwl mynd adra?'

'Tydw i ddim wedi trefnu tocynnau ... ond ddim cyn diwedd y penwythnos, beth bynnag.'

'Wel, mi arhosa i 'ta! Diolch yn fawr i ti, Rhys.'

'Croeso, siŵr, ond mae'n beryg i chi gael joban – dyna ddigwyddodd i bawb arall sydd wedi dod yma!'

'Mae'r plant i gyd wrth eu gwaith yn barod,' ychwanegodd Elin. 'Mae hyd yn oed Beca wedi codi! Mi fyddan nhw wrth eu boddau eich bod chi wedi penderfynu aros.'

'Dewch, mi ddangosa i y lle 'ma i chi'n iawn,' meddai Rhys, oedd yn medru cerdded heb faglau erbyn hyn. Dilynodd Alun ef, ond gwnaeth Elin ei hesgusodion. Roedd arni angen amser i feddwl.

Anwybyddodd y llestri budron yn y sinc a mynd i fyny'r grisiau i'w llofft. Eisteddodd ar erchwyn y gwely i edrych drwy'r ffenest ar yr olygfa oedd mor debyg i Gymru. Roedd geiriau ei thad wedi ei chynhyrfu. Ystyriodd ei thaid a'i nain, a honiad ei thad nad oedd creithiau ar ôl eu profiad ysgytwol. Oedd o'n dweud y gwir? Allai hi fynd yn ôl at Elfed a llithro'n ôl i'r berthynas oedd ganddyn nhw cyn i'r salwch gydio ynddo? Ynteu oedd y berthynas wedi datod cymaint fel nad oedd yn bosib ei phlethu'n ôl at ei gilydd? Trodd a mwytho'r gobennydd lle gorweddai pen Rhys rai oriau ynghynt. Rhys – beth oedd yn mynd trwy ei feddwl *o*? Gwasgodd y gobennydd yn dynn at ei bron cyn ei osod yn ôl a chodi ei ffôn oddi ar y bwrdd bach wrth ochr y gwely. Pwysodd ar enw Elfed cyn newid ei meddwl a diffodd y teclyn, gan ei adael ar y bwrdd bach a mynd yn ôl i lawr y grisiau.

Wnaeth hi ddim sylwi ar Dewi, oedd yn eistedd wrth fwrdd y gegin.

'Dewi! Mi wnest ti 'nychryn i.'

'Sori.'

Roedd y bachgen yn edrych ar ei ddwylo ac yn chwarae efo'i fysedd, yn union fel y gwnâi ei dad pan oedd o'n poeni am rywbeth.

'Be sy'n dy boeni di, cariad?'

Parhaodd Dewi i chwarae efo'i fysedd, heb godi'i ben i edrych arni.

'Pryd ydach chi'n meddwl fydd y byncws yn barod i fisitors ddod i aros?'

'O, ma' siŵr y bydd o'n barod mewn rhyw bythefnos.'

Cododd Dewi ei ben mewn dychryn.'Pythefnos?'

'Ia, rwbath felly.'

'Fydd o ddim yn barod erbyn dydd Mawrth nesa, felly?'

'O, na fydd. Ar ôl i ni orffen gwneud y lle'n barod, mae 'na waith papur i'w wneud – mi fydd angen archwiliad gan y Gwasanaeth Tân, rhaid i bob dim gyrraedd safonau iechyd a diogelwch, ac ati.'

Dechreuodd Dewi chwarae efo'i fysedd eto.

'O. Dwi mewn trwbwl, felly. Ma' Dad yn mynd i fod yn flin iawn iawn efo fi.'

'Pam? Be ti wedi'i wneud?'

'Wel ... dach chi'n cofio i mi roi Róisín's Bunkouse ar y wefan?'

'Ydw ...'

'Dwi newydd sbio ar yr e-bost ac mae 'na rywun wedi bwcio lle i chwech am ddwy noson – ac maen nhw'n cyrraedd dydd Mawrth nesa!'

'O diar.'

'Fydd Dad yn lloerig.'

'Na fydd, mi fydd o'n iawn, siŵr.' Edrychodd Dewi yn amheus ar Elin.

'Wyt ti isio i mi ddeud wrtho fo?'

'Oes plis,' atebodd Dewi'n syth.

'Paid ti â phoeni. Sortian ni bob dim allan.'

'Diolch, Anti Elin,' ochneidiodd Dewi, cyn neidio oddi ar ei gadair a chychwyn am y drws. Cyn troi'r ddolen trodd at Elin a gwenu. 'Dwi'n teimlo'n well rŵan!' meddai, cyn carlamu drwy'r drws.

Gwenodd Elin yn gam. Trueni na allai hithau drosglwyddo'i phroblemau i rywun arall mor hawdd.

'Deud hynna eto?' gofynnodd Rhys pan gafodd Elin gyfle rhwng cwsmeriaid i dorri'r newydd iddo am y byncws. Roedd Beca wedi mynd allan ar daith feics gyda'r dechreuwyr am y bore a'r gweddill wedi mynd ag Alun am dro i Knockfree.

'Mae Dewi 'di cymryd *booking* yn y byncws ac mae 'na

chwech o bobol yn dod i aros am ddwy noson ddydd Mawrth nesa,' eglurodd Elin am yr eildro.

'Fedran nhw ddim! Fyddwn ni byth yn barod.'

'Dyna ddeudis i.'

'Mi fydd yn rhaid i ni gysylltu efo nhw i ymddiheuro a chynnig noson ychwanegol am ddim ryw dro eto fel iawndal, neu mi gawn ni adborth gwael ar Tripadvisor cyn i ni hyd yn oed agor ein drysau!'

'Mae 'na chydig o broblem. Dwi newydd sbio ar yr e-bost ac mae'r criw ar daith feicio ers ddoe, heb ffordd o dderbyn negeseuon e-bost.'

'Siawns bod ganddyn nhw rif ffôn?'

'Wnaeth Dewi ddim gofyn iddyn nhw am un.'

Suddodd ysgwyddau Rhys. 'Be ddiawch wna i?'

'Be yn union sy 'na ar ôl i'w orffen?'

'Heblaw gwagio'r holl focsys Ikea 'na a gosod eu cynnwys yn eu lle? Gwneud yn siŵr bod yr yswiriant yn ddigonol, cael tystysgrif diogelwch tân, bocs Cymorth Cyntaf, torri allweddi, gwneud arwyddion, clirio lle i barcio ceir ... a llwyth o bethau eraill dwi ddim wedi meddwl amdanyn nhw, ma' siŵr.'

'Ydi hi'n hollol amhosib gwneud y cwbwl mewn pedwar diwrnod?

'Ydi. Fedra i yn sicr ddim 'i wneud o fy hun.'

Gafaelodd Elin yn ei law. 'Dwyt ti ddim ar dy ben dy hun, nag wyt. Dwi yma – a Dad! Ella nad ydi o'n bell iawn o'i wythdegau, ond mae 'na ddigon o fynd ynddo fo, ac mi fysa fo'n fwy na pharod i helpu.'

Edrychodd y ddau ar ei gilydd. 'Ti'n meddwl 'i fod o'n bosib?' gofynnodd Rhys.

'Oes ganddon ni ddewis?'

'Nag oes, debyg. Mi ffonia i Sinéad a gofyn iddi ddod draw i'n rhoi ni ar ben ffordd.'

Amser cinio, galwodd Rhys gyfarfod brys. Gwasgodd pawb o amgylch bwrdd y gegin: Rhys a'i feibion, Elin a'i merched, Alun a Kevin. Esboniodd Rhys beth oedd wedi digwydd a'r her oedd o'u blaenau, gan ofyn i bawb am eu cydweithrediad i gael y byncws yn barod.

'Ydi pawb yn gêm? Are we all up for the challenge?' gofynnodd.

'Dwi yn!' gwaeddodd Moli'n gyffrous, a daeth ymatebion cadarnhaol gan bob un o'r gweddill hefyd.

'I'm up for it,' meddai Kevin. 'I might as well be here doing something useful. I'll go find a tractor tonight and sort out the parking area.'

'Mi beintia i arwyddion dros dro,' cynigiodd Beca. 'Dwi wrth fy modd efo Celf.'

'We'll need to wash all the new bedclothes and towels before we put them out,' meddai Elin wrth Kevin. 'The washing machine in the bunkhouse isn't big enough for everything and we need to do the family wash here – do you think your mother will let us borrow her washing machine?'

'I'll make sure she will.'

'Ddechreua i wneud rhestr o be mae pawb yn mynd i'w wneud,' meddai Pádraig, gan ruthro i nôl papur a beiro.

'Go, Team Teach Ban!' meddai Rhys gan bwnio'i ddwrn i'r awyr.

'Go, Team Teach Ban!' meddai'r plant. Diolch i Dduw eu bod nhw'n barod am yr her, meddyliodd Elin.

Roedd treulio'r haf yn Wicklow wedi dangos i Elin pa mor 'tebol oedd ei merched. O gael cyfrifoldeb, roedd hyder y ddwy wedi datblygu, fel eu gallu i wynebu a datrys problemau. Gweithiodd y ddwy, ar y cyd â bechgyn An Teach Ban, yn galed i gael y byncws yn barod, ac erbyn diwedd y dydd Sul roedd y lle wedi'i drawsnewid. Bu newid mawr yn rhywun arall hefyd – Betty – a hynny'n rhannol am fod rhywun, o'r diwedd, wedi meiddio siarad yn blaen efo hi. Roedd Alun wedi penderfynu derbyn ei chynnig i aros yn y byngalo yn hytrach nag yn llanast y byncws, ac yn ei sgil roedd Betty wedi dod i helpu, gan gynnig coginio cinio rhost i bawb i swper.

'Dwi'n methu dallt be sy wedi dod dros Betty. Mae'r newid ynddi hi ... mae hi bron iawn yn glên rŵan!' meddai Elin wrth ei thad wrth iddynt gerdded o'r byncws i'r tŷ i gael bwyd.

'Ddeudis i wrthat ti 'i bod hi'n hogan iawn yn y bôn.'

'Hmmm.' Roedd Elin yn amau fod gan ei thad ryw ddylanwad ar y newid. 'Ydach chi 'di deud rwbath wrthi?'

'Deud be, dŵad?'

'Dwn i'm ... rwbath sy wedi gwneud iddi fod yn gleniach!'

'Dim ond y gwir.'

'Ro'n i'n amau! Be ddeudoch chi?' Er ei bod yn awyddus i glywed y cyfan, diolchodd nad oedd hi'n dyst i'r sgwrs.

'Deud nad oes 'na bwynt iddi ista ar 'i thin yn y byngalo 'na, yn teimlo trueni drosti hi ei hun, yn galaru am y rheini mae hi wedi'u colli. Ddôn nhw byth yn ôl, felly waeth iddi hi werthfawrogi'r teulu sydd ganddi ar ôl ddim.'

'Ddeudoch chi hynny wrthi go iawn?'

'Do, tad.'

'A be ddeudodd hi?'

'Wnes i ddim aros i glywed, dim ond mynd i 'ngwely a gadael iddi stiwio. Chlywis i mohoni'n mynd i'w gwely, felly dwi'n amau iddi fod yno am hir. Y bore wedyn, mi ofynnodd be oeddwn i'n feddwl fysa hi'n medru ei wneud i helpu i fyny yn fama, felly mi rois i restr iddi.'

Chwarddodd Elin ar ei hyfdra. Doedd neb yn y byd yn debyg i'w thad, a rhoddodd gusan iddo ar ei foch.

'Rargian! Pam dwi'n cael honna?'

'Am fod yn chi!'

Roedd pawb arall eisoes yn eistedd wrth y bwrdd erbyn iddyn nhw gyrraedd y tŷ – un ar ddeg i gyd, yn cynnwys Kevin a Sinéad. Roedd Sinéad wedi bod yn help garw yn eu rhoi nhw ar ben ffordd ac wedi manteisio ar ei chysylltiadau i sicrhau y byddai swyddogion amrywiol yn galw bnawn Llun i archwilio'r lle. Wedi iddyn nhw sicrhau fod popeth fel y dylai fod ac arwyddo'r tystysgrifau, byddai'n gyfreithlon iddyn nhw agor y byncws yn swyddogol.

Ond er ei chymorth parod, roedd yn rhaid i Elin gyfaddef nad oedd hi'n teimlo'n gyfforddus yng nghwmni Sinéad, ar ôl iddi achwyn arni wrth Rhys. Gwyliodd hi, yn eistedd rhwng Rhys a Kevin ac yn fflyrtio'n agored efo'r ddau, a theimlo hyd yn oed yn fwy anghyfforddus. Ceisiodd feddwl am rywbeth arall.

'Lle mae Flynn?' gofynnodd i Pádraig, oedd yn eistedd wrth ei hochr. Roedd hi wedi sylwi nad oedd y ci yn ei le arferol wrth draed y bachgen.

'Tydi Granny ddim yn gadael iddo fo ddod i'r gegin pan mae hi'n cwcio.' Teimlai Elin dros y creadur gan ei bod, erbyn hyn, wedi dod yn hoff iawn o'r ci. 'Ond mae o wedi cael asgwrn,' ychwanegodd Pádraig, 'felly tydi o'm yn meindio!'

Ar ôl llond bol o ginio dydd Sul traddodiadol o gig eidion gorau Iwerddon a tharten riwbob a chwstard i bwdin, doedd gan neb fawr o awydd symud.

'That was very nice, diolch yn fawr,' meddai Moli wrth Betty, oedd erbyn hyn wedi derbyn na fyddai pawb yn troi i'r Saesneg o'i chwmpas ac wedi bodloni ar ofyn i Alun gyfieithu iddi bob tro roedd hi'n meddwl ei bod hi'n colli rhywbeth difyr.

'Granny's the best cook in Ireland!' meddai Pádraig, ar ôl crafu ei bowlen bwdin yn lân.

'She is that,' cytunodd Kevin yn ffyddlon.

'But Mammy was better,' meddai Dewi.

'She couldn't beat your Granny with the chocolate cake,' chwarddodd Rhys.

'That's true!' cytunodd Dewi.

'Or my mother's soda bread, perhaps?' mentrodd Sinéad.

'Perhaps!' snwffiodd Betty. 'Róisín was an excellent cook.'

'Elin's a good cook too,' mentrodd Liam.

'Diolch yn fawr, Liam!' Gwenodd Elin arno'n werthfawrogol.

'Elin can cook things Granny can't even pronounce!' meddai Dewi.

'Who wants to eat that foreign rubbish anyways!' wfftiodd Betty. 'That spag-hetti bolocsneis you boys like looks like a bowl of worms!'

Syllodd Elin ar ei phowlen wag, yn trio'i gorau i beidio chwerthin ar ynganiad Betty o 'bolognese'.

'Yum – worms!' chwarddodd Pádraig, gan feimio bwyta powlen o sbageti.

Edrychodd Elin i fyny a dal llygaid Rhys, a dechreuodd y ddau biffian chwerthin. Ymunodd Dewi yn y meim.

'Iym, iym, bolocs-neis!' meddai, gan beri i Liam a Beca hwythau chwerthin yn uchel.

'Dyna ddigon rŵan, hogia!' rhybuddiodd Rhys. 'Peidiwch â phwsio'ch lwc!'

'What did he say?' gofynnodd Betty.

'That they are very lucky to have you!' meddai Alun, gan daflu winc at yr hogia.

Gwenodd Betty un o'i gwenau prin.

Wedi ffarwelio â Sinéad a Kevin, ac wedi i'r llestri i gyd gael eu clirio a'u cadw, ymlaciodd Elin ac eistedd yn ôl wrth y bwrdd.

'Wnewch chi symud, plis?' gofynnodd Pádraig iddi'n syth. ''Dan ni isio symud y bwrdd i ni gael chwarae ping-pong.'

'You're not going to play that silly game on the kitchen table again, are you?' gofynnodd Betty.

'O, na! Mae Granny'n dechra dallt Cymraeg!' meddai Dewi.

'It's OK, Betty. Let them have their fun,' meddai Alun. 'Let's you and I go outside and catch the last of the sun's warmth, and leave the young ones to their game.'

'You can have a game with us if you like, Granny!' cynigiodd Moli. Pan welodd yr ystumiau a dynnodd yr efeilliaid mewn ymateb i'r cynnig, ychwanegodd, 'It's my ping-pong set.'

'Now, there'll be no chance of that!' meddai Betty, gan godi ei chardigan oddi ar gefn ei chadair a dilyn Alun drwy'r drws cefn.

'You'll be asking her if she wants to go on a bike ride next!' pryfociodd Pádraig, gan chwerthin.

'And what's funny about that?' taflodd Betty yn ôl. 'Sure I was an expert cyclist in my day. Didn't I take your mother to school sitting in the basket of my bike until she got too heavy!'

'Y fi 'di'r reff a fi sy'n deud!' Cododd Liam ei lais wrth i'r efeilliaid ddechrau ffraeo ynglŷn â sgôr y gêm.

'Mam, deudwch wrthyn nhw mai fi sy nesa!' cwynodd Moli. 'Tydyn nhw ddim yn gadael i mi gael gêm!'

'Gei di gêm yn f'erbyn i nesa,' cynigiodd Rhys.

'Dwi'm isio gêm yn eich erbyn chi, diolch – dach chi'n rhy dda. Dwi isio gêm yn erbyn Beca. Mi fydd gin i jans o ennill wedyn, achos mae hi'n crap.' Roedd Moli yn amlwg wedi etifeddu dawn ei thaid am siarad yn blaen.

'Diolch yn fawr!' meddai Beca, gan droi ei phen at y ffenest mewn ymateb i sŵn Flynn yn cyfarth y tu allan. 'Blydi hel!' meddai, gan sefyll yn gegrwth.

'Beca! Iaith!' ceryddodd Elin.

'Be ti'n weld?' gofynnodd Liam.

'Dowch allan,' atebodd. 'Ma' raid i chi weld hyn!'

Gwthiodd pawb drwy'r drws cefn i'r iard lle roedd Betty ar gefn beic, ei sgert wedi codi i ddangos ei chluniau a'i chardigan wlân yn chwifio'r tu ôl iddi fel clogyn yn y gwynt. Yn ei dilyn ar feic arall, ei wyneb yn goch gan yr ymdrech, roedd Alun, a'r ddau yn glanau chwerthin. Elin oedd yr olaf i ddod allan, a safodd yn stond i werthfawrogi'r olygfa.

'Blydi hel! Dyna fi wedi gweld pob dim rŵan!'

Gwenodd Rhys a hithau ar ei gilydd cyn dechrau chwerthin efo'r gweddill. Ar yr eiliad honno, Elin oedd y ddynes hapusaf yn y byd, ac roedd Elfed a Rhosyreithin ymhell, bell o'i meddwl.

Pennod 13

Gwawriodd bore Llun yn wlyb a diflas, oedd yn siom i Elin gan ei bod wedi rhoi ei bryd ar dacluso'r tu allan i'r byncws cyn i'r swyddogion gyrraedd y pnawn hwnnw. Roedd Alun wedi penderfynu peidio â mynd adref nes y byddai'r fisitors wedi cyrraedd, ac roedd o wedi gaddo ei helpu i lenwi'r potiau blodau gweigion. Wedi'r cyfan, roedd arddangosfa o flodau llachar y tu allan i bob llety arall yn yr ardal, hyd y gwelai Elin.

'Paid â phoeni,' cysurodd Rhys hi dros y bwrdd brecwast. 'Yn Werddon wyt ti, cofia – mi fedri di gael pedwar tymor mewn un diwrnod yn fama!'

'Ydach chi fy angen i i helpu bore 'ma?' gofynnodd Beca.

'Mi fedran ni wneud hebddat ti, ma' siŵr,' meddai Elin. 'Mi gaiff yr efeilliaid a Moli helpu Taid, a dwi angen mynd i lawr i'r dre i dorri goriadau a phrynu bocs Cymorth Cyntaf. Oes gen ti rwbath ar y gweill?'

'Ffansi mynd am dro ar y beic o'n i ... os ga' i fenthyg un, plis Yncl Rhys?'

'Cei, siŵr.'

'Ew! Ti 'di cymryd at y beicio 'ma yn arw os wyt ti'n fodlon mynd allan yn y tywydd yma,' synnodd Elin.

'I le yr ei di?' gofynnodd Rhys.

'Dwi'm yn siŵr eto.'

'Ti'm ffansi mynd efo Liam ar y daith *intermediate*?'

'Dwi ddim yn ddigon da i wneud honno eto, medda Liam.'

'Wel, paid ti â mynd ar goll!' rhybuddiodd Elin hi.

'Wna i ddim ... a beth bynnag, mae Declan am ddod efo fi.'

'O, fel'na mae'r gwynt yn chwythu, ia? Declan Byrne!' pryfociodd Rhys hi, a chochodd Beca at ei chlustiau.

'Dim ond ffrindia ydan ni!' mynnodd, gan godi oddi wrth y bwrdd a rhedeg i fyny'r grisiau.

'Does 'na'm rhyfedd 'i fod o yma mor aml felly – mae o 'di

gwario ffortiwn fach yma dros y gwyliau, diolch i ti!' gwaeddodd Rhys ar ei hôl.

'Beryg na fydd hi ddim isio mynd adra,' meddai Elin.

'Dim ond Beca fydd ddim isio mynd adra?' gofynnodd Rhys, gan gymryd y cyfle prin i roi ei freichiau o amgylch Elin.

Ochneidiodd. Roedd hi'n trio peidio â meddwl am fynd adref, ond cyn hir byddai wedi rhedeg allan o esgusodion i beidio â dychwelyd i Gymru. Roedd ei thad yn cymryd yn ganiataol y byddai hi a'r genod yn ymuno â fo ar y fferi fore Mercher. Trodd i wynebu Rhys ac edrych i'w lygaid gleision. Beth oedd o'n ei deimlo tuag ati mewn gwirionedd? Doedd hi erioed wedi meiddio gofyn. Ai dyma'i chyfle? Chwyrlïodd y pilipala yn ei stumog a theimlodd ddagrau yn pigo cefn ei llygaid. Gwrthododd yr un gair ddod allan o'i cheg.

Cusanodd Rhys ei thalcen a gweithio'i ffordd i lawr at ei gwefusau, wedi deall ei hateb.

'Elsi ...' meddai, ond neidiodd y ddau oddi wrth ei gilydd pan glywsant sŵn traed Moli.

'Mae Taid wedi cyrraedd, ac mae o'n powlio berfa yn llawn o flodau!'

Roedd Rhys yn iawn. Wnaeth glaw ddim para'n hir ac erbyn i'r swyddogion o'r Cyngor lleol a'r bwrdd twristiaeth, Fáilte Ireland, gyrraedd, roedd yr haul yn gwenu ar Róisín's Bunkhouse a'r cafnau o flodau lliwgar oedd y tu allan iddo. Roedd hyd yn oed y biniau newydd a gawsant gan y Cyngor yn lliwgar – yn biws golau llachar. Siglai'r arwydd rystig yn dynodi enw'r byncws – arwydd yr oedd Beca wedi'i beintio ar ddarn o goedyn – yn yr awel ysgafn gan weddu i'r adeilad yn berffaith. Ond wrth ddilyn Rhys a'r ddau swyddog i mewn i'r adeilad dechreuodd Elin deimlo'n reit nerfus. Beth petaen nhw wedi anghofio rhywbeth? Roedd Rhys, fodd bynnag, yn edrych yn reit hamddenol a hyderus wrth arwain y gwesteion o gwmpas.

Cynyddodd nerfusrwydd Elin wrth iddi wylio'r swyddogion yn archwilio pob twll a chornel gan agor pob cwpwrdd, cyfrif pob tywel a gwneud nodiadau ar y ffurflenni oedd ar eu clipfyrddau. Pan oedden nhw yn y gegin yn agor y droriau ac yn edrych am y blancedi diffodd tân, sylwodd Elin fod un o'r biniau mawr yn union y tu allan i'r ffenest. Rhyfedd, meddyliodd, nid yn y fan honno roedd o funud yn ôl. Edrychodd eto – agorodd caead y bin yn araf bach a chododd pen gwalltgoch allan ohono i edrych drwy'r ffenest. Dewi! Gwgodd Elin arno a diflannodd yntau fel jac yn y bocs yn ôl i'r bin. Trodd ei sylw at y ffenest arall. Roedd bin arall tu allan i honno, a phen coch Pádraig yn sticio allan ohono, yn gwenu fel giât ac yn edrych fel blodyn mewn pot. Diflannodd yntau cyn gynted ag y cafodd o gopsan. Esgusododd Elin ei hun er mwyn picio allan i'w ceryddu, ond wrth iddi gamu allan daeth ei thad ar wib rownd y gornel, yn powlio Pádraig yn y bin! Wfftiodd ato a'i ail blentyndod, ond allai hi ddim peidio â gwenu.

Roedd ei gwên yn lletach fyth pan gyflwynwyd y tystysgrifau angenrheidiol i Rhys. Roedd Róisín's Bunkhouse bellach yn gofrestredig gan Fáilte Ireland, a phopeth yn ei le iddyn nhw fedru agor eu drysau i'r gwesteion cyntaf y diwrnod canlynol. Cofleidiodd Rhys ac Elin a dawnsiodd y plant o'u hamgylch, oll yn rhoi *high fives* i Alun.

'Roeddan nhw'n ganmoliaethus iawn, yn doeddan,' meddai Elin.

'Oeddan, chwarae teg! Yn enwedig am steil y lle – ac i ti mae'r diolch am hynny!' gwenodd Rhys.

'I *ni* mae'r diolch,' pwysleisiodd Elin, bron â byrstio o falchder.

'I take it everything passed muster then?' gofynnodd Kevin wrth iddo fo a Liam gerdded tuag atynt. Roedd y ddau newydd ddod yn ôl o daith y prynhawn.

'It did indeed!' meddai Rhys. 'Thank you so much for all your help, Kevin.'

'Well, I think a celebration drink is in order – and it's about time Elin got to visit O'Reilley's Bar. I can't believe she's been here so long and you've not brought her down to meet the locals!'

'Excellent idea!' cytunodd Rhys. Trodd at Elin. 'Be amdani – nos fory?'

'Ella bysa'n well ni fod o gwmpas nos fory, a hitha'n noson gynta'r gwesteion yn y byncws. Dwyt ti ddim isio cael galwad ganol nos yn cwyno bod y dŵr poeth ddim yn gweithio, neu bod coes un o'r gwlâu wedi disgyn i ffwrdd, nag oes?'

'Mae hwnna'n bwynt teg. Make it Wednesday, Kevin – we'd better be around while our guests settle in tomorrow night.'

'Wednesday night is even better! The musicians will be in on a Wednesday, and Elin can sample some real Irish culture.'

Edrychodd Elin ar ei thad, oedd wedi clywed pob gair.

'Ma' siŵr y bysan ni'n medru aros un noson arall ...' meddai.

'Will you be coming with us, Alun?' gofynnodd Kevin. 'The *craic* will be good.'

'Duwcs, no – you youngsters can go, and I'll stay here to look after the children.'

'Diolch, Dad.' Roedd Elin yn falch ei fod o am aros adref i warchod y plant ... rhag ofn iddo ddechrau ar ei ddawnsio Gwyddelig eto!

'And anyway,' datganodd Alun, 'I'm having my night out tomorrow.'

Cododd Elin un ael. 'O?'

'Yes. I'm taking Betty out for a meal to thank her for letting me stay.'

'Very nice!' meddai Kevin, ond diflannodd ei wên yn reit handi. 'Hold on!' ychwanegodd, 'does that mean I'll have to make my own dinner?'

'It does indeed!'

'Then it'll be a Chinese takeaway for me!'

'You can come to us for tea, siŵr iawn!' mynnodd Elin. 'It's the least we can do to thank you.' Sylwodd Elin pa mor hawdd roedd y gair 'us' wedi llithro o'i cheg, fel petai hi a Rhys yn gwpwl, a suddodd ei chalon wrth gofio'r gwir.

Cyrhaeddodd Alun An Teach Ban y bore canlynol yn cario basgedaid o neges.

'Be sy ganddoch chi yn fanna?' gofynnodd Elin wrth iddo roi'r fasged ar y bwrdd.

'Bara soda, menyn, jam riwbob cartref, llefrith, te, coffi, siwgwr a bisgedi.'

'Diolch yn fawr,' meddai Elin, 'ond doedd dim isio i chi ...'

'Naci, naci,' torrodd ar ei thraws. 'Ddim gin i, a ddim i chi! Betty sy wedi'u rhoi nhw i chi eu rhoi yn y byncws i'r fisitors – mae rhyw bobol mae hi'n eu nabod sy'n cadw bythynnod gwyliau yn gwneud hyn, fel rhyw fath o groeso iddyn nhw.'

'Chwarae teg iddi. Syniad da,' meddai Elin, gan gicio'i hun nad oedd hi wedi meddwl am y peth. Er bod y byncws yn barod ar gyfer y gwesteion roedd gwaith i'w wneud o hyd: argraffu ffurflenni cofrestru a derbynebau taliadau, a chreu calendr – ond yn bennaf, chwilio am fwy o gwsmeriaid. Roedd hysbyseb Dewi wedi cael ei thynnu oddi ar y wefan nes eu bod nhw'n gwybod yn union pryd y caent agor yn swyddogol, a'r cam cyntaf oedd rhoi honno'n ôl i fyny ar y wefan. Roedd yn rhaid cael cynllun marchnata hefyd, ac roedd Elin wedi cynnig dechrau gweithio ar hynny, gan ddilyn canllawiau a gawsai gan Sinéad.

Pan gyrhaeddodd y siop, gwelodd Elin fod Rhys ar gefn ei feic.

'Wyt ti'n siŵr fod dy ffêr di wedi cryfhau digon?' gofynnodd. Ond roedd Rhys wedi penderfynu ei bod hi'n hen bryd iddo ddechrau arwain teithiau unwaith eto.

'Dwi wedi'i strapio hi'n dynn. Ga' i weld sut bydd hi erbyn amser cinio.'

'Cym ofal 'ta,' meddai wrtho, gan stopio'i hun rhag rhoi cusan ffarwél iddo, a hynny o dan drwyn Liam, oedd tu ôl i gownter y siop. 'Wela i di amser cinio.' Wrth ei wylio'n mynd trodd at y llanc, a gofyn, 'Lle mae Beca?'

'Wedi mynd am reid efo Declan.'

'Eto?'

'Eto!'

Roedd Alun wedi mynd â'r efeilliaid a Moli am dro, felly

cafodd Elin lonydd i fwrw ati, ac erbyn amser cinio roedd Róisín's Bunkhouse yn ôl ar y We.

'Mae Kevin yn deud na ddaw o i mewn am ginio heddiw,' meddai Rhys pan gerddodd i'r gegin ganol dydd. 'Mae un o'r reidwyr oedd efo fo bore 'ma'n cael trafferth efo'i feic ac mae Kevin am gael golwg arno fo iddo fo.'

'Mwy o frechdanau i ni felly,' meddai Elin, oedd wedi gwneud tomen yn sydyn ac wedi eu taflu ar blât mawr yng nghanol y bwrdd.

'Faint o'r gloch mae'n gwesteion ni i fod i gyrraedd?' gofynnodd Rhys wrth estyn am frechdan cyn i weddill yr haid eu claddu nhw i gyd. Roedd ei ffêr wedi dal taith y bore'n weddol ddi-boen ac roedd hwyliau da arno o'r herwydd.

'Rhwng pedwar a phump, yn ôl yr e-bost.'

'Ddylian nhw fod yma erbyn i mi ddod yn ôl o'r daith pnawn, felly! Fyddi di'n iawn i'w derbyn nhw?'

'Byddaf, siŵr – dwi'n edrych ymlaen, a deud y gwir.'

'Mi fyddan ni yma i helpu hefyd! Mi wna i gario'u bagiau nhw, 'run fath ag y maen nhw'n gwneud mewn gwesty – ella ga' i dip!' meddai Dewi.

'Na, mi wna i gario'r bagiau!' mynnodd Pádraig.

'Fi ddeudodd gynta!'

'Ond ro'n i wedi meddwl am wneud o dy flaen di!'

'Dwi'n siŵr y medran nhw gario'u bagiau eu hunain,' torrodd Elin ar draws y ffrae, gan ystyried y buasai'n syniad da cadw'r efeilliaid yn ddigon pell oddi wrth y gwesteion. 'Gawsoch chi hwyl bore 'ma?' gofynnodd, i droi'r stori.

'O, do!' meddai Dewi. 'Mae taid Moli yn gwybod llwyth o straeon am yr ardal yma.'

'Ydi o wir!' meddai Elin, gan wenu ar ei thad. Roedd hi'n hen gyfarwydd â straeon Alun, a ffrwyth ei ddychymyg oedd y rhelyw.

'Fath â'r un am y *giant leprechaun* oedd yn arfer byw yn y tŷ crwn yn Donnybeg,' meddai Moli.

'*Giant leprechaun*?' gofynnodd Beca.

'Ia – roedd o gymaint â dyn!' mynnodd Moli.

'Dyn oedd o felly, 'de!' gwenodd Beca arni, a sylweddololodd Moli ei bod hi wedi cael ei thwyllo eto.

'Ooooo, Taid! Dach chi'n waeth na'r hogia!'

Chwarddodd Alun a throi at ei ferch.

'Gest ti gyfle i fwcio'r fferi ar gyfer dydd Iau?'

'Ddim eto,' atebodd Elin. Roedd hi wedi gwthio hynny i gefn ei meddwl yn fwriadol.

'Ydan ni'n mynd adra dydd Iau?' gofynnodd Beca.

'Ydan,' atebodd Alun, a oedd wedi cymryd y peth yn ganiataol.

'Hwrê! Ga' i weld Dad!' gwaeddodd Moli, ond eisteddodd y gweddill yn ddistaw am funud i ystyried y newyddion.

'Pryd?' gofynnodd Beca.

'Dwn i'm ... yn y bore, ma' siŵr,' atebodd Elin.

'Gawn ni fynd ar yr un sy'n mynd amser te? Plis?'

'Cawn, am wn i – ond pam wyt ti isio mynd ar honno? Roi'n i'n meddwl y bysat ti isio mynd adra cyn gynted â phosib i gael canlyniadau dy arholiadau.'

'Na – does 'na ddim brys am y rheini.' Rhoddodd Beca ei phen i lawr i guddio'r gwrid yn ei bochau. 'Mae Declan wedi gofyn i mi fynd am reid efo fo bore dydd Iau.'

'Wwww, whidi-whiw!' pryfociodd Moli gan wneud ceg sws.

'Cau hi!' Taflodd Beca lwy at ei chwaer.

Edrychodd Elin ar Rhys, oedd yn syllu'n syth arni. Teimlodd ei stumog yn dechrau corddi a dychwelodd lwmp i'w gwddw eto. Gwthiodd ei chadair oddi wrth y bwrdd a chodi ar ei thraed. 'Ym ... esgusodwch fi, bawb. Dwi newydd gofio rwbath ... yn y swyddfa.' Rhuthrodd allan, gan ofni fod ton o ddagrau am chwalu drosti. Brysiodd i'r siop gan anadlu'n ddwfn i'w sadio'i hun. Dechreuodd ddatgloi'r drws a synnodd ei fod yn agored. Peth rhyfedd i Liam anghofio cloi, meddyliodd, ond wrth agor y drws clywodd sŵn yn dod o'r swyddfa yn y cefn. Rhewodd, cyn dechrau symud yn araf a distaw tua'r ffenest fechan oedd yn gwahanu'r siop a'r swyddfa, gan ofni beth a welai drwyddi.

Roedd ei chalon fel petai'n curo yn ei chlustiau. Sbeciodd drwy'r ffenest a dychryn am ei bywyd – roedd Kevin ym mreichiau dyn ifanc, ac yn ei gusanu'n frwd. Trodd ei phen i ffwrdd, a gwelodd fod Rhys yn cerdded tuag at y siop. Brysiodd allan i'w gyfarfod gan gau'r drws yn dawel y tu ôl iddi.

'Ti'n iawn?' gofynnodd Rhys, ei wyneb yn llawn gofid pan sylwodd ar wyneb gwelw Elin. Gafaelodd Elin yn ei fraich a'i arwain yn ôl i gyfeiriad y tŷ.

'Ydw, ydw ... jest ...' Ystyriodd ddweud wrtho beth roedd hi newydd ei weld, ond penderfynodd beidio. Beth bynnag oedd rheswm Kevin am guddio'i rywioldeb, roedd o'n amlwg am gadw'r peth yn gyfrinach. '... dwi'm isio mynd adra, Rhys.'

'Dw inna ddim isio i ti fynd.'

Roedd Elin ar dân eisiau gofyn iddo pam. Ai i helpu efo'r byncws? I ofalu am ei blant? Petai'n dod i hynny, pam na fedrai hithau ddweud y gwir wrtho am ei theimladau tuag ato? Gollyngodd ei fraich wrth weld Liam yn cerdded tuag atynt.

'Liam!' gwaeddodd mewn llais digon uchel i Kevin ei glywed. Edrychodd Liam yn rhyfedd arni. 'Gest ti ddigon o ginio?' gofynnodd iddo.

'Do, diolch.'

'Da iawn. Wel, mi a' i i olchi'r llestri, 'ta. Wela i chi yn y munud.' Brysiodd yn ôl i'r tŷ gan feddwl tybed sawl cyfrinach arall roedd An Teach Ban yn ei chuddio.

Edrychodd Elin ar ei watsh: roedd hi ar ben pump a doedd dim sôn am y gwesteion. Roedd hi newydd ffarwelio â'i thad, oedd wedi mynd i lawr i'r byngalo i baratoi ar gyfer ei noson allan efo Betty, ac yn eistedd ar y fainc o flaen y tŷ i aros am yr ymwelwyr. Roedd yr efeilliaid yn dawnsio rownd yr iard yn canu '*Despacito*, this is how we do it in County Wicklow' i dôn y gân bop boblogaidd oedd i'w chlywed ym mhob man ers dechrau'r haf, a Moli'n cyfeilio iddyn nhw ar ei phib.

'I ble ddeudist ti wrth y fisitors am fynd ar ôl iddyn nhw gyrraedd?' galwodd ar Dewi.

'Ddeudis i ddim,' atebodd, 'dim ond "your booking is taken".'

Dechreuodd Elin deimlo'n anniddig – beth petai'r holl banics wedi bod yn ofer? Byddai'n syniad i Rhys ofyn am flaendal gan bob cwsmer o hyn allan, meddyliodd. Daeth Pádraig i eistedd wrth ei hochr.

'Ydi Granny'n mynd ar *date* efo taid Moli?' holodd.

'Wel, na ... tydi o ddim yn ddêt,' atebodd Elin. 'Mynd â hi am fwyd mae o, i ddiolch am gael aros yn y byngalo efo hi.'

Edrychai Pádraig yn siomedig. 'Bechod. 'Swn i'n lecio tasa taid Moli yn priodi Granny. Dwi'n ei lecio hi'n well ers pan mae o yma.'

Gwenodd Elin gan feddwl sut yr oedd pobol yn dylanwadu ar bersonoliaethau ei gilydd, cyn dechrau ystyried tybed oedd o'n ddêt wedi'r cwbwl. Doedd hi ddim yn hoff o'r syniad o'i thad efo unrhyw ddynes arall ond ei mam, er ei bod yn sylweddoli bod hynny'n hunanol, ac y gallai bywyd fod yn un unig i ŵr gweddw. Ond eto, fedrai hi ddim peidio â gobeithio mai dim ond ffrindiau oedden nhw.

'Dwi ddim isio i chi fynd adra chwaith, mi fydd gin i hiraeth ar eich holau chi,' cyfaddefodd Pádraig. Chwiliodd Elin am ei law a'i gwasgu.

'Mi fydd gin inna hiraeth hefyd,' meddai, 'lot fawr.'

Ymhen hir a hwyr, daeth Liam a Rhys yn ôl o'u teithiau beic, a chafodd pawb eu swper. Doedd dim sôn am y gwesteion o hyd.

'Mae hi jest yn saith!' meddai Rhys. 'Lle maen nhw?'

Ar y gair, dechreuodd Flynn gyfarth a rhuthrodd Dewi i'r tŷ a'i wynt yn ei ddwrn.

'Maen nhw yma! Maen nhw yma!'

Camodd pawb i'r buarth a gweld chwe beiciwr yn seiclo i fyny'r lôn at y tŷ.

'Ewch chi i'r tŷ rŵan,' meddai Rhys wrth y plant. 'Awn ni atyn nhw.'

'Oooooo!' ebychodd yr efeilliaid.

'Ewch i chwara ping-pong ac mi ro' i stid i'r enillydd!' ychwanegodd, a bodlonodd y plant ar hynny.

Tri chwpwl yn eu tridegau cynnar o dde Lloegr oedd eu gwesteion, a thra oedd Rhys yn hebrwng y gweddill o gwmpas y byncws safodd Elin y tu allan efo un o'r dynion, oedd yn edmygu'r olygfa.

'You live in a beautiful place,' meddai wrthi.

'Yes, I do, actually,' cytunodd Elin, 'but it's not here! I'm a friend of the family, just been staying for a while. I'm from north Wales.'

'Ah! A fellow Brit. I thought that wasn't an Irish accent you had, but I couldn't place it.'

Gwenodd Elin y wên honno nad oedd yn cyrraedd ei llygaid, gan feddwl nad oedd hi erioed wedi ystyried ei hun yn 'Brit'.

Wedi i'r tri ieuengaf fynd i'w gwlâu, a thra oedd Liam yn rhoi gwers ddrymio i Beca yn y garej, gyda rhybudd i beidio â gwneud gormod o sŵn a styrbio'r fisitors, eisteddai Elin a Rhys yn yr ystafell fyw yn dawel. Edrychodd Elin ar y llun mawr o Róisín oedd erbyn hyn yn hongian ar y wal. Allai neb wadu nad oedd hi'n drawiadol o hardd. Yn y darlun, roedd yn eistedd ar y fainc tu allan i'r tŷ, ei gwallt hir, coch yn cyrlio o amgylch ei hwyneb – yr un lliw yn union â gwalltiau Liam a Pádraig, a eisteddai ar ei glin yn blant tua saith oed. Safai Liam y tu ôl iddi a'i freichiau am wddw ei fam ac roedd pawb yn gwenu'n hapus ar dynnwr y llun – Rhys, tybiodd. Llanwodd ei chalon â thristwch wrth feddwl am golled y bechgyn. Edrychodd ar wyneb Róisín eto, ac aeth ias drwyddi wrth sylweddoli bod y llygaid llonydd fel petaen nhw'n syllu arni. Trodd ei phen ymaith.

'Be sy'n mynd drwy'r meddwl 'na?'

'O! Hyn a'r llall ac arall,' atebodd Elin yn anesmwyth. 'Y byncws fwya. Mi fydd raid i ti gael rhywun i llnau, Rhys. Mi wn i fod Betty wedi addo helpu, ac mi fydd hynny'n iawn ar gyfer y penwythnos yma gan mai dim ond chwech sy'n aros yma, ond all hi byth ddod i ben pan fydd y lle yn llawn. Mae 'na wyth wedi bwcio at wsnos nesa yn barod.'

'Mi wn i – ro'n i wedi bwriadu rhoi nodyn yn ffenest Siop Kavanagh's ond mi anghofis wneud. Mae 'na dudalen Facebook i'r pentre – mi ro i gais ar hwnnw hefyd. Gora po gynta, achos mae tymor ysgol yr hogia'n dechrau dydd Llun. Mi fydd yr efeilliaid yn mynd i'r ysgol uwchradd – maen nhw'n dechrau flwyddyn yn hwyrach yma yn 'Werddon, 'sti – a dwi'm yn siŵr eto ydi hynny'n mynd i olygu mwy – neu lai – o waith i mi!'

'Ydyn nhw'n mynd yn ôl i'r ysgol dydd Llun nesa?' Doedd hi ddim wedi sylweddoli bod y tymor yn dechrau cyn diwedd Awst.

'Ydyn. Maen nhw ar eu gwyliau ers diwedd Mehefin, cofia! 'Dan ni'n cael mwy o wyliau yma nag ysgolion Cymru.'

'Ydi pob dim yn barod gin ti ar eu cyfer nhw? Sgidiau? Gwisg ysgol? Bagiau a ballu?'

''Dan ni di cael y jympyrs a'r crysau ers diwedd y tymor, ond na, dim o'r lleill. Mi fydd raid i mi sortio rwbath dros y penwythnos.'

'Fysat ti'n lecio i mi fynd â nhw fory?'

'Wnei di?'

'Gwnaf, siŵr iawn. Waeth i ti neud y mwya ohonon ni ar ein diwrnod olaf.' Bu bron i Elin dagu ar y geiriau.

'Diolch, Elsi.' Gafelodd Rhys yn ei llaw ac am unwaith ni theimlodd Elin y cyffro arferol, dim ond tristwch trwm yn pwyso arni. Cododd ei law at ei gwefusau.

'Reit – gwely i mi, dwi'n meddwl. Dwi 'di blino'n lân. Nos da.'

Doedd hi ddim wedi ei wahodd i'w gwely ers noson pen blwydd Moli. Roedd hi'n teimlo'n anghyfforddus ynglŷn â gwneud hynny. Trodd i edrych arno cyn dringo'r grisiau a'i weld yn syllu ar ei ddwylo ac yn tynnu ar ei fysedd.

Pennod 14

Camodd Elin allan i'r buarth ar y bore Mercher a theimlo brath yn yr awel. Roedd piws llachar y bryniau wedi dechrau pylu a gallai weld clytiau o liw rhwd yma ac acw, yn arwydd bod y grug eisoes wedi dechrau gwywo a'r haf yn tynnu tua'i derfyn.

'Reit 'ta, trŵps – car!' gwaeddodd, gan drio'i gorau i gael gwared â'r prudd-der oedd yn ei llethu. Rhuthrodd Moli, Dewi a Pádraig am y car gan ffraeo pwy oedd yn cael mynd i'r sedd flaen.

'Car Mam ydi o!' protestiodd Moli.

'Shifft!' gorchmynnodd Beca o'r tu ôl iddyn nhw. 'Fi 'di'r hyna'. Fi sy'n mynd i'r ffrynt. *End of*!'

Doedd Declan ddim o gwmpas heddiw, felly roedd Beca wedi penderfynu dod efo'r gweddill i Bray i siopa am ddillad ac esgidiau ysgol i'r efeilliaid.

'Gawn ni fynd i'r traeth i chwilio am wydr môr ar ôl bod yn siopa?' gofynnodd Moli.

'Cawn, os bydd 'na amser,' atebodd Elin gan droi at ei thad, oedd yn sefyll gyda Flynn gerllaw. 'Fyddwch chi'n iawn yma eich hun?'

'Byddaf, siŵr! Dwi am fynd i hel mwyar duon efo Betty, felly mi fydd tarten fwyar duon gynta'r tymor yn eich disgwyl chi pan ddowch chi adra.'

Wrth iddi agor drws ochr y gyrrwr, clywodd Rhys yn gweiddi arni. Roedd o'n brasgamu tuag ati yn ei ddillad beicio a'i helmed. Chwifiai amlen yn ei law.

'Hwda!' meddai. 'Pres.'

'Gei di setlo efo fi wedyn os leci di.'

'Na – dos â hwn. Ac Elsi, beth bynnag sydd ar ôl, chdi bia fo. Dim lol. Pryna rwbath neis i ti dy hun i'w wisgo heno os leci di.'

Roedd yr wythnosau blaenorol wedi dangos i Elin cyn lleied

o ddillad roedd rhywun wir eu hangen, ond roedd yn rhaid iddi gyfaddef y buasai hi wrth ei bodd yn cael rhywbeth newydd. Gwenodd arno'n ddiolchgar.

'Iawn, diolch i ti.'

Wnaeth Elin ddim agor yr amlen nes iddi gyrraedd Bray, a chafodd sioc o weld bod saith can ewro ynddo. Gwthiodd y papurau i'w phwrs yn ddiolchgar. Doedd Rhys ddim yn eu disgwyl nhw'n ôl erbyn amser cinio, felly fe gawson nhw ddigon o amser i siopa'n hamddenol. Erbyn un o'r gloch roedd pawb yn llwythog o fagiau ac Elin wedi bachu ar y cyfle i brynu esgidiau a throwsusau ysgol i'r merched hefyd, ynghyd ag ambell beth arall. Roedd Beca wedi colli cymaint o bwysau erbyn hyn fel ei bod hi angen dillad o leiaf un maint yn llai nag arfer. Ar ôl sortio'r plant, prynodd drowsus tyn, du a thop hir efo blodau mawr coch arno iddi ei hun, oedd, yn ôl y genod, yn gweddu i'r dim iddi.

'Gawn ni fynd i lan y môr rŵan?' gofynnodd Pádraig. Fel ei frawd, roedd o wedi hen flino ar y siopa. Roedd y merched, fodd bynnag, wedi cael amser wrth eu bodd.

'Cawn,' meddai Elin. 'Dowch – awn ni â'r bagiau 'ma i'r car, wedyn be am i ni gael ffish a tships i ginio, a'u bwyta nhw ar y prom?'

'Ga' i sosej yn lle pysgodyn?' gofynnodd Dewi.

'A ga' inna bei?' gofynnodd Pádraig.

'Mi gewch chi be fynnoch chi!' atebodd Elin, oedd mewn hwyliau gwell yn sgil y sgowt o gwmpas y siopau.

Roedd hi'n bedwar o'r gloch erbyn iddyn nhw gyrraedd yn ôl i An Teach Ban, ar ôl iddyn nhw gael tro ar y traeth a hufen iâ o Gino's i bwdin, a llond bol o chwerthin wedi i wylan helpu ei hun i gornet Pádraig a hedfan i ffwrdd efo fo. Daeth Alun o'r tŷ i'w croesawu.

'Sut aeth hi?' gofynnodd. 'Gawsoch chi bob dim oeddach chi isio?'

'Do, a mwy!' atebodd Elin wrth agor bŵt y car i nôl y bagiau.

'Waeth i ni adael eich petha chi yn y car, genod,' meddai. 'Does 'na'm pwynt mynd â nhw i'r tŷ a'u cario nhw'n ôl i'r car fory.'

'Ond dwi isio dangos fy sgidia newydd i Taid!' protestiodd Moli.

'O, iawn 'ta – dos â nhw!'

'Welis i'r fisitors gynna,' meddai Alun.

'O? Popeth yn iawn?'

'Wrth eu boddau! A phobol glên ydyn nhw hefyd, chwarae teg.' Dyna oedd barn Alun am y rhelyw o bobol, meddyliodd Elin. 'Dwi 'di mynd â tharten mwyar duon iddyn nhw – roeddan nhw wedi gwirioni!'

'Dim ein tarten ni, gobeithio?' gofynnodd Beca'n boenus.

'Naci, paid â phoeni ... mi wnaeth Betty ddwy.'

Wrth beintio'i gwefusau'n goch a sythu ei gwallt efo sythwyr Beca, ceisiodd Elin gofio pryd oedd y tro diwethaf iddi wisgo i fyny i fynd allan. Roedd hi'n fisoedd, yn hytrach nag wythnosau. Astudiodd ei hadlewyrchiad – edrychai yr un mor nerfus ag yr oedd hi'n teimlo, sylweddolodd. Roedd hi wedi bod allan efo Rhys ddegau o weithiau dros y blynyddoedd ond erioed dan yr amgylchiadau hyn. Penderfynodd geisio anghofio mai hon oedd ei noson olaf yn Knockfree, a cheisio peidio â phoeni am y dyfodol hefyd. Heno oedd yn bwysig, ac edrychai ymlaen at gael mwynhau cael diod neu ddau heb boeni y byddai Elfed yn yfed gormod ac yn codi cywilydd arni.

Pan welodd ei mam yn dod i lawr y grisiau ceisiodd Moli chwibanu ond methodd, a bodloni ar alw, 'Whidi-whiw!'

'Wel, sbïwch del ydi fy hogan bach i!' meddai Alun. 'Tydi hi'n ddigon o sioe!'

'Ydi wir.' Gwenodd Rhys ei werthfawrogiad.

'Hisht, Dad!' Roedd yr holl sylw yn gwneud iddi deimlo fel merch ysgol yn mynd ar ddêt cyntaf, sylweddolodd Elin.

'Reit! Bihafiwch, chi'ch dau ... dim lol rŵan,' meddai Rhys, gan edrych yn syth i lygaid yr efeilliaid.

'Mi wnawn ni, siŵr,' meddai'r ddau efo'i gilydd, gan wenu'n ddiniwed.

'Peidiwch â phoeni – ewch chi i fwynhau eich hunain. Rydach chi'n haeddu hoe fach,' meddai Alun wrth eu hebrwng at y drws.

Wrth gerdded i lawr i'r pentref ochr yn ochr â Rhys roedd ei greddf yn dweud wrth Elin am estyn am ei law, ond feiddiai hi ddim. Siaradai bymtheg y dwsin i guddio'i nerfusrwydd – am y byncws, y plant, Betty ... am bob dim a dim byd. 'Ydan ni'n galw am Kevin?' gofynnodd wrth iddyn nhw nesáu at y byngalo lle roedd o a Betty yn byw.

'Na – mi fydd o wrth y bar yn barod. Fanno fydd o bob nos Fercher ... a Iau, Gwener a Sadwrn, tasa hi'n dod i hynny. Mae'n well na gwylio'r teledu efo'i fam, medda fo.'

Aeth ias drwyddi a thynnodd ei sgarff yn dynnach am ei hysgwyddau, yn difaru nad oedd hi wedi gwisgo siaced.

'Wyt ti'n oer?'

'Ma' hi'n oerach nag o'n i'n feddwl,' atebodd.

Safodd Rhys yn stond a thynnu'r siaced ysgafn roedd o'n ei gwisgo a'i gosod am ei hysgwyddau. 'Yli, cymera hon. Dwi'n ddigon cynnes.' Aeth ias arall drwyddi wrth deimlo'i fysedd yn sgubo'i gwar. 'Mmm ... ogla neis arnat ti,' ychwanegodd Rhys, gan gladdu ei drwyn yn ei gwddw.

Cymerodd Elin anadl ddofn, diolch iddo a cherdded yn ei blaen.

Roedd bar cefn O'Reilley's eisoes yn brysur, a hithau'n ddim ond wyth o'r gloch. Cymerodd rai eiliadau i lygaid Elin ddod i arfer â'r golau mwll, ac edrychodd o'i chwmpas. Ymestynnai'r bar pren solet ar hyd un wal gyfan, ac roedd lampau gwydr lliw yn hongian o'r to uwch ei ben, yn taflu eu golau ar y pympiau gloyw. Yn eistedd ar stôl uchel yn codi'i law arnyn nhw, ei ben moel yn sgleinio dan olau un o'r lampau, roedd Kevin.

'Rhys! Elin! What will you be having?'

'No, no, I'll get these,' mynnodd Rhys, wrth gyfarch gweddill y cwsmeriaid lleol ar y ffordd at y bar.

'Now, here's a stranger!' meddai'r barman wrtho.

'Hi, Tony! Yes, it's been a while,' gwenodd Rhys arno. 'How are you keeping?'

'Grand, thanks. Just grand,' atebodd, gan edrych ar Elin.

'This is Elin – my best and oldest friend,' meddai Rhys.

'And she makes the best gooseberry tart you'll ever taste!' ychwanegodd Kevin.

Ysgydwodd Tony ei llaw. 'So *you're* the one who's got Rhys to get his finger out and finish the bunkhouse at last. *Céad míle fáilte*, Elin – and what can I get you tonight?'

'Well, I've heard that Guinness is better in Ireland than it is anywhere else, so I guess I should see if that's true,' meddai.

'There's a table for us over there!' meddai Kevin, gan amneidio i gyfeiriad bwrdd y tu ôl iddo. Yn eistedd wrtho a'i chefn atynt roedd Sinéad. Mi gymerodd eiliad neu ddwy i Elin ei hadnabod, gan fod ei gwallt erbyn hyn wedi ei lifo'n binc a gwyrdd. Roedd hi'n siarad efo dyn ifanc oedd â mwstás mawr fel siani flewog anferth dan ei drwyn, ac yn taflu ei phen yn ôl i chwerthin yn uchel bob hyn a hyn. Rhoddodd Rhys beint o Guinness yn llaw Elin.

'Dos di i ista, ac mi ddo' i ar dy ôl di rŵan ... a rho hwn i Sinéad, wnei di?' Rhoddodd wydraid o win coch yn ei llaw rydd.

Cymerodd Elin anadl ddofn arall a chychwyn i gyfeiriad y bwrdd. Gosododd y gwydr gwin o flaen Sinéad.

'Hello, Sinéad! This is from Rhys.'

'Eileen! Are you still here?' Roedd gwydraid mawr o win coch o'i blaen yn barod, ac edrychai fel petai hi wedi cael un neu ddau cyn hwnnw.

'Only until tomorrow,' atebodd, gan eistedd gyferbyn â hi.

'Eileen, this is ...' pwysodd Sinéad ei llaw ar glun y gŵr ifanc a phlygu tuag ato. 'Sorry, what was your name again?'

'James,' meddai'r dyn, gan wenu i ddangos rhes o ddannedd oedd yn baglu dros ei gilydd i ddod allan o'i geg.

'James,' ailadroddodd Sinéad. 'He's one of our guests at Fairyhill.'

'Hello,' meddai Elin, gan obeithio na fyddai Rhys yn hir. Cododd Kevin oddi ar ei stôl a dod i eistedd rhyngddi a Sinéad, gan edrych yn syth i wyneb y dyn ifanc. Cododd hwnnw ar ei draed yn syth.

'I'd better leave you to your friends,' meddai mewn acen Saesneg, a throi i adael.

'Oh, you don't have to go!' llafarganodd Sinéad.

'Goodbye!' meddai Kevin wrtho.

'Sure you are a spoilsport, Kevin!' cwynodd Sinéad wedi i'r llanc fynd.

'And you've already had a few, I'd say,' meddai Rhys yn gyhuddgar wrth eistedd yr ochr arall i Elin.

'I've had a hard day with the auld bitch – she'd send the Pope himself to drink, I tell you!' atebodd Sinéad yn amddiffynnol, gan lithro dros ei geiriau. Suddodd calon Elin a dechreuodd deimlo'n anghyfforddus.

'I like the hair!' meddai Rhys. 'Very colourful!'

'Ha! It was worth it just to see my mother's face. I genuinely thought she was finally going to have a heart attack!' chwarddodd Sinéad.

'Does 'na fawr o gariad rhwng hon a'i mam,' esboniodd Rhys yng nghlust Elin.

'Ro'n i wedi sylwi. Pam mae Sinéad yn aros efo hi os na allan nhw dynnu 'mlaen?'

'Duw a ŵyr. Methu byw hefo hi a methu byw hebddi, am wn i.'

Sylwodd Elin ar Kevin yn cymryd swig mawr slei o wydraid gwin Sinéad, er bod ganddo beint llawn o'i flaen, a gwyddai'n syth pam roedd o wedi gwneud hynny. Roedd o'n rhywbeth roedd hi wedi'i wneud ei hun droeon. Yfed fel na allai Elfed ei gael o. Cymryd swig o'i ddiod tu ôl i'w gefn mewn tafarndai. A phan fyddai adref, byddai'n tywallt ei gwin ei hun i lawr y sinc yn slei ac yn llenwi'r gwydr eto er mwyn gorffen y botel yn gynt.

'I want to say thank you again for all your help,' meddai Rhys wrth Sinéad. 'We would never have got the bunkhouse ready without you.'

Eisteddodd Sinéad i fyny a gwthio'i diod oddi wrthi. 'Get me a glass of water, will you?' gofynnodd i Kevin, cyn troi at Rhys. 'You're welcome, and it was a pleasure. Did the guests arrive?' Roedd hi'n amlwg yn gwneud ei gorau i drio ymddangos yn sobor a diolchodd Elin ei bod hi am droi at y dŵr.

'They did indeed, and they love the place.'

'Good – or as you would say, "da iawn"!' gwenodd, gan droi at Elin. 'The twins taught me that,' ychwanegodd.

Drachtiodd Elin ei pheint a llifodd yr hylif du, oer drwy'r ewyn gwyn ar ei ben gan fwytho'i thafod a'i gwddw. Roedd ei flas yn ei hatgoffa o ffa coffi wedi eu rhostio a siocled efo'r awgrym lleiaf o felyster yn gymysg â chwerwder yr hops. Yn drwm a chyfoethog, mi oedd, yn wir, yn well na'r Guinness yng Nghymru. Rhoddodd ei gwydr i lawr a gweld ei bod wedi yfed ei chwarter mewn un gegaid. Gwenodd Rhys arni.

'Mi wnest ti joio hwnna!'

'Do. Lyfli. Dwi'm 'di cael Guinness ers talwm iawn – dim ers pan oedd Moli'n fabi a'r fydwraig yn ei awgrymu fel stwff da at fwydo o'r fron.' Cododd Rhys ei ael. 'Dim ond chydig ar y tro, cofia,' eglurodd Elin.

'Does dim byd o'i le efo alcohol yn gymedrol, nag oes?' meddai Rhys.

'Nag oes, am wn i,' cytunodd Elin, gan daflu golwg at Sinéad, 'cyn belled â dy fod di'n gwybod pryd i stopio.'

'O, paid â phoeni – mae Sinéad yn gwybod pryd i stopio ... efo'r ddiod, beth bynnag.'

'O?' gofynnodd Elin, gan synhwyro fod mwy i'r frawddeg.

'Dynion ydi ei gwendid hi,' meddai Rhys. 'Mi ddeuda i fel hyn – mae hi wedi dod i nabod amryw o westeion Fairyhill yn dda iawn!'

Edrychodd Elin arni'n chwilfrydig. Pam roedd hi'n ymddwyn felly, tybed?

'And what are you two gabbing about?' gofynnodd Sinéad.

'Just talking about you!' meddai Rhys gan wenu.

'Of course! Isn't that what you're always doing when you're talking in Welsh?' chwarddodd yn ôl.

Erbyn iddi orffen ei hail beint o Guinness roedd Elin wedi ymlacio ac wedi dechrau mwynhau ei hun. Roedd rhai o'r bobol leol wedi dod â'u hofferynnau efo nhw, yn gitârs, banjos, *bodhrán* a phibau, ond doedd 'run ffidil, sylwodd Elin ychydig yn siomedig. Erbyn naw o'r gloch roedd sŵn cerddoriaeth fywiog yn llenwi'r dafarn.

'How about a Welsh song for us then?' gofynnodd Tony iddi pan aeth hi at y bar i brynu rownd. 'O, argol, no! I can't sing for toffee!' atebodd.

'Will you sing for Guinness, then?' chwarddodd.

'Only if you want to scare the rest of your customers away!'

'And here's me thinking that all the Welsh could sing.'

Ymddangosodd Rhys y tu ôl iddi. 'Trust me, she really can't sing!'

'O, diolch yn fawr!' gwenodd Elin arno, gan feddwl nad oedd fawr ddim nad oedd o'n ei wybod amdani. Pwysodd yn ei erbyn gan gwffio'r reddf i'w gofleidio.

Roedd Sinéad wedi cadw at y dŵr, ac erbyn i'r cerddorion gymryd hoe fach, roedd y tri arall wedi yfed digon i ddal i fyny efo hi. Aeth Kevin a Rhys i sgwrsio efo'u cymdogion wrth y bar gan adael Elin a Sinéad wrth y bwrdd.

'Are you looking forward to going home tomorrow?' gofynnodd Sinéad.

'Yes and no,' atebodd Elin. 'I've really enjoyed myself here but I am missing Wales.'

'An Teach Ban is a grand place,' cytunodd Sinéad.

Dilynodd Elin ei llygaid a sylwi ei bod yn syllu ar Rhys a Kevin wrth y bar. Trodd yn ôl at Elin. 'And so is Wales, I hear.'

'Have you never been over? Oh, you must come. Wales is beautiful. Wales is ... special.'

'I've never been anywhere, Eileen. Never left Ireland. At my age. Now, how sad is that?' Edrychodd i lawr ar y gwydr llawn dŵr roedd hi'n ei droi yn ei llaw. Edrychodd Elin yn syn arni. Roedd hi'n gweld ei hun fel merch ei milltir sgwâr, ond o leiaf roedd hi wedi mentro ar wyliau tramor.

'Why?' gofynnodd, gan ddifaru'n syth ei bod yn busnesa. Oedodd Sinéad cyn ateb.

'Because I've been wasting my time loving and waiting for a man who is never going to love me back,' meddai'n chwerw, gan edrych yn syth i lygaid Elin.

Teimlai Elin yn annifyr. Roedd ganddi ofn gofyn pwy, ond eto, gofyn wnaeth hi.

'Is it ... is it Rhys?' gofynnodd yn betrus.

'God, no! Not Rhys. Even though he's a good-lookin' lad, there's no denying that.' Gollyngodd Elin ochenaid o ryddhad. 'It's Kevin.'

'Kevin?' O diar.

'I've loved him since we were in secondary school, but he only sees me as a friend, just a friend he's always known. He flirts with every woman he sees and I flirt with every man, but I'm never with the one I really want.'

'Oh, Sinéad,' meddai Elin, yn teimlo drosti o wybod mai dim ond ffrindiau fyddai'r ddau, a dim mwy. Aeth Sinéad yn ei blaen.

'But hey! Who knows what could happen? He's always chasing the girls but he's never actually caught one, so one day, when he's ready to settle, he might look this way and, well ... You won't tell, will you? No one knows. I don't even know why I'm telling you now.'

Ochneidiodd Elin. Roedd hi mewn cyfyng-gyngor. Ddylai hi ddweud rhywbeth, ynteu cadw ei thrwyn allan o fusnes pobol eraill? Beth fyddai ei thad yn ei wneud? Edrychodd ar Sinéad, ei dillad oen am ddafad a'i gwallt lliwgar yn datgan ei natur wrthryfelgar i'r byd. Ond doedd hi ddim yn rebel o gwbwl, sylweddolodd Elin, dim ond dynes unig yn byw mewn breuddwyd. Cliriodd ei gwddw.

'You can't put your life on hold for a vain hope, Sinéad. Some things are ...' chwiliodd am y geiriau, 'well ... just not meant to be, and we have to accept that,' meddai wrth wylio Rhys yn cerdded tuag atynt.

'Dyma chdi!' meddai Rhys, gan osod peint arall o Guinness o'i blaen.

'Dyma'r ola i mi rŵan, diolch!' meddai Elin, gan deimlo'r cwmwl prudd yn dychwelyd. Roedd hi'n falch o glywed y cerddorion yn ailddechrau chwarae, a dwy gân yn ddiweddarach roedd Sinéad a hithau yn clapio a chwerthin fel gweddill y dorf, fel petai eu sgwrs erioed wedi digwydd, a'r mygydau yn ôl yn eu lle.

Ychydig oriau'n ddiweddarach, wrth gerdded yn ôl i An Teach Ban fraich yn fraich â Kevin a Rhys, meddyliodd Elin am gyfaddefiad Sinéad a'r hyn roedd hi'n ei wybod am Kevin. Ystyriodd hefyd ei sefyllfa hi ei hun a Rhys. Pam roedd yn rhaid i fywyd fod mor gymhleth? A fyddai ei bywyd yn symlach petai hi wedi mentro cyfaddef ei theimladau tuag at Rhys flynyddoedd yn ôl – cyn iddo gyfarfod Róisín ac i hithau gyfarfod Elfed? Ddaethai dim da o gadw cyfrinachau. Efallai y byddai'n well iddi gyfaddef popeth wrth Elfed, a phawb arall, a derbyn y canlyniadau, ond wyddai hi ddim a oedd hi'n ddigon dewr i wneud hynny. Bechod na fuasai'n debycach i'w thad, meddyliodd, yn meddu ar y gallu i ddweud pethau fel roedden nhw, a gwneud hynny heb bechu neb.

'Your mother is still up and waiting for you!' meddai Rhys wrth sylwi bod golau ystafell fyw'r byngalo ynghynn.

'Waiting for Alun, more like!' meddai Kevin.

'Do you think I could pop in for a pee?' gofynnodd Rhys, 'I don't think I can hold until we get home!'

'Of course! Will you come in for a minute, Elin?'

'Oh no, I'll stay here,' atebodd. 'I'd better not try and hold the head of reason with Betty after having the Guinness!' Edrychodd Kevin arni'n ddiddeall.

'Tydi "dal pen rheswm" ddim yn cyfieithu, 'sti!' meddai Rhys gan chwerthin.

'O'r Arglwydd, sori, Kevin – I've used up all my English and I'm not making sense!'

Gwenodd Kevin. 'You go in then, Rhys, and I'll stay here with Elin. Will I see you before you go home?' gofynnodd Kevin iddi wedi i Rhys fynd.

'Yes, you will. We're not going until the five o'clock ferry, so we'll have a last lunch.'

'We'll miss you.'

'You'll miss my cooking!' gwenodd arno yn y tywyllwch.

'No. We'll miss *you* – and the girls. You've made such a difference to the boys. They're happier than they've been since ... well, since my sister died. And as for Rhys, he's happier than he's been for a very long time.'

Ochneidiodd Elin gan deimlo pigau bach y dagrau. Aeth Kevin yn ei flaen.

'Do you have to go home, Elin? I mean, I don't want to interfere, but you and Rhys, you seem ...' Tawodd pan sylwodd fod ysgwyddau Elin yn crynu. 'Oh, I'm sorry, I didn't mean to upset you.'

Anadlodd Elin yn ddwfn. 'It's OK. It's not you. It's the whole situation.' Ochneidiodd. 'Don't you think life can be cruel at times?'

'I know it can.'

Gan ei fod o wedi codi pwnc anodd efo hi, penderfynodd hithau fentro mynd amdani. 'Can I be straight with you, Kevin?'

Edrychodd Kevin arni'n ddryslyd. 'I suppose so ... go on.'

'Do you know that Sinéad is in love with you?'

Tro Kevin oedd hi i ochneidio. 'I've never heard it said out loud but yes, I suppose I do.'

'I know why it would never work out between you two,' mentrodd Elin. Safodd Kevin yn ddistaw. 'I saw you the other day ... with ... your friend, in the office.' Daliodd ei gwynt yn ofni ei ymateb, ond dal i sefyll fel delw wnaeth Kevin. 'She could do with knowing the truth,' mentrodd.

Disgynnodd tawelwch rhyngddynt a dechreuodd Elin ddifaru codi pwnc mor sensitif. Torrodd Kevin ar y tawelwch o'r diwedd, a'i lais yn floesg.

'How can I tell her? How can I tell anyone? It's been my secret to bear for so long, I can't ... it would kill my mother.'

'Oh, I don't know about that. Your mother is surprising me every day. Times have changed, Kevin – even your Taoiseach is openly gay.'

Clywsant sŵn drws y tŷ yn cau a thraed Rhys yn cerdded tuag atynt. Gafaelodd Kevin ym mraich Elin.

'Please don't tell,' erfyniodd.

'Don't worry, I won't,' addawodd, gan gofio'i bod wedi torri ei haddewid i Sinéad yn barod.

'Ti'n ddistaw iawn,' sylwodd Rhys wrth i'r ddau ohonyn nhw gerdded yn eu blaenau am y tŷ. Gan ei bod yn dywyll fel bol buwch, roedd Elin wedi rhoi ei braich drwy ei fraich o, a thynhaodd ei gafael arno i ymateb. 'Meddwl am fynd adra wyt ti?'

'Ia.'

Wrth eu clywed yn agosáu, dechreuodd Flynn gyfarth, a rhedeg tuag atynt. Daeth golau ymlaen ar yr iard ac agorodd y drws cefn.

'Chi sy 'na?' galwodd Alun.

'Ia, Dad.'

Aeth y ddau i mewn i gynhesrwydd cegin An Teach Ban heb i'r un o'r ddau gael dweud beth oedd ar eu meddyliau.

Eisteddai Elin ar y soffa yn yr ystafell fyw yn disgwyl am Rhys, oedd wedi mynnu danfon Alun i'r byngalo. Roedd pawb arall yn eu gwlâu a phob man yn ddistaw ac eithrio ambell wich a chrac, fel petai'r hen dŷ'n chwyrnu'n ddistaw yn ei gwsg. Roedd ei meddwl ymhell, a chlywodd hi mo Rhys yn cyrraedd adref. Neidiodd pan eisteddodd wrth ei hymyl.

'Sori, wnes i dy ddychryn di?' gofynnodd, gan estyn am ei llaw. 'Ew, ti'n oer!' Rhoddodd ei fraich amdani a swatiodd Elin i'w gesail gan deimlo mai dyna'r peth mwyaf naturiol yn y byd iddi ei wneud. Cusanodd Rhys dop ei phen ac arhosodd y ddau yn ddistaw fel hyn am rai munudau, er bod y llais bach ym mhen Elin yn gweiddi, 'Dwi'n dy garu di, Rhys, dwi'n dy garu di', drosodd a throsodd.

Cliriodd ei llwnc, ond cyn iddi gael cyfle i agor ei cheg sibrydodd Rhys i'w gwallt.

'Paid â mynd fory, Elsi. Dwi'm isio i ti fynd.'

Rhyddhaodd Elin ei hun o'i freichiau er mwyn gallu edrych arno.

'Pam?'

'Achos 'mod i'n dy garu di,' meddai gan edrych i fyw ei llygaid hithau.

Daliodd Elin ei gwynt. Roedd fel petai ei chalon wedi stopio.

'Siawns dy fod ti'n gwybod hynny?' meddai Rhys, o weld y sioc ar ei hwyneb.

'Nac'dw ... nag o'n,' meddai'n floesg.

Gafaelodd Rhys yn ei dwylo. 'Dwi'n dy garu di ers y noson honno y gwnes i dy achub di oddi wrth Dilwyn James yn y Crown ers talwm.'

Agorodd ceg Elin yn lletach byth. 'Ond ... ond wnest ti erioed ddeud dim!'

'Feiddiwn i ddim. Fedrwn i ddim. Ti'n fy nabod i'n ddigon da i wybod nad ydi siarad am fy nheimlada'n dod yn hawdd i mi, ac ro'n i'n meddwl dy fod di'n fy ngweld i fel rhyw frawd mawr. Wnes i erioed feddwl y bysat ti'n medru edrych arna i mewn unrhyw ffordd arall.'

'Ac ro'n inna'n meddwl dy fod di'n fy ngweld i fel rhyw chwaer fach,' meddai Elin, a fethodd atal ei hun rhag dechrau crio.

'Be sy? Paid â chrio!' Roedd ei lais yn llawn pryder.

'Dwi'n ... dy garu ... di hefyd,' meddai rhwng ebychiadau.

Gafaelodd Rhys amdani. 'Pam ti'n crio 'ta?' gofynnodd mewn llais rhyfeddol o ysgafn, gan sychu ei dagrau â chefn ei law.

'Ond be wnawn ni rŵan?' Roedd hi wedi gobeithio a dyheu am glywed ei fod yntau yn ei charu hi ond rŵan, o wybod hynny, wyddai hi ddim beth i'w wneud. Doedd hi ddim wedi meiddio meddwl am ganlyniadau'r datganiad, doedd hi ddim wedi meiddio breuddwydio am y dyfodol.

'Ty'd i fyw yn fama efo fi.'

Anadlodd Elin yn ddwfn i geisio tawelu'r cryndod sydyn a lifodd drwy ei chorff.

'A be am Beca a Moli?' gofynnodd.

'A'r genod hefyd, siŵr iawn.'

Roedd ei meddwl yn rasio. Beth ddywedai'r genod? A'r bechgyn? Un peth oedd dod i Iwerddon ar wyliau, peth arall yn llwyr oedd byw yno.

'Mi fysan nhw'n dal i fedru gweld eu tad yn rheolaidd – tydan ni ddim ond rhyw dair i bedair awr i ffwrdd, fel y gwyddost ti. Mae 'na lwyth o blant sy'n byw yn bellach na hynny oddi wrth un rhiant, ac yn medru gwneud i betha weithio. Sbia arnat ti a dy dad – roedd o i ffwrdd yn gweithio mor aml, waeth i ti ddeud nad oedd o'n byw efo chi,' rhesymodd.

Roedd y cyfan mor hawdd i Rhys, ond wyddai Elin ddim a allai hi chwalu ei theulu a gorfodi'r genod i fyw ar wahân i'w tad. Ond pa les ddôi o aros efo Elfed, mewn cartref anhapus? Ac ar ben hynny, wyddai hi ddim a allai hi fyw y tu allan i Gymru. Doedd hi erioed wedi byw mewn ardal lle na allai siarad Cymraeg yn ei bywyd bob dydd. Roedd ei gwreiddiau yn ddwfn yn ei daear, a stamp y ddraig ar ei chalon.

'Fysat ti'n ystyried dod yn ôl adra i fyw?'

Cymylodd wyneb Rhys. Doedd o'n amlwg ddim wedi dychmygu unrhyw beth heblaw'r ddelwedd ohonyn nhw'n parhau i fyw fel yr oedden nhw wedi'i wneud dros yr haf.

'Mi fyswn i'n hapus i fyw yn rwla,' meddai, 'ond dwn i'm am yr hogia.'

'Mi fysa'n haws i'r hogia nag i'r genod, yn bysa?' rhesymodd Elin. 'Maen nhw'n hanner Cymry – mae Cymru yn perthyn iddyn nhw gymaint â Werddon. Tydw i na'r genod yn perthyn dim i Werddon.'

'Doeddwn i ddim pan ddois i yma gynta chwaith, ond mi ges i fy nerbyn yma.'

'Mi oedd gin ti wraig Wyddelig, yn doedd? Mae pobol yn croesawu ymwelwyr yma – ond fysa 'na gystal croeso i ymfudwyr?' gofynnodd, gan gofio sut yr oedd agwedd Sinéad tuag ati wedi newid ar ôl iddi ddeall eu bod yn aros yn hirach nag wythnos.

'Ond be fyswn i'n 'i wneud yng Nghymru?' gofynnodd Rhys 'Mae 'ngwaith i yma, ac mae o'n fusnes i Liam hefyd. Mae o wedi peidio mynd i'r coleg er mwyn datblygu'r lle.'

Meddyliodd Elin am y byncws, yr holl waith oedd wedi mynd iddo a'r holl botensial oedd ynddo, a gallai ddeall yn iawn.

'Ac a deud y gwir wrthat ti,' ychwanegodd Rhys, 'i ni sy'n edrych arni o'r ochr arall i'r dŵr, tydi Cymru – a Phrydain – ddim yn ymddangos yn wlad hapus iawn i fyw ynddi ar y funud.'

Eto, gallai ddeall yn iawn. Cafodd sioc, a'i siomi, pan bleidleisiodd y mwyafrif o bobol Cymru i ynysu Prydain a gadael Ewrop, ac roedd cyflafan Brexit yn mynd yn waeth bob dydd o ganlyniad i gelwydd a ffraeo mewnol y llywodraeth, y llymder diddiwedd a'r annhegwch cymdeithasol. Mae Rhys yn iawn, meddyliodd, ond a allai hi droi ei chefn ar ei mamwlad? Ac yn bwysicach na hynny, a fyddai rheolau ymfudo yn gadael iddi wneud hynny? Dechreuodd deimlo'n sâl a llifodd y dagrau eto. Gafaelodd Rhys yn dynn amdani.

'Sori,' meddai, 'am fethu deud wrthat ti flynyddoedd yn ôl.'

Treuliodd y ddau y noson honno ym mreichiau ei gilydd yng ngwely Elin, ond chysgodd 'run ohonyn nhw fawr ddim.

Pennod 15

Tawedog oedd y cwmni o amgylch y bwrdd brecwast y bore canlynol. Yr unig benderfyniad y daeth Elin a Rhys iddo oedd bod dychwelyd i Gymru y diwrnod hwnnw yn anorfod, waeth beth a ddigwyddai wedi hynny. Gwthiodd Elin ei phowlen miwsli oddi wrthi heb ei chyffwrdd.

'Hangofyr, Mam?' gofynnodd Beca.

'Nag oes, wir! Jest ddim awydd bwyd bora 'ma. Faint o'r gloch mae Declan yn dod?'

'Erbyn deg.'

Edrychodd Elin ar gloc y gegin. Roedd hi bron yn naw o'r gloch a Rhys a Liam eisoes wedi mynd at y beics.

'Wyt ti wedi pacio dy betha'n barod i fynd adra?'

'Na, dim eto.'

'Wel, well i ti wneud rŵan 'ta, yn lle'i bod hi'n mynd yn frys gwyllt arnat ti yn y munud. Mi fydd raid i ni gychwyn o fama tua tri. A bydda di'n ofalus efo'r beic 'na!'

'Iawn – paid â ffysian!' Cododd Beca oddi wrth y bwrdd, ond galwodd Elin ar ei hôl. 'Beca? Wyt ti wedi anghofio rwbath?' Edrychodd Beca arni heb ddeall. 'Wyt ti isio ffonio'r ysgol i ofyn am dy ganlyniadau?'

'O, nag oes! Does 'na'm brys. Dwi 'di gofyn i Mabli eu nôl nhw i mi. Ei mam hi ydi'n athrawes blwyddyn ni, 'de, felly fydd dim problem. Ga' i nhw fory.'

'Ond mae dy dad wedi gyrru tecst ata i yn barod bore 'ma i holi be gest ti.'

'Mae o wedi 'nhecstio fi hefyd, ac mi geith o ddisgwyl.'

Roedd Beca'n dal yn flin efo'i thad am iddo roi iPhone i Moli, er i Elin esbonio'r cefndir. Ond o leia doedd hi ddim yn ymddangos yn rhy bryderus am ganlyniadau blwyddyn gyntaf ei chwrs TGAU, meddyliodd Elin yn falch. Roedd Beca wedi gorboeni am ei haddysg yn ystod y flwyddyn academaidd ddiwethaf, ac Elin wedi bod yn ofni y byddai'n gwneud ei hun yn sâl – ond hawdd fyddai iddi fynd i'r pegwn arall hefyd. Gobeithiai ei mam y byddai'n cymryd ei gwaith ysgol o ddifrif pan ddychwelai, neu pan fyddai'n dechrau mewn ysgol newydd yn Iwerddon. Rhewodd Elin. Petai hi'n dewis byw yn Knockfree, beth petai Beca a Moli yn penderfynu aros yng Nghymru efo'u tad? Wyddai hi ddim a allai ymddiried yn Elfed i edrych ar eu holau. A phetai Elfed yn dal i yfed, fyddai hi ddim yn gallu gadael iddyn nhw aros efo fo, hyd yn oed am noson bob hyn a hyn. Aeth ias drwyddi wrth hyd yn oed ystyried byw heb ei merched. Edrychodd draw ar Moli, oedd wrthi'n golchi'r llestri brecwast, a gwyddai fod un peth yn sicr: lle bynnag fyddai ei chartref hi, byddai'n rhaid i Moli a Beca fod efo hi.

'Wyt ti am ddod i fy helpu fi i llnau'r byncws ar ôl i'r fisitors fynd bore 'ma?' gofynnodd iddi.

'Oes raid i mi? Mae Taid wedi deud yr eith o â ni i Liosanna i weld y Fairy Fort.'

'O, wel. Mi fydd raid i ti fynd efo Taid felly, bydd!' meddai Elin, gan ddychmygu pa fath o addasiadau fyddai ei thad yn wneud i'r chwedloniaeth leol.

'Ydach chi angen picnic?'

'Na. Mae Taid yn deud y byddan ni'n ôl erbyn un.'

'Dos ditha i bacio hefyd, felly.'

'Ma' Dad wedi cael rac i gario beic Moli ar gefn eich car chi – ydach chi isio i ni ei roi o'n sownd?' gofynnodd Pádraig.

'Ia plis, os gwnewch chi,' meddai Elin gan feddwl y byddai'n rhaid iddi gael beic i Beca hefyd pan fyddai yn ôl adref.

Er nad oedd yr ymwelwyr wedi gadael llanast ar eu holau roedd stripio, golchi a newid y dillad gwely, ynghyd â glanhau pob cornel o'r byncws, yn waith caled ond nid amhleserus. Cymerodd Elin gip sydyn ar y llyfr gwesteion a adawyd wrth y drws ffrynt i ddarllen y sylwadau cyntaf a ysgrifennwyd ynddo: "Lovely comfortable bunkhouse in beautiful surroundings. The family have made us feel very welcome. We'll see you again next year! Many thanks, Mark, Jenny, Rob, Sue, Dave and Eve xxx" Caeodd y llyfr a'i ddal at ei bron, gan lwyddo i atal ei dagrau, cyn ei osod yn ôl ar y bwrdd a chario ymlaen â'r glanhau.

Am hanner awr wedi un ar ddeg, a hithau'n wrthi'n sgwrio ei hail doiled, clywodd lais Liam yn galw arni. Aeth allan i'r buarth a'i weld yn rhedeg tuag ati, ei wyneb yn wyn fel y galchen.

'Be sy?' gofynnodd yn bryderus.

Cymerodd Liam ei anadl cyn ateb.

'Peidiwch â dychryn rŵan, ond mae Beca wedi cael damwain ar ei beic.'

Rhewodd ei gwaed. 'Be ddigwyddodd? Ydi hi'n iawn?'

'Declan sydd newydd ffonio. Mi fethodd dro wrth fynd i lawr darn serth o'r llwybr, a hedfan dros yr *handlebars*. Mae 'na ambiwlans ar ei ffordd.'

Gafaelodd Elin yn ei ysgwyddau a gweiddi yn ei wyneb.

'Ydi hi'n iawn? Ydi hi wedi brifo?'

'Dwi'm yn gwybod,' atebodd Liam, oedd bron â chrio erbyn hyn. 'Mae Declan yn deud ei bod hi'n *unconscious*.'

Aeth Elin yn wan fel cath. 'Lle mae hi?' gofynnodd yn wyllt.

'Mi aeth y diawlad gwirion ar y daith anodd!' atebodd Liam. 'Wyddwn i ddim. Onest! Fyswn i byth wedi gadael iddi fynd taswn i'n gwybod 'i bod hi am fynd ar y llwybr hwnnw – mi wnes i wrthod gadael iddi fynd ar y trac *intermediate*.'

'Dos â fi yno. Brysia ...' gwaeddodd Elin, gan redeg am y car.

'Fedrwch chi ddim cyrraedd y lle efo car.'

Roedd Elin bron â sgrechian erbyn hyn.

'Sut mae'r ambiwlans yn mynd i fynd yno 'ta? Blydi beics! Ddeudis i eu bod nhw'n beryg!'

'Yr ambiwlans awyr ydi hi. Mi fysa'n well i ni fynd yn syth i'r ysbyty.'

'Lle ... lle ma'r ysbyty?'

'Ma' siŵr mai i St Vincent's yn Nulyn yr eith hi. Sori, Anti Elin, sori.'

Sylwodd Elin fod y creadur yn crynu drwyddo.

'Paid â phoeni – does 'na ddim bai arnat ti. Ddoi di efo fi?

Fedra i byth ffeindio fy ffordd fel arall,' meddai gan erfyn ar unrhyw dduw oedd yn gwrando i sicrhau y byddai Beca'n iawn.

Y siwrnai i'r ysbyty oedd siwrnai waethaf ei bywyd. Gadawodd i Liam yrru ei char er mwyn iddi hi allu ceisio ffonio Declan, y gwasanaeth ambiwlans a'r ysbyty, ond chafodd hi fawr ddim gwybodaeth gan yr un ohonyn nhw. Deallodd yn y diwedd, ddeng munud cyn cyrraedd yr ysbyty, fod Beca yn ymwybodol ac nad oedd ei bywyd mewn perygl. Gollyngodd ochenaid hir o ryddhad a diolch i ba angel gwarcheidiol bynnag oedd yn edrych ar ei hôl.

Diflannodd pob awydd i roi ffrae iawn i Beca am fod mor wirion pan welodd Elin ei merch yn gorwedd ar y gwely yn yr ysbyty, ei braich mewn sling a sgriffiadau dros ei hwyneb. Edrychai yn edifeiriol iawn. Roedd nyrs ganol oed, glên wrth ei hochr.

'Don't worry about the grazes,' meddai honno, 'they'll heal in no time and won't leave a mark on that pretty face of yours.' Trodd at Elin. 'And this must be your mother.'

'Yes,' meddai Elin gan geisio cofleidio Beca. Tynnodd yn ôl wrth i'w merch wingo mewn poen. Rhoddodd gusan iddi ar ei thalcen yn lle hynny.

'Paid ti byth â 'nychryn i fel'na eto!'

'Sori, Mam.'

'Dwi newydd fod yn siarad efo'r doctor, a dwi'n dallt dy fod di'n disgwyl mynd am X-ray.'

'Maen nhw'n meddwl 'mod i wedi torri fy *collar bone*.'

'Ti'n lwcus na wnest ti dorri dy ben!'

'Cyn i ti ddechrau, dwi wedi dysgu fy ngwers ... rhaid i mi ddysgu cerdded cyn rhedeg!' meddai Beca efo gwên wan.

'Gobeithio wir, Beca bach! Gobeithio wir,' meddai Elin, oedd yn teimlo fel cadach llestri wrth i'r adrenalin yn ei chorff gilio.

Tra oedd Beca yn cael ei harchwiliad pelydr-X aeth Elin i chwilio am Liam yn yr ystafell aros. Yno yn eistedd wrth ei ochr, a golwg bryderus iawn ar ei wyneb, roedd Rhys. Neidiodd ar ei draed pan welodd hi'n dod a disgynnodd hithau'n ddiolchgar i'w freichiau.

'Ydi hi'n iawn?' gofynnodd.

'Ydi. Ella'i bod hi wedi torri pont ei hysgwydd, ac mae ganddi chydig o *concussion*, ond mi fysa wedi medru bod yn lot gwaeth.'

'Aros di i mi gael gafael ar y Declan bach 'na. Be oedd ar ei ben o, yn mynd â hi i fanna?' meddai Rhys yn flin.

'Mae 'na gymaint o fai, os nad mwy, ar Beca,' meddai Elin. 'Dangos ei hun i greu argraff oedd hi, mwya tebyg.'

'Mae Declan newydd ffonio rŵan i ofyn sut mae hi,' meddai Liam. 'Mae o'n gofyn gaiff o ddod i'w gweld hi.'

'Deud wrtho fo am anghofio am y peth am heddiw,' meddai Rhys, 'i mi gael cyfle i ddod at fy nghoed!'

'Diolch am ddod yma, Rhys,' meddai Elin wrtho'n dawel. 'Doedd dim raid i ti.'

'Oedd. Mi ddois i cyn gynted ag y ces i'r neges. Dwi mor sori, Elin – taswn i heb ei hannog hi i reidio beic yn y lle cynta ...'

Gafaelodd Elin yn ei law. Roedd yn rhaid iddi gyfaddef bod y syniad hwnnw wedi croesi ei meddwl pan glywodd am y ddamwain, ond roedd hi'n sylweddoli bellach nad oedd neb ar fai ond Beca ei hun.

'Damwain ydi damwain.' Gollyngodd ei law, yn ymwybodol fod Liam yn eu gwylio. 'Does dim raid i ti aros, 'sti. Mi alla i ffeindio fy ffordd yn ôl yn iawn.'

'Ti'n siŵr?' Edrychai Rhys arni'n bryderus.

'Bendant.'

'Ella bysa'n syniad i mi fynd yn ôl i achub dy dad, 'ta, ond mi arhosa i i glywed be ddeudan nhw ar ôl yr *X-ray*.'

Gwenodd Elin ei diolch.

'Ma' Taid a Moli a'r hogia yn cofio atat ti,' meddai Elin wrth Beca ar ôl i'r tri ohonynt gael mynediad yn ôl i'r ward. 'A dwi 'di gofyn iddo fo ffonio dy dad i adael iddo fo wybod.' Doedd ganddi mo'r stumog i ffonio Elfed ei hun rhag ofn iddo ddechrau gweld bai arni. Y diagnosis swyddogol oedd toriad yn y clafícl, a'r unig driniaeth oedd rhoi'r fraich mewn sling a'i chadw felly am chwe wythnos o leiaf. Roedd y doctoriaid wedi penderfynu cadw Beca yn yr ysbyty am noson i gadw golwg arni yn sgil y *concussion*, felly roedd Rhys wedi ffonio'r cwmni fferi i aildrefnu eu tocynnau ar gyfer y diwrnod canlynol.

'Wyt ti am aros yma efo hi dros nos?' gofynnodd Rhys i Elin.

'Dim babi ydw i – dwi'n un deg pump, ac mi fydda i'n iawn fy hun,' mynnodd Beca, oedd yn dechrau teimlo'n well ar ôl cael mwy o dabledi lladd poen, ac wedi bod yn adrodd hanes ei thaith yn yr hofrennydd wrth Liam.

'Wyt ti'n siŵr?' gofynnodd Elin, yn gyndyn o'i gadael ar un llaw, ond doedd hi ddim yn awyddus i geisio cysgu mewn cadair yn yr ysbyty chwaith.

'Ydw. Fyswn i ddim callach tasat ti yma beth bynnag – maen nhw am roi rwbath i mi i fy helpu fi i gysgu.'

'Mi arhosa i yma tan tua naw i gadw cwmni i ti,' cyfaddawdodd Elin, 'ac mi ddo' i'n ôl ben bore.'

'Mi awn ni 'ta,' meddai Rhys.

'Dwi mor sori am y beic, Yncl Rhys,' meddai Beca, 'a wnes i ddim gadael blaendal chwaith!'

'Paid â phoeni am y beic – mi fydd o fel newydd ar ôl i Liam ei drwsio fo. Mi wyt ti'n iawn, a dyna sy'n bwysig. Ond dwi isio gair efo'r Declan bach 'na am fynd â chdi ar y trac anodd!'

'Peidiwch â bod yn flin efo fo. Fi ddeudodd 'mod i isio mynd.' Ochneidiodd Rhys.

'Lle mae Declan beth bynnag?' gofynnodd Beca. 'Ydi o am ddod i 'ngweld i?'

'Roedd o ar gychwyn, ond mi ddeudodd Rhys wrtho fo am beidio,' atebodd Elin.

Edrychai Beca fel petai ar fin dechrau crio.

'Mae o am ddod i dy weld di cyn i ti fynd fory,' meddai Rhys. 'Be ddeudodd o, dŵad? "Come hell or high water", dwi'n meddwl!'

Gwenodd Beca wrth glywed hynny. 'Lle mae fy ffôn i?' gofynnodd. 'Mi wna i ei decstio fo rŵan.'

'Wnei di ddim o'r fath beth, madam!' mynnodd Elin. 'Cysga!'

Syrthiodd Beca i gysgu am wyth o'r gloch dan ddylanwad y tabledi cryf, felly cymerodd Elin y cyfle i fynd i chwilio am rywbeth i'w fwyta. Ar ôl gorffen bwyta llond plât o rywbeth na wyddai'n union beth oedd o yn y cantîn, tynnodd ei ffôn o'i bag a gweld ei bod wedi colli nifer o alwadau gan Elfed. Byddai'n siomedig nad oedden nhw ar eu ffordd adref – roedd o wedi swnio mor falch pan ffoniodd hi i ddweud eu bod yn dychwelyd i Gymru. Diolchodd fod ganddi ddiwrnod arall cyn ei wynebu. Pan ffoniodd hi'n ôl doedd dim ateb, felly gadawodd neges i ddweud fod Beca'n gwella.

Wrth gerdded heibio'r ddesg ar ei ffordd yn ôl i'r ward, cododd un o'r nyrsys ei phen i'w chyfarch.

'Your husband's just arrived,' meddai.

'Thank you,' meddai, gan wenu ar gamgymeriad y nyrs. Chwarae teg i Rhys am ddod yn ôl i gadw cwmni iddi, meddyliodd, gan gerdded i'r ward – a stopio'n stond pan welodd Elfed yn eistedd wrth wely Beca, yn mwytho'i gwallt tra oedd hi'n cysgu.

'Elfed!'

Cododd ar ei draed pan glywodd ei llais, a gafael amdani. Tynhaodd ei chorff yn ei goflaid a chamodd oddi wrtho.

'O le ddoist ti?' gofynnodd Elin yn syn.

'Mewn tacsi o'r fferi,' atebodd ei gŵr. 'Mi ddois i'n syth ar ôl i dy dad ffonio.'

Edrychai'n llawer gwell na'r tro diwethaf iddi ei weld. Roedd lliw llawer mwy iach ar ei groen a'r bagiau duon oedd o dan ei lygaid wedi diflannu.

'Ti 'di colli pwysau,' meddai wrtho. 'Ti'n edrych yn dda.'

Gwenodd Elfed. 'Dwi 'di ymuno efo *gym* – rhan o'r therapi. Dwi'n well, Elin. Dwi'n mendio. Titha'n edrych yn dda hefyd.

Ty'd yma ... dwi mor falch o dy weld di.' Ceisiodd afael amdani eto ond bagiodd Elin oddi wrtho.

'Dim yn fama. Dim rŵan,' meddai, wrth weld Beca'n stwyrio yn ei gwely. Agorodd ei llygaid yn gysglyd.

'Dad!' meddai, a'i gwên yn goleuo'i hwyneb creithiog.

'Mi adawa i i chi'ch dau gael sgwrs,' meddai Elin, gan osgoi llygaid Elfed a cherdded yn sigledig allan o'r ward gan ymbalfalu yn ei bag am ei ffôn. Byddai'n rhaid iddi rybuddio Rhys y byddai ganddo westai arall heno, ond roedd ei chalon yn dal i garlamu ar ôl y sioc o weld ei gŵr. Er ei bod yn falch o weld ei fod yn gwella – yn falch drosto fo a dros eu merched – allai hi ddim dweud ei bod hi'n falch o'i weld o.

Ceisiodd osgoi mynd ag Elfed yn ôl i An Teach Ban drwy awgrymu efallai y byddai o'n hapus i gysgu ar ward y plant efo Beca, ond roedd o bron â marw eisiau gweld Moli. Yn ystod y daith i Knockfree roedd o'n prepian fel melin bupur, fel petai am lenwi'r gagendor rhyngddynt â geiriau. Siaradodd am y newid a welsai yn Beca, am ei driniaeth a'r gefnogaeth roedd o wedi'i chael yn ei waith a gan ei thad, y ffaith ei fod yn teimlo'n gymaint gwell, a'i obeithion am y dyfodol. Gyda phob milltir suddai calon Elin yn ddyfnach, a theimlai fel petai cawell yn cau amdani.

Yn ôl y disgwyl, cafodd Elfed groeso mawr gan Moli, ac er i Rhys geisio'i orau i ymddwyn yn normal a chyfeillgar, gwyddai ei fod yn teimlo, fel hithau, yn hollol anghyfforddus. Cwta hanner awr ar ôl iddyn nhw gyrraedd, awgrymodd Elin ei bod hi'n amser clwydo gan fod siwrnai hir o'u blaenau y diwrnod canlynol. Y gwir amdani oedd ei bod yn ysu i ddianc o gwmni ei gŵr. Arweiniodd Elfed i'w llofft hi, a chan afael yn ei choban, trodd ato.

'Cysga di yn fama. Dwi am fynd i fyny i'r atig at Moli – mae hi wedi styrbio ar ôl damwain Beca.' Gafaelodd Elfed yn ei llaw a cheisio'i thynnu yn ôl i'r ystafell.

'Mi fydd hi'n iawn, siŵr.'

'Dwi ddim am iddi ddeffro yn y nos yn poeni amdani.'

'Neith hi ddim. Ti'n gwneud môr a mynydd o betha eto!'

Ceisiodd dynnu ei llaw o'i afael ond gwasgodd Elfed hi'n dynnach.

'Gollynga fi! Ti'n 'y mrifo fi!' sibrydodd drwy ei dannedd rhag deffro'r plant.

'Paid â bod yn wirion. Ty'd yma – dim ond isio siarad efo chdi ydw i ... dwi ddim wedi dy weld di ers wythnosau.'

Gwingodd Elin wrth iddo geisio'i thynnu tuag ato.

'Dim rŵan, Elfed, dwi wedi ymlâdd,' protestiodd, ond dal i dynnu wnaeth Elfed.

'Gollynga fi!' sibrydodd yn uwch.

'Bob dim yn iawn?' Daeth llais Rhys o dywyllwch y landing, a gollyngodd Elfed ei llaw.

'Ydi diolch.' Ceisiodd Elin swnio mor normal ag y medrai. 'Dwi am fynd i'r atig at Moli i gysgu ... mae hi chydig yn ypsét.' Trodd ei chefn ar Elfed a dringo'r grisiau i'r atig gan alw 'nos da' dros ei hysgwydd. Heb dynnu ei dillad, dringodd i wely Beca a chladdu ei hun dan y cwilt.

Diolchodd Elin fod gan y Berlingo fŵt mor fawr wrth iddi bacio popeth iddo fore trannoeth. Roedd hi wedi ffonio'r ysbyty yn blygeiniol, ac wedi cael gwybod bod Beca wedi cael noson dda o gwsg a bod popeth i'w weld yn iawn. Byddai'r doctor yn siŵr o fod yn fodlon iddi adael cyn gynted ag y byddai o wedi ei gweld hi ar ei rownds am ddeg o'r gloch. Y bwriad oedd fod pawb yn mynd efo hi i'r ysbyty fel eu bod yn medru mynd yn syth yn eu blaenau o'r fan honno i ddal y fferi am ddau o'r gloch. Byddai hynny hefyd yn rhoi digon o amser iddi lenwi ffurflenni yn yr ysbyty a dangos cerdyn yswiriant meddygol Ewropeaidd Beca. Diolchodd fod un o'r rheini ganddi yn sgil eu gwyliau i Sbaen y flwyddyn cynt.

Roedd Moli a'r efeilliaid wedi mynd i ddangos y byncws i Elfed, gan adael Elin a'i thad i lenwi'r car. Gorweddai Flynn ar y buarth yn eu gwylio, ei ben ar ei bawennau, yn union fel petai'n deall eu bod ar fin gadael. Ysai Elin am gael sgwrs efo

Rhys ond roedd ei gael o ar ben ei hun wedi bod yn amhosib, a damiodd y signal ffôn gwael oedd yn ei hatal rhag ei decstio'n slei bach.

'Reit, dwi'n meddwl bod pob dim i mewn,' meddai Elin wrth gau bŵt y car, 'dim ond rhoi beic Moli yn sownd sydd ei angen. Dach chi'n fodlon mynd i weld lle mae'r lleill, Dad? Mi ofynna i i Rhys helpu efo'r beic.'

'Ar fy ffordd,' meddai Alun.

Roedd Rhys wrthi'n estyn y beics allan yn barod am daith y bore, a Kevin yn ei helpu.

'Good morning, Kevin.'

'Elin! I'm so sorry to hear about Beca's accident. These things happen with every sport, I'm afraid.'

'Yes, I suppose they do. Could you spare Rhys a minute? I need help fixing Moli's bike to the car bracket,' meddai, a thôn ei llais mor fflat ag yr oedd hi'n teimlo.

'No worries – you can keep him as long as you want,' meddai, gan edrych i fyw ei llygaid. Cychwynnodd Rhys at y car.

'Thanks. Well ... goodbye then,' meddai Elin, gan dderbyn coflaid Kevin.

'It's goodbye for now then, Elin; and just to tell you I've been thinking about what you said. You're right – life's too short to live a lie. Thank you.'

'Good luck, Kevin. Be brave.'

'You too.' Gwasgodd ei llaw.

'I'm trying my best,' gwenodd yn wan, a throi i ddilyn Rhys.

Crynai ei dwylo wrth iddi helpu Rhys efo'r beic, ac allai hi ddim yngan gair. Roedd yntau hefyd yn ddistaw. Cyffyrddodd yn ei llaw hi, a chaeodd ei llygaid yn dynn. Plethodd y ddau eu bysedd cyn gollwng eu gafael wrth weld y gweddill yn agosáu.

'Wel – 'dan ni'n barod?' gofynnodd Elfed.

'Ydan,' meddai Elin yn floesg.

'A' i i nôl Liam i ddeud ta-ta,' meddai Rhys gan droi i ffwrdd heb godi ei olygon oddi ar y llawr. Dringodd Moli i'r sedd gefn.

'Dach chi'n fama efo fi, Taid,' gorchmynnodd, gan wneud lle i Alun ddod i mewn ati.

'Arhoswch! Peidiwch â mynd am funud!' gwaeddodd Dewi, a rhuthro i gyfeiriad y tŷ.

Lapiodd Elin ei breichiau am Pádraig mewn coflaid dynn a rhoi cusan ar ei foch cyn troi at Liam, a gwneud yr un peth iddo yntau.

'Diolch am bob dim, Anti Elin,' meddai'r llanc.

'Ia, diolch,' ategodd Pádraig. 'Dach chi'n mynd i ddod yn ôl yn fuan, yn tydach?'

'Ydan siŵr!' gwaeddodd Moli o gefn y car. 'Gawn ni ddod yn ôl i aros yn ystod hanner tymor, yn cawn, Mam? A gewch chi ddod i'n gweld ni Dolig, pan ddowch chi i aros efo'ch nain.'

Roedd y lwmp yng ngwddw Elin bron â'i thagu. Ysgydwodd Elfed law Rhys.

'Diolch am edrych ar ôl fy nheulu i, Rhys,' meddai.

Nodiodd Rhys gan osgoi edrych arno, a dringodd Elfed i sedd y gyrrwr. Rhedodd Dewi allan o'r tŷ a dal ei law allan i Elin.

'Hwdwch, Anti Elin.' Rhoddodd ddarn bach o wydr môr pinc yn ei llaw. Edrychodd Elin arno drwy lygaid llaith.

'Diolch, Dewi. Mi wna i drysori hwn am byth.' Gafaelodd amdano a'i wasgu ati.

Wrth droi at Rhys methodd reoli'r argae, a llifodd y dagrau. Rhoddodd goflaid sydyn iddo cyn rhwygo ei hun o'i freichiau a mynd i mewn i'r car.

'Ta-ta! *Slán go fóill*! Mi wna i'ch Ffêsteimio chi ar ôl cyrraedd adra! Ta-ta, Flynn!' gwaeddodd Moli drwy'r ffenest wrth i'r car droi am y lôn lwyd oedd yn arwain o'r buarth. Trodd Elin i edrych yn ei hôl a gwelodd Rhys yn edrych arni, ei freichiau am ysgwyddau ei feibion, a thorrodd ei chalon.

Ar fwrdd y fferi gadawodd Elin y gweddill yn y lolfa â'r esgus fod yn rhaid iddi gael awyr iach am ei bod yn teimlo'n sâl môr. Safodd ar y dec agored, yn gafael yn y rheilen ac edrych ar Iwerddon yn mynd ymhellach ac ymhellach oddi wrthi.

Chwythai'r gwynt ei gwallt i'w llygaid ond wnaeth hi ddim gollwng y rheilen i'w sgubo i ffwrdd. Teimlai wlybaniaeth y tarth a godai o'r tonnau yn gwlychu ei hwyneb, yn gymysg â'r dagrau tawel oedd yn llithro i lawr ei bochau gan adael eu blas hallt ar ei gwefusau. Pan na allai weld dim mwy o'r Ynys Werdd synhwyrodd fod rhywun yn sefyll wrth ei hochr. Trodd ei phen a gweld ei thad, yntau'n edrych tua'r môr.

'Be wnei di, Elin?' gofynnodd yn ddistaw.

'Be dach chi'n feddwl?'

'Tydi hen ddyn dy dad ddim yn ddall, 'sti. Ac mi ydw i'n medru dy ddarllen di fel llyfr, hogan. Hen hogyn iawn 'di Rhys, roedd dy fam yn meddwl y byd ohono fo.'

Dechreuodd Elin wylo eto. Oedodd Alun am eiliad cyn gofyn y cwestiwn eto.

'Be wnei di, Elin bach?'

'Wn i ddim, Dad. Mae fy meddwl i'n brifo, mae 'nghalon i'n brifo ... dwi'm yn gwybod be i'w wneud am y gorau ...'

'Wyt ti'n meddwl y medar Elfed dy wneud di'n hapus eto?'

Ysgydwodd Elin ei phen. Roedd y pellter rhyngddynt wedi gwneud iddi sylweddoli nad oedden nhw wedi bod yn hapus, go iawn, ers blynyddoedd – cyn i'w yfed ddod yn broblem, hyd yn oed. Ar ôl iddi flasu gwir hapusrwydd efo Rhys, sut allai hi fod yn hapus efo Elfed eto?

'Mae'r dewis yn glir felly, tydi?'

Gwenodd Elin yn gam. 'Dach chi'n gwneud i betha swnio mor syml,' meddai, 'ond mae'r dewis ymhell o fod yn glir.' Caeodd ei llygaid a theimlo'r dafnau mân, mân yn cosi ei hamrannau.

'Fysat ti'n symud i Werddon?'

Agorodd Elin ei llygaid. 'Dwn i'm ... dwi'n ...' Allai hi ddim dod o hyd i'r geiriau i ddisgrifio'i chybolfa o deimladau. Torrodd Alun ar ei thraws.

'Mi edrychith Rhys ar dy ôl di, ac mae'r hogia bach 'na'n meddwl y byd ohonat ti a'r genod. Roeddach chi i gyd i weld yn plethu drwy'ch gilydd yn hapus braf.'

'Oeddan, a ninna yno ar ein gwyliau. Mi fyddai cyd-fyw yn stori arall. A sut fedra i fynd â'r genod oddi wrth eu tad?'

'Fysat ti ddim yn mynd â nhw oddi wrtho fo'n gyfan gwbwl, na fysat? Mi allai o eu gweld nhw'n rheolaidd. Ro'n i i ffwrdd am ran helaeth o dy blentyndod di, a wnaeth hynny ddim drwg i'n perthynas ni, naddo?'

Chwiliodd Elin am ei law a'i gwasgu. 'Naddo,' meddai, 'ond be os gwneith Elfed ddechra yfed eto? Fedra i'm gadael i'r genod fynd ato fo wedyn!'

'Fedri di ddim cario'r baich hwnnw. Ei ddewis o fysa hynny.'

Syrthiodd ennyd o dawelwch rhyngddynt cyn i Elin ollwng anadl hir.

'Wn i ddim fedra i adael Cymru, Dad.'

Rhoddodd Alun ei fraich am ei hysgwyddau, yn teimlo dros ei ferch yn ei gwewyr.

'Pan o'n i ar fy nheithiau,' meddai, 'yr holl flynyddoedd hynny y bues i'n dreifio'r bysys, ro'n i'n edrych ymlaen cymaint at ddod adra – atat ti a dy fam. Chi oedd adra i mi, nid y darn o dir roeddan ni'n byw arno fo. Dyna sut ro'n i'n teimlo, beth bynnag. Mi fydd raid i ti wneud be ti'n meddwl sydd ora i ti.'

Ond beth am addysg y genod, meddyliodd? Ei chyswllt hi â'i thad ac yntau'n heneiddio? A dyna addysg y bechgyn, gwaith Liam, y busnes ... Chwyrlïai'r holl gwestiynau drwy ei phen nes roedd hi'n chwil. Pwysodd ei phen ar ysgwydd Alun a safodd y tad a'r ferch yn llonydd, yn gwylio'r llwybr o ewyn gwyllt a adawai'r llong ar ei hôl.

Pennod 16

28 Hydref 2017
Dydd Sadwrn cyntaf y gwyliau hanner tymor

Cododd Rhys ei ben o'i bowlen corn fflêcs pan glywodd y drws cefn yn agor gyda chlec. Rhuthrodd Pádraig i mewn i'r gegin â'i wynt yn ei ddwrn.

'Dad!' gwaeddodd. 'Ty'd, brysia – mae 'na gar y tu allan ... a wnei di byth ddyfalu pwy sydd ynddo fo!'

Gollyngodd Rhys ei lwy yn glatsh i'r bowlen. Teimlodd wên yn cronni, a goleuodd ei wyneb.

'Elin?' gofynnodd, gan ruthro drwy'r drws ar ôl ei fab. 'Elin!'

Hefyd gan yr un awdur

"Does dim yn well na setlo i ganol stori dda. Dyna'n union a ddigwyddodd i mi gyda'r gyfrol hon ... Os ydych ar eich gwyliau, dyma, heb os, y llyfr delfrydol ar eich cyfer."

Sarah Down-Roberts,
adolygiad oddi ar www.gwales.com
trwy ganiatâd
Cyngor Llyfrau Cymru